韓國 戰後小說과 中國 新時期小說의 比較 研究

ー 황순원과 왕멍(王蒙)의 작품을 중심으로

韓國 戰後小說과 中國 新時期小說의 比較 研究

— 황순원과 왕멍(王蒙)의 작품을 중심으로

李　浩

국학자료원

한·중 양국의 고전문학은 영향·수용관계가 많은 것이 주지의 사실이지만 양국의 현대문학은 별다른 관계없이 독자적 노선을 추구해 왔다. 그럼에도 불구하고 양국의 현대문학은 유사한 역사와 시대적 배경의 아픔을 감내한 커다란 공통점을 지니고 있는 특징을 찾을 수 있다.

특히 한국전쟁과 문화대혁명은 양국의 현대사에 지대한 영향을 끼친 중요한 사건이었다. 한국의 전후소설과 중국의 문화대혁명 직후에 발생한 신시기(新時期)소설에 대한 연구는 새로운 시대의 요구에 따라 활발히 진행되고 있으며 현저한 성과를 거두고 있다. 그러나 이러한 노력에도 불구하고 양자를 비교·연구하는 것은 양국의 문학적 성격을 조망하고 가늠하는 뜻에서 매우 의미 있는 일이지만 오늘에 이르기까지 이렇다 할 성과를 내지 못하고 있는 실정이다.

본고는 비교문학적 관점으로 한국 戰後小說과 중국 新時期小說의 대표적 작가인 황순원과 왕멍(王蒙)의 작품을 비교·분석하여 전후소설과 신시기소설의 주제의식 및 창작기법 측면에서의 특징과 同異점을 밝혀냄으로써, 양국의 현대문학을 깊이 있게 고찰하는 데 그 목적이 있다.

황순원과 왕멍의 작품은 시대적 요구의 분출에 따라 낭만주의적 경향을 드러내고 있다는 공통점을 가지고 있지만 그 내면의 세계에 있어서 뚜렷한 교차현상을 보이고 있다. 낭만주의의 특질을 퇴폐주의와 이상주의로 볼 때, 한국에서는 전자를 더 많이 수용하고 있는 반면에, 중국에서는 후자의 영향을 주로 받아들인 현상을 보이고 있다.

이들 두 작가들의 두드러진 특징이 무엇인지를 살펴보면, 황순원의 전후문학에 대한 낭만성은 현실의 불모성과 속악함을 거부하면서 이에 대립하는 이상세계를 동경하고 그 내면에서의 화해로운 삶을 추구하는 것이다. 그러므로 황순원 소설의 특질 중의 하나를 '아름다운 서정과 사랑'이라고 규정하고, 그의 소설은 대체로 浪漫主義적 抒情의 세계를 잘 표현해 내고 있다고 평가한다. 반면에, 왕멍의 신시기 소설은 강한 공산주의 신념을 가지고 전반적으로 혁명적 낙관성과 투쟁성을 강조하는 혁명적 낭만주의로 일관하고 있다.

또한 황순원의 전후소설과 왕멍의 신시기소설은 '탈이데올로기'라는 측면과 이데올로기 비판적인 경향을 가지고 있다는 점이다. 즉 황순원의 전후소설은 좌우 이데올로기에 대해 일정한 거리를 유지하면서 중도적인 입장에서 전쟁의 폐허를 객관화하여 보여주고 있다면, 왕멍의 신시기소설은 정치 이데올로기의 인간성에 대한 파괴력을 형상화함으로써 이데올로기에 대한 반성과 비판적 태도를 강하게 드러내고 있다.

또 하나 주목할 점은, 황순원의 전후소설과 왕멍의 신시기소설은 모두 인본주의 경향을 드러내고 있다는 점이다. 인간옹호와 인간성 회복의 문제는 황순원 전후소설의 핵심이라 할 수 있다. 왕멍의 新時期소설은 문화대혁명에서 인간성이 억압된 상황을 고발하면서 사회주의 휴머니즘을 적극적으로 회복시키고자 했다.

창작기법 측면에서 보면 황순원의 전후소설과 왕멍의 신시기소설은 정도의 차이가 있지만 모두 '의식의 흐름' 이라는 모더니즘 창작수법을 활용하여 인간의 내면세계를 잘 구현했다고 볼 수 있다. 그리고 황순원은 시인이기도 했다는 점에서, 시에서 많이 표현해 왔던 상징이라는 미적 수단을 소설에서도 유기적으로 활용함으로써 추상적인 관념을 형상화하였다. 이에 반하여 사회주의 체제에 몸담고 있는 왕멍은 비유·은유법을 활용하여 자신의 의도를 완곡하게 표현하고 현실의 부조리를 부각시키고 있다.

한국 전후소설과 중국 신시기소설의 공통점은 모두 사회적 격동을 경험하고 난 후 인간성의 회복, 극한 상황에서 느낀 실존의 문제, 인간 내면의 자아에 대한 탐구 등을 집중적으로 다룬 문학으로서의 유사점과 서로 다른 특징을 동시에 지니고 있다. 인본주의 사상과 상징적인 표현수법이 황순원 전후소설의 가장 큰 특징이라면, 강한 공산주의 신념과 '의식의 흐름' 수법의 보편적 활용은 왕멍 신시기소설의 특징이라고 할 수 있다.

우리는 황순원의 전후소설과 왕멍의 신시기소설의 비교·연구를 통하여 한·중 현대문학의 공통성을 재확인하면서 양국 문학의 특질도 함께 파악할 수 있게 될 것이다. 이런 공통성과 특질을 더욱 함양시키

는 것은 앞으로 우리가 참고할 가치이자 해결해야할 과제라고 생각한
다.

　마지막으로 저의 恩師 한국 경희대학교의 김종회 교수님께 진심으
로 감사의 말씀을 드리고 싶다. 재학 7년간 교수님께서 필자의 박사과
정 수강부터 박사논문의 구상과 작성에 이르기까지 일일이 지도해 주
신 덕분에 한국문학의 문외한인 필자가 학문적 연구의 꿈을 펼칠 수 있
었다. 그리고 경희대학교 국어국문과의 여러 교수님들께서도 아낌없
는 지도편달을 해주셨다. 또한 논문심사 과정에서 귀한 말씀으로 지도
해 주신 교수님들께도 심심한 謝意를 표하는 바이다.

众所周知，韩国的古典文学深受中国古典文学的影响，但是，两国的现代文学，彼此间的影响与接受关系却不是十分明显。即便如此，由于中韩两国相似的社会历史背景以及文化的同质性，两国的现代文学尽管不如古典文学的关系密切，但仍存在诸多的相似之处.

朝鲜战争和中国的文化大革命分别是韩中两国近现代史上最大的悲剧与不幸，对中韩两国社会的各个方面都产生了巨大而深远的影响，因此，中韩两国分别对对文化大革命之后产生的新时期小说以及战后小说进行了大量的研究，也取得了显著的成就. 但是将二者进行比较研究，虽然是一件很有意义的事情，但是令人遗憾的是，到目前为止，这方面的研究尚未展开.

本文试图运用比较文学的方法，通过对韩国战后小说和中国新时期小说的代表作家黄顺元与王蒙作品的比较研究，力图探讨韩国战后小说和中国新时期小说的共性及其特点，进而加深我们对中韩两国现代文学的理解.

黄顺元和王蒙的作品都顺应时代的要求，带有强烈的浪漫主义色彩，但是在这种共性的深层，我们可以发现许多内涵上的交叉与显著的不同. 如果说浪漫主义的特质是理想主义(前期)和颓废主义(后期)的话，那么中韩两国分别接受了其不同的层面(前者和后者).

具体看两位作家的特点，黄顺元的战后小说通过否定现实，追求和谐的生活，憧憬美好的未来，用'美丽的抒情和爱'，描绘了浪漫主义的理想世界，浪漫主义抒情可以说是黄顺元小说的最大特点；而王蒙的新时期小说则体现了建立在共产主义信仰基础上·富有革命性与斗争性的革命浪漫主义.

另外，黄顺元的战后小说与王蒙的新时期小说都带有一定的脱离或批判主流意识形态的倾向. 黄顺元的战后小说与当时的反共意识形态保持一定的距离，站在较为客观中立的立场上表现了战争的残酷性；而王蒙的新时期小说则对摧残人性的极左思想进行了大胆的揭露和批判.

此外引人注目的是， 黄顺元和王蒙的小说都充满了人本主义的光辉. 人性的高扬与救赎可以说是黄顺元战后小说的本质特征和最大成就；王蒙的新时期小说也控告了人性的异化，积极高扬社会主义人本主义.

从创作方法来看， 黄顺元的战后小说与王蒙的新时期小说在不同程度上吸收和借鉴了西方的 "意识流"等现代主义方法， 努力探求人的意识和内心世界. 另外也都采用委婉含蓄而不是直白的表现手法，具体来说，诗人出身的黄顺元多采用诗中常用的象征技法，形象直观地表达抽象的观念，而身处社会主义体制下的王蒙则采用隐喻等表现手法, 含蓄地表达自己的意图以及现实的荒谬.

总之，韩国战后小说与中国新时期小说，虽然不是同一时期的文学，但都反映了极端情况下人的存在状态、社会动乱之后人性的回归以及人的内心自我的发现等问题，因此，二者有很多相似的一面；如果说人本主义主题和象征主义表现手法是黄顺元战后小说最大的特征的话，那么强烈的共产主义信仰和‘意识流’创作方法的大量借用，则构成王蒙新时期小说的特质.

通过对黄顺元的战后小说以及王蒙新时期小说的比较研究，我们可以在中韩两国现代文学的差异中发现其共性，并且使两国现代文学的特性得以凸现. 进一步发扬中韩两国现代文学的共性与特质，将是我们今后的研究课题和艰巨任务.

最后，我想感谢我的恩师韩国庆熙大学金锺会教授，在韩国求学的七年里，从博士课程的学习指导，到论文选题设计·论文的撰写等各个方面，金锺会教授都给予了悉心指导和无私帮助，导师的谆谆教诲和悉心关怀让我永生难忘. 庆熙大学国语国文系的各位教授也都给予了大力支持和无私帮助，在此一并表示感谢；另外，对论文审查过程中提供许多宝贵建议的各位教授表示深深地谢意.

Ⅰ. 서론

1. 문제 제기

인간은 문학을 통해서 살아왔던 삶의 궤적을 되돌아보며, 새로운 삶의 방향과 가치를 모색한다. 본고는 한국 전후소설(戰後小說)과 중국 문화대혁명 직후 발생한 신시기(新時期)[1]소설의 대표적 작가인 황순원과 왕멍(王蒙)의 작품을 비교·분석하여 한국 전후소설과 중국 신시기 소설의 특징과 同異점, 나아가서 양국의 현대문학을 깊이 있게 이해할 수 있도록 하는데 그 목적이 있다.

한·중 양국의 현대사에서 한국전쟁과 문화대혁명은 한 시대의 커

---

[1] 중국의 文學과 歷史는 1949년 10월 1일 中華人民共和國 수립을 기준으로 그 이전을 現代, 그 이후를 當代라고 부른다. 1949년 이후의 중국 當代史는 다시 세 시기로 나누어지는데, 첫째는 1949~1966년까지의 시기로서, 建國에서 '文化大革命' 전까지에 이르는 17년간이며, 흔히 '17年時期'라고 부른다. 둘째는 1966~1977년까지의 '文化大革命' 시기이다. 셋째는 1976년 문화대혁명이 종결된 이후로부터 현재에 이르는 시기로, 이 기간을 이른바 '新時期'라 한다. '17年時期'를 社會主義 摸索期로 본다면, '文化大革命' 시기는 '極左的 政治路線'의 시기로 볼 수 있다. 이에 반해 '新時期'는 思想的 解放과 개혁·개방의 시기로 볼 수 있다.

다란 변화를 가져다 준 충격적인 사건이었다. '6.25 동란(動亂)'[2]이라 불리는 한국전쟁과 '10년 동란(10年動亂)'이라 불리는 중국의 문화대혁명[3]은 두 나라의 현대사에서 돌이킬 수 없는 비극적 사건으로서 양 국가의 백성들에게 충격을 던져 주었으며 오늘에 이르기까지 육체적·정신적 갈등의 근원이 되기도 한다.

한국전쟁은 한국사회의 근본적인 지각변동을 가져왔다고 해도 과언이 아니다. 그것은 수백만 명에 이르는 인명 피해, 경제적 토대의 붕괴, 전통적인 규율과 가치관의 혼란, 이산(離散)의 아픔과 실향, 분단의 고착 등으로 한국사회의 근간이 무너졌다는 점이다. 이러한 폐허 위에서 한국의 전후문학(戰後文學)이 탄생되었다. 전후문학의 가장 대표적인 작가 중의 한 사람인 황순원은 전후시기에 있어 자신의 문학적 시야를 넓히면서 전후문학의 중요한 성과라고 할 수 있는 많은 작품들을 내놓고 있다.

중국의 경우, 문화대혁명이 종식되자 새로운 역사적 전환기에 편승하여 신시기(新時期)의 변화를 맞이하게 되었다. 문단(文壇)은 이러한 변화의 분위기를 감지하고 지난시기의 극좌적인 오류를 씻고, 이데올

---

2) '6.25동란'은 주로 남한에서 사용된 용어인데 한국전쟁의 관계적인 주관성을 상상하게 하는 경향이 있다. 북한에서는 전쟁의 정당성을 주장하기 위해서 '조국해방전쟁'이라는 용어를 사용한다. 본고에서는 남북의 이념적 성향을 배제하고 보다 객관적인 시각으로 전쟁을 바라보기기 위해 '한국전쟁'이라는 용어를 채택하기로 한다.

3) 문화대혁명(文化大革命) - 1966년부터 1976년까지 10년간 중국의 최고지도자 마오쩌둥(毛澤東)에 의해 주도된 극좌 사회주의운동이며 계급투쟁을 강조하는 대중운동이었다. 마오쩌둥 사망 후 중국 공산당은 제11기 중앙위원회 제6차 전체회의(1981.6.27)에서 「건국 이래 당의 약간의 역사문제에 관한 결의(關與建國以來黨的若干歷史問題的決議)」를 만장일치로 채택하였는데, 여기서는 문화대혁명을 '영도자가 잘못하여 일으켰고 반혁명집단에게 이용되어 당과 국가와 각 민족의 인민에게 심각한 재난을 가져다 준 내란'으로 규정하였다. 그리고 문화대혁명에 대해 '極左적 오류'였다는 공식적 평가와 함께 문화대혁명의 광기는 급속히 소멸되었다.

로기 선전 도구로써의 기능에서 벗어나 문학 본래의 기능과 자체의 가치를 회복시키려는 '신시기문학(新時期文學)'의 선도적 역할을 주도하게 된다. 바로 이 신시기(新時期)에 시대적 변화에 순응하면서도 가장 활발한 창작활동을 주도한 대표적 작가 중의 한 사람으로서 왕멍(王蒙)을 꼽게 된다.

황순원과 왕멍은 양국의 현대문학사에서 일정한 영향을 주고받으면서 중요한 위치를 차지하고 있는 작가이다. 황순원은 한국 현대문학의 향유에 있어서 시대의 흐름에 동요하지 않고 자신만의 독창적인 문학으로 세사의 욕구와 인정세태를 폭넓게 수용하면서 순수성과 완결성의 문학4)을 오롯이 완성해 왔다. 그의 작품은 '순수와 절제의 미학'으로 상층문학적 요소를 끌어올림으로써 서정문학으로서의 입지를 한층 강화하였다. 이와 유사한 측면에서 왕멍은 중국 신시기 소설문학을 대표하고 있는 작가이며, 중국 현대문학의 거장(巨匠) 루신(魯迅)과 비견될 정도로 신시기문학의 새 지평을 개척한 중국 당대 문단의 巨人이다. 왕멍의 신시기소설은 사회주의 리얼리즘의 정신에 서양의 모더니즘 기법을 결합하여 문화대혁명과 신시기의 사회상을 짙게 드리우는 양상을 보인다.

문학이 그 시대의 산물이라고 새삼 강조하지 않더라도 역사 사건이 문학과 작가에게 주는 영향은 충분히 예상할 수 있는 바이다. 문학 작품 속에는 그 시대의 의미 있는 사건들과 그 연장선상에서 민중들의 모습이 발견됨은 주지의 사실이고 잡가적 요소가 다분히 침투하기도 한다.

한국전쟁은 한국 현대사에 있어서 민족공동체적 운명에 가장 크고

---

4) 김종회, 「문학의 순수성과 완결성, 또는 문학적 삶의 큰 모범」, 『황순원』, 새미, 1998, 11쪽.

결정적인 영향력을 끼친 역사적 사례에 해당된다. 이는 민족의 재편성이라는 혼란과 비극을 가져왔고 1950년에서부터 현재에 이르기까지 60년을 넘게 일방적 관계만을 인정하고 지속되어 왔다. 한국인의 정서와 정치, 경제, 사회, 문화 등의 분야에서 실상에 맞는 소통의 해법을 찾아보지만 이데올로기적 해석에만 매몰되기 쉬운 여러 징후들이 드러나고 있다. 즉 한국전쟁은 '휴전협정'의 체결로 전투만 종료되었을 뿐 전쟁은 종료되지 않았다는 점에서 긴장의 고조가 주기적으로 늘 상존하고 있다. 이러한 문제가 갖는 의미가 무엇인지, 이와 같은 해법을 찾기에는 복잡한 차원의 담론이 전제되고 있다. 이 상처의 그루터기가 '과거완료'의 사실이 아니라 지금도 내연하는 '현재진행형'이라는 점5)이다.

중국 사회주의 혁명과정의 가장 어두운 그림자라고 할 수 있는 프롤레타리아 문화대혁명(無産階級文化大革命, 1966.5~1976.10)은 역사의 뒤안길로 사라졌지만, 이것이 남긴 상처는 중국 사회의 전반에 혼재되어 있다. 중국 공산당이 공식적으로 밝힌 피해자만도 1억 명이 넘고 비공식적인 피해자까지 포함한다면 결국 중국인민 대다수가 피해자였던 것이다. 중국인들은 문화대혁명이 종식되었어도 일정 시기동안 그 충격과 악몽에서 벗어날 수 없었다. 지금도 문화대혁명에 대한 자유로운 연구나 출판·토론 등은 상당부분 제한을 받고 있는 실정이다.

또 다른 각도에서 살펴보면 한국전쟁과 문화대혁명은 몇 가지 주목할 만한 특징들이 발견된다. 그 가운데 두드러진 것은 양국의 정치적 혼란과 윤리의 파탄 등이 정체성을 상실하고 좌절되어가는 심각성을 들 수 있다. 예들 들어 '국가불행 시인행(國家不幸詩人幸)'6)이란 말이

---

5) 김종회, 「분단시대의 삶과 문학적 형상력」, 『위기의 시대와 문학』, 세계사, 1996, 36쪽.

6) 출처: 중국 청나라 시인 趙翼의 詩: "國家不幸詩人幸, 賦到滄桑句便工".

있듯이 이 시기의 극한 상황은 분명 국가에게는 불행이었고 소통의 불
가능이 문제적 상황이었다. 역설적이지만, 이러한 정체성의 붕괴를 지
향하면서 등장했던 문학사적 관점에서는 혼란기의 상처에 대한 폭로
와 극복, 당시 사회 환경에서의 잃어버린 인간성 회복 등 계층간의 의
사소통의 불가능성이 하나의 쟁점으로 논의되기 시작한다. 따라서 순
수 문학을 비롯한 여러 분야에서 작가들이 자신에게 내재되어 있던 사
회변혁과 민중들의 마음에 공명을 불러일으키는 문학 작품들이 많이
나온 시대였다고 볼 수 있다.

　필자가 1950~1960년대의 한국의 전후소설과 1970~1980년대의
중국의 신시기 소설은 동시기의 문학이 아님에도 불구하고 양자를 비
교·분석하여 논의하고자 하는 것은, 한국의 전후소설과 중국의 신시
기 소설에서 대비되는 일정한 관계맺음이 유사한 관점에서 논의될 수
있기 때문이다. 어떠한 의미에서는 이원적 세계관이 존재할 수 있지만,
그 발생의 원인과 배경, 작품의 주제의식과 창작기법, 그리고 양국 문
학사에서 차지하는 위치와 역할 등을 상호 비교해보면 인물이나 묘사
기법에 내재하는 특징이 특정시대의 다수로부터 질적인 차별을 만들
어낼 수 있는 서사 관점을 확보하고 있다는 점이다. 한국의 전후문학은
전쟁으로 인한 비참한 현실로부터의 인간성의 상실, 사회의 부조리, 불
안 의식을 형상화한 문학이다. 이와 유사한 관점에서 볼 때 중국의 신
시기문학은 1976년 마오쩌둥(毛澤東)의 사망과 동시에 문화대혁명이
종결된 후, 1989년 천안문사태에7)이르기까지로 파악하고 있다. 이 시
기에 문학으로서의 문화대혁명을 매개로 드러나고 있는 실체를 조명
하고, 중국의 인민들이 동시적으로 경험한 일련의 상처를 재해석하여

---

7) 1989년 6월 4일, 중국 공산당 총서기 후야오방(胡耀邦)의 사망을 계기로 천안문광
　장에 모인 학생과 시민들의 민주화 시위를 중국정부가 무력으로 진압한 사건이
　다.

사실적으로 보이도록 재구성한 것이 신시기문학의 보편적 영역이다. 한국의 전후소설과 중국 신시기소설의 유사점이 사회적 동란을 가져온 정신적 상처를 폭로하고 그 치유법을 타파하고자 한 것이었다면, 이러한 논의에 대한 핵심적인 양상을 살펴봄으로써 어느 정도 총체적 본질 규명이 가능해질 것이다. 즉 이들 양자의 특징에 있어서 양국의 사회적 혼란을 겪고 난 후, 인간성의 회복을 그려내는 문학, 극한 상황에서 느낀 실존의 문제, 인간 내면의 자아에 대한 탐구 등을 집중적으로 다룬 문학으로써의 유사한 사례가 드러나기 때문이다.

또한 한국의 전후소설과 중국의 신시기소설은 모두 자국의 30년대 모더니즘의 전통을 이어받고 서양의 모더니즘 사조를 단계별로 수용하는데도 그 유사성이 발견된다. 한·중 양국에서 모더니즘의 여러 사조와 소설 기법을 처음으로 수용한 것은 모두 1920~1930년대부터 시작했다고 볼 수 있다. 하나는 한국 현대문단에 있어서 전후소설이 발생한 1950년대를 서구 모더니즘의 여러 사조와 소설기법을 수용하는 두 번째 전성기로 본다면, 다른 하나는 중국 현대문단에 있어서 신시기소설이 발생하는 1970년대 말에서부터 1980년대를 그 두 번째 전성기로 볼 수 있다.8) 또다른 하나는 한국의 전후소설과 중국의 신시기소설은 자국의 현대문학사에서 차지하는 위치와 역할이 비슷하다는 등 여러 면에서 파악될 수 있는 공통성이 있다.

그러므로 한국의 전후문학과 중국의 신시기문학은 모두 큰 사회적 혼란을 겪고 난 이후 인간성 회복을 그려내는 문학, 극한 상황에서 느낀 실존의 문제, 인간 내면의 자아에 대한 탐구 등을 집중적으로 다룬 문학으로써 유사한 점이 많다고 할 수 있다. 이러한 관점은 한국의 전후소설과 중국의 신시기소설을 비교·분석하고, 어떠한 의미로든 질

---

8) 우림걸,「동란의 시대와 문학의 대응」,『한중인문학연구』, 2003.6, 107쪽.

게 드리워진 문학의 음영을 다양한 각도에서 밝혀내는 데 상징적 의미가 있을 것이다.

따라서 본고는 황순원의 전후소설과 왕멍의 신시기소설의 주제의식과 창작기법 을 비교·연구하여 한·중 양국 문학의 공통점에 대한 특질이 무엇인지를 밝히고자 한다. 그리하여 한국의 전후소설과 중국의 신시기소설에 대한 비교·연구라는 새로운 연구 분야를 개척하여 한·중 비교문학의 새로운 지평을 열기 위해 노력하고자 한다.

2. 연구사 검토

한·중 양국의 현대문학사에서 중요한 위치를 차지하고 있는 전후소설과 신시기 소설에 대한 연구는 각각 많이 전개되고 있음에도 불구하고 서로에 관한 비교연구는 이론적 틀로서 가시화 된 것이 미흡한 실정이다. 특히 황순원과 왕멍의 소설에 관한 연구는 각각 한국과 중국의 역사적 특수성 속에서 지속적으로 이루어지고 있지만 양자의 同異點에 관한 비교·연구는 쉽게 찾아볼 수 없다.

먼저 한국에서의 황순원 문학에 관한 연구는 질적·양적인 면에서 많은 성과를 내고 있다. 황순원의 전후소설에 대한 연구는 1970년대『황순원 대표작선집』전6권(조광출판사, 1969.5)과『황순원 문학전집』전7권(삼중당, 1973.12)의 간행을 계기로 황순원 문학세계에 대한 전반적인 논의가 본격화 되었나. 이러한 관겸에서 이보영[9]과 천이두[10]는 작품론을 중심으로 종합적인 분석을 보여줌으로써 황순원 연구의 새로

---

9) 이보영,「황순원의 세계」,『현대문학』(1970.2~3).
10) 천이두,「황순원의 문학」,『신한국문학선집』, 14, 어문각, 1970.
   ,「시와 산문」,『한국대표문학선집』제6권, 삼중당, 1970.

운 장을 열었다. 이보영은 황순원 문학의 창조적 원동력을 '삶의 환멸
과 권태'로 보고 이러한 논리를 구체적인 작품분석을 통하여 정체성을
드러내고 있다. 천이두는 황순원 문학을 범 생명주의, 휴머니즘, 파토
스의 세계로 평가하여 황순원 연구의 한 단초를 열어주었다는 점에서
그 의의를 찾을 수 있다고 본다.

또 한편에서는 황순원 문학의 역사성을 규명하려는 논의가 전개되
고 있는 바, 김병익,[11] 김현,[12] 염무웅[13] 등은 황순원 문학을 사회의식
의 산물로 파악하는 관점을 제시하고 있다.

1980년대에 들어서면서 황순원 문학에 대한 연구는 문학과 지성사
에서 기획한『황순원전집』(1980~1985)과 황순원 고희 기념집인『말과
삶과 자유』(1985), 그리고 황순원에 대한 작가론・작품론을 단행본으
로 묶은『황순원연구』(1985)가 간행됨으로써 대량화・다양화의 추세
로 전개되고 있음을 발견할 수 있다. 1980년대의 주목할 만한 연구로는
이태동,[14] 유종호,[15] 장형숙,[16] 김종회,[17] 조남현,[18] 신동욱,[19] 오생
근[20]의 논고를 들 수 있다. 그 중에서도 이태동, 김종회, 장형숙의 관점
은 황순원 문학의 몇 가지 유용한 관점을 제공해주고 있다. 한편, 이태
동은 자연주의와 리얼리즘을 함축성 있게 수용한 후 거기에 낭만주의

---

11) 김병익,「순수문학과 그 역사성」,『한국문학』(1976).

12) 김현,「소박의 수락」,『황순원문학전집』6, 삼중당, 1973.

13) 염무웅,「8.15직후의 한국문학」,『창작과 비평』(1975, 가을호).

14) 이태동,「실존적 현실과 미학적 현현」,『현대문학』(1980.11).

15) 유종호,「겨레의 기억」,『황순원전집』2, 문학과지성사, 1981.

16) 장형숙,「황순원 작품 연구」, 경희대 대학원 석사논문, 1982.

17) 김종회,「삶과 죽음의 존재양식」,『경희대학교 대학원 고황논집』제2집(1987).

18) 조남현,「우리 소설의 넓이와 깊이」,『문학정신』(1989).

19) 신동욱,「황순원 소설에 있어서 한국적 삶의 인식 연구」,『동양학』제16집(1986).

20) 오생근,「전반적 검토」,『황순원연구』(1985).

적이고 초월적인 인간정신과 인간가치를 확대시켜 실존적 색채가 짙
은 상징주의 문학이라고 했다. 다른 한편, 김종회는 황순원의 문학적
연대기를 통해 황순원의 삶과 문학을 연결하여 총체적으로 고찰하면
서, 황순원의 문학은 인간의 정신적 아름다움과 순수성, 인간의 고귀함
과 존엄성을 존중하는 바탕위에서 출발했고 이를 흔들림 없이 끝까지
지켰다고 지적했다.[21] 또다른 한편, 장현숙은 황순원 작품에 나타난 애
정의 문제와 모성의 문제를 접맥시킨 후부터 지속적으로 황순원 연구
에 관심을 쏟고 있다.[22]

1990년대에 들어서부터 보다 포괄적인 연구가 시도되면서 황순원
작품의 변모 과정에 대한 연구와 함께 정신분석학적 연구도 병행되었
다. 황순원 소설을 분석심리학적 시각으로 살펴본 양선규[23]와 전통 시
학의 방법론을 적용하여 황순원 시와 소설을 평가한 박양호[24]의 관점
은 단일 시각을 확보한 포괄적이고 체계적인 연구라는 점에서 주목할
만하다.

중국에서는 황순원에 대해 잘 알려지지 않았을 뿐만 아니라 그에 대
한 연구도 미흡한 형편이다. 좀더 엄격히 말해 황순원뿐만 아니라 한국
의 현대문학에 대한 여러 분야에서 본격적인 연구가 아직까지 잘 이루
어지지 못하고 있는 실정이다. 지금까지 중국에서 발표된 황순원 문학
에 관한 연구 논문은 쉽게 찾아볼 수 없지만, 그 중에서도 주목할 만한

<hr>

21) 김종회,「순수성과 서정성의 문학, 또 문학적 완전주의」,『문학의 숲과 나무』,민
　음사, 223쪽.
22) 장현숙,「황순원, 민족현실과 이상과의 괴리 – 단편집『기러기』를 중심으로」,『
　경원전문대학 논문집』제13집(1991.4).
　　　　,「전쟁의 상흔과 인간 긍정의 철학 – 단편집『곡예사』를 중심으로」,『
　경원전문대학 논문집』제16집(1993).
23) 양선규,『황순원 소설의 분석심리학적 연구』, 경북대 박사논문, 1991.
24) 박양호,『황순원 문학 연구』, 전북대 박사논문, 1994.

것은 다음의 3편이다. 하나는 중국 산동성 연태대학교 정봉희(丁鳳熙) 교수의「황순원 소설의 생태미학에 대하여(論黃順元小說的生態美學)」라는 논문이다. 이 논문에서 황순원의 소설은 서정과 상징으로 표현된 생명(주체생명과 자연생명을 포함)과 사랑사상이라는 점에서, 인간과 자연이 서로 화합하고 의존하는 생태주의 가치관을 나타내고 있다고 지적하고 있다.[25] 다른 하나는 중국 중앙민족대학교 김은희(金銀熙)의 석사논문의「황순원과 沈從文 소설의 서정적 요소에 관한 비교연구」를 들 수 있다. 김은희의 석사논문에서는 비교문학적 관점에서 황순원과 심종문 소설의 서정적 요소를 비교 분석했으며 그들 작품의 주제의식과 표현수법에서의 공통점과 차이점을 지적하고 있다.[26] 또다른 하나는 산동대학교 牛林杰 교수의「韓國的戰後小說」을 들 수 있는 데, 이 논문에서는 황순원의 생애와 작품세계를 간략하게 소개하는 데 치중하고 있다.[27]

반면에 중국에서 왕멍의 소설 창작에 대한 연구는 일찍이 1980년대부터 본격적으로 시작되었다. 특히 신시기에 접어들면서부터 왕멍은 서구에서의 '의식의 흐름(意識流)'이란 기법을 도입하여 일련의 이러한 소설을 발표한 후, 당시 중국문단에서는 왕멍의 작품에 대한 하나의 쟁점으로 논의되기 시작하면서부터 '왕멍붐(王蒙熱)'을 불러일으켰다.

그리하여 1980년대부터 왕멍에 대한 연구가 본격적으로 시작되어 지금까지 700여 편의 비평이나 논문이[28] 발표되었는데 주로 세 가지

---

25) 丁鳳熙, <論黃順元小說的生態美學>, ≪山東師大外國語學院學報≫ 2002年 第1期.

26) 金銀熙, <黃順元與沈從文小說的抒情性要素比較研究>, 中央民族大學 碩士論文, 2007.

27) 牛林杰, <韓國的戰後小說>, ≪山東師大外國語學院學報≫ 1999年 創刊號(總第1期).

28) 祝欣, <跨越時空,多維視野下的研究－1979年至今王蒙小說研究綜術>, ≪安徽文

영역으로 고찰해 볼 수 있다. 첫째, 왕멍(王蒙) 소설의 특징적인 '의식류(意識流)'기법에 관한 많은 비평과 연구논문들이 있다. 방순경(方順景)의 논문 「새로운 예술세계의 창조」,[29] 육귀산(陸貴山)의 논문 「王蒙小說創作의 創新에 대하여」[30] 등은 왕멍 소설이 서구의 새로운 창작 기법을 대담하게 도입하는 創新性에 대하여 높이 평가하면서 왕멍의 '의식류(意識流)' 기법은 서구의 퇴폐적인 '의식의 흐름'과 본질적으로 차이가 있다고 지적하였다.

둘째, 왕멍 소설의 언어와 문체에 대한 연구도 많이 이루어지고 있다. 서병창(徐炳昌)의 「王蒙小說 言語의 새로운 변화」,[31] 전근원(丁根元)과 유일령(劉一玲)이 공동으로 연구한 「王蒙小說 言語硏究」[32] 등은 왕멍의 소설 언어를 '신선하고 살아있다'고 평하면서 왕멍 소설 언어의 풍부하고 독특한 표현력, 다양한 수사법의 활용 등에 대해서 긍정적으로 평가하였다. 곽보량(郭宝亮)은 문체학의 관점에서 왕멍 소설 문체에서의 創新性과 한계를 지적하였다.[33]

셋째, 진효영(陳孝英)은 논문 「王蒙소설의 해학적 특징에 대하여」[34]에서 해학성은 왕멍 소설의 중요한 특징이라고 지적하고 있다. 이와 유사한 관점에서 증진남(曾鎭南)은 왕멍 소설의 해학성은 많은 사회 정치학적 내용을 내포하고 있는 데, 이것은 왕멍의 정치와 인생에 대한 지혜의 정수(精髓)라고 긍정적 평가를 하고 있다.[35]

學≫, 2008.4.

29) 方順景, <創造新的藝術世界>, ≪文藝報≫, 1980.8.7.

30) 陸貴山, <談王蒙小說創作的創新>, ≪北京師範學院學報≫ 1980年 第4期.

31) 徐炳昌 ≪王蒙小說語言新變提要≫, 揚州大學學報 1989年 第2期.

32) 丁根元 劉一玲, ≪王蒙小說語言硏究≫, 大連出版社, 1989.

33) 郭宝亮, ≪王蒙小說文體硏究≫, 北京大學出版社, 2006.

34) 陳孝英, <論王蒙小說的幽默風格>, ≪文學評論≫, 1983년 第2期.

35) 曾鎭南, ≪王蒙論≫, 北京社會科學出版社, 1987, 158쪽.

중국에서의 왕멍에 관한 비교적 폭넓고 심도 있는 연구는 중진남(曾鎭南)에 의해서 이루어졌다는 경향이 지배적인 데, 대체로 그의 저작 『王蒙論』은 1980년대 중반까지 왕멍에 대한 대부분의 소설을 포괄하고 있기 때문이다. 『王蒙論』은 사회·역사적 비평방법으로 왕멍의 소설 창작을 총체적으로 비평·연구하는 저작으로 1, 2부로 구성되어 있는 데, 1부는 총 22장으로 사상, 주제의식(역사보응), 구조(放射적 구조), 예술특성(유머와 풍자), 의식의 흐름 기법, 산문체 소설, 내용적 특색 등을 논술하고 있다. 2부는 단편, 중편소설을 위주로 그 창작의 특성을 분석하고 있다. 이와 같이 『王蒙論』에서는 왕멍 소설의 주제의식, 의식류와 유머 수법 등에 대하여 구체적으로 설명하고 있다. 이 외에도 왕멍의 창작에 대한 총체적인 연구는 정옥주(丁玉柱)의 『王蒙의 생활 및 문학의 길』[36] 등이 있다.

한국에서 왕멍의 소설에 대한 연구는 11편의 학위논문[37]이 확인되고 있는 데, 주목할 만한 것이 다음과 같다. 장훈화의 논문 「王蒙의 生涯와 藝術世界」는 왕멍과 그의 소설을 소개하는 형식으로 구성되어 있다. 田彩延의 「왕멍(王蒙)소설 연구－'의식의 흐름' 작품을 중심으로」와 李賢榮의 「王蒙小說에 나타난 '意識流'技法 分析」은 작품에 투영된

---

36) 丁玉柱, ≪王蒙的生活和文學道路≫, 黑龍江敎育出版社, 1994.

37) 장훈화, 「王蒙의 生涯와 藝術世界」, 성신여대 석사논문, 1991.
田彩延, 「王蒙소설 연구－'의식의 흐름'작품을 중심으로」, 충남대학교 석사논문, 1991; 金孝秋, 「王蒙의 ≪活動變人形≫ 연구」, 성균관대 석사논문, 1995; 박정원, 「王蒙의 反思小說 硏究」, 한국외국어대하교 석사논문, 1997; 劉京哲, 「王蒙小說 硏究」, 서울대학교 석사논문, 1998; 金正蘭, 「王蒙의 심리소설 특성 연구」, 전남대학교 석사논문, 1999; 김은주, 「≪活動變人形≫의 인물형상 연구」, 동국대학교 석사논문, 2004; 최윤영, 「王蒙 反思小說 ≪布禮≫연구」, 동국대학교, 2004; 李賢榮, 「王蒙小說에 나타난 '意識流'技法 分析」, 전북대힉교 석사논문, 2006; 양나영, 「王蒙의 ≪活動變人形≫연구」, 원광대학교 석사논문, 2007; 임윤옥, 「王蒙의 ≪活動變人形≫ 연구」, 경희대학교 석사논문, 2009.

작가 의식과 '의식의 흐름' 기법을 중심으로 분석하고 있다. 金正蘭의 논문 「왕멍(王蒙)의 심리소설 특성 연구」는 왕멍의 '의식류' 소설을 심리소설로 재해석하는 입장을 취하고 있다. 金孝秧, 김은주, 양나영, 임윤옥 등은 왕멍(王蒙)의 장편소설 「변신 인형(活動變人形)」의 작품성, 인물형상, 주제의식과 창작기법을 다양한 형태로 분석하고 있다. 박정원과 최윤영은 지금까지 왕멍(王蒙)에 대한 연구가 '의식의 흐름' 기법, 즉 형식적인 면에 치중해 있다는 점을 착안하여 왕멍(王蒙)의 '반사소설(反思小說)'이라는 범주를 설정하여 형식과 내용을 결합해서 작품의 주제와 인물 형상, 창작기법 등을 밝혀내고 있다. 한편, 서울대의 劉京哲은 「王蒙 小說 硏究」라는 논문을 통하여 왕멍 중·단편소설의 주제와 서사기법 등을 고찰하여 왕멍 소설의 특징과 의의를 상관관계 속에서 그 성격이 좀 더 구체적으로 규정하고자 시도하였다.

학위논문을 제외하고 왕멍 소설에 관한 소논문은 다음과 같은 것들이 있다. 김영자 교수의 「왕멍(王蒙)小說과 社會主義文學의 可能性」은 「조직부에 새로 온 젊은이 (組織部新來了個年輕人)」와 「볼세비키의 경례(布禮)」를 대상으로 왕멍의 소설이 사회주의 현실의 환멸스런 일면을 정직하고 용감하게 고발했다는 점을 높이 평가하면서 왕멍 문학의 불가피한 한계를 수반하는 점에 대해서도 언급하고 있다. 全炯俊 교수의 「封建과 近代의 錯綜——王蒙의 ≪변신 인형(活動變人形)≫에 대한 종합적 독해」는 왕멍의 소설에서의 봉건주의와 사회주의의 의미가 복합적 층차로 내재되어 있음을 지적하고 있다.

또한 전남대학교 李珠魯 교수의 논문 「王蒙 小說의 敍事戰略」은 왕멍 소설의 '의식의 흐름' 기법이 갖는 서사적 특징의 관점에서 고찰하고 있다. 한국 외국어대의 박정원의 「王蒙 ≪蝴蝶≫의 서사담론비평」은 포스트 모더니즘적인 관점으로 왕멍 소설의 서사담론을 전개하고 있다.

　이상의 선행연구에서 살펴 본 바와 같이, 한국에서 왕멍(王蒙)에 대한 연구는 대체로 11편의 학위논문과 4편의 소논문으로 나타나고 있는데 대부분이 작품의 주제의식과 창작수법을 비롯한 전면적인 연구보다는 '의식의 흐름'이라는 창작기법에 대한 연구에 머무른 것은 한계적이다.

3. 연구방법 및 범위

　한·중 양국의 고전문학은 영향·수용관계가 많은 것이 주지의 사실이지만 양국의 현대문학은 별다른 영향관계 없이 독자적으로 발전해 왔다. 특히 한국 전후소설과 중국의 신시기소설은 서로 영향관계가 없지만 유사한 역사와 시대적 배경 및 양국 문화의 동질성 때문에 공통점이 많이 존재한다. 그러므로 비교문학적 관점에서 한국 전후소설과 중국 신시기소설을 연구하는 것은 양국 문학의 보편성과 특질을 밝히는데 중요한 의미가 있다고 본다.[38]

　비교문학(比較文學, comparative literature)은 각국의 문학 사이의 국제적 영향·교류·대응관계 등에 관해 연구하는 학문이다. 18세기 말

---

[38] "한국문학연구를 출발점으로 해서 세계문학의 보편적인 이론수립에 이르는 것이 한국에서 하는 비교문학연구의 목표이다. 그러기 위해서는 영향관계의 논증을 비교문학의 가장 긴요한 과제로 삼아야 한다는 생각을 버려야 한다. …중략… 이제 방향을 바꾸어, 한국문학과 직접 접촉이 없는 여러 나라의 문학까지 가능한 대로 널리 거론하면서, 한국문학연구에서 얻는 성과가 세계문학의 보편성을 얼마나 지니는지, 문학 일반이론 수립에 어떤 기여를 하는지 힘써 따져야 하겠다."
조동일, 「비교문학의 방향전환 서설」, 『한국문학과 세계문학』, 지식산업사, 1992, 9쪽.

부터 일어난 민족주의의 영향을 받아, 유럽의 근대적 문학연구는 각국의 문학을 각각 개별적·독립적으로 일관된 흐름에 의해 파악하려는 방향으로 진행되었다. 이것이 한 나라의 문학 발전을 시대에 따라 차례대로 연구하는, 이른바 영국문학·프랑스문학·독일문학 등의 방법이며, 오늘날까지 문학연구의 정통 주류의 위치를 차지하고 있다.

그러나 19세기로 들어서자, 이러한 나라별 문학연구의 발전과 병행하여 한 나라의 범위 내에 완전히 수용할 수 없는, 국경을 초월한 문학의 이동·교류의 움직임을 중시하는 경향이 나타났다. 이것은 근대 유럽과 같이 여러 국가가 밀접한 정치적·문학적 교류단계에 있어서, 사람이나 정보의 왕래가 활발한 세계에서는 당연한 발상이었다. 이것은 일찍이 독일, 프랑스에서 시작되었으며, 19세기 중엽부터 점차 독립된 학문연구분야로 발전되었다.

20세기가 되자, 비교문학은 프랑스를 중심으로 급속히 발전하여 현재의 비교문학연구의 틀과 방법론을 거의 완성시켰다. 지극히 복잡다기하고 광범위한 연구영역을 통괄하고 학문으로서의 일관성·객관성을 확보하기 위해 하나의 기본원칙을 내세웠다. 그것은 비교의 대상을 어디까지나 실제로 접촉·교류가 있고 그것을 사실로 뒷받침할 수 있는 문학현상의 범위로 한정하는 것이었다. 20세기 전반의 비교문학연구는 대체로 이 원칙에 충실히 따랐으며, 주로 근대 유럽 내부에서의 문학작품의 수용·영향의 실증적 연구에 집중하였다.

제2차 세계대전 후 프랑스 실증학파의 비교문학연구는 대전 전까지 학계를 이끌면서 큰 성과를 거두었지만, 점차 그 폐해도 드러났다. 그것은 뒷받침·실증을 중시한 나머지, 대상으로 삼은 문학작품의 내적인 본질의 연구보다도 접촉·교류의 사실관계조사라는 작품의 외적 요인에 치우친 연구를 형식적·기계적으로 양산하는 결과를 낳은 것이었다. 또한 종래의 연구대상은 유럽에 너무 집중되어 있었고, 유럽 이외로는 시야를 돌리지 않았다. 직접적 접촉·교류가 적은 곳까지도 포함한 세계적 규모의 비교문학연구를 위해서는 단지 실증에 의한 수용·영향관계를 중심으로 한 방법만으로는 불충분하였다.

이에 대한 반성으로, 제2차 세계대전 후 미국을 중심으로 하여 격렬한 반프랑스파 비교문학의 움직임이 나타났다. 다수의 민족과 문화가 혼재하고 전통에 얽매이지 않는 새로운 발상을 받아들인 신흥대국 미국에서 활발한 이론과 실천이 전개되었다. 이 미국파는 대전 전의 러시아형식주의와 미국의 신비평·언어학·수사학 등 다채로운 관련 영역의 방법을 도입하고 한편으로 문학작품의 내재적 구조를 분석하여 문학 일반이론의 정립을 꾀하였다. 이러한 구조분석적·일반론적 관점에서, 직접적으로 접촉·교류가 없는 문학작품간의 유사·대응관계를 거시적으로 전망하는 대비연구의 방향으로 나아가 야심적·도전적인 분야를 개발하였다. 이로 인해 현재 비교문학연구의 방향은 크게 확대되고 있는 중이다.

본고에서는 황순원과 왕멍의 작품을 중심으로 한국의 전후소설(1950~1960년대)과 중국의 신시기소설(1977~1989)의 주제의식과 창작기법 등을 '평행 비교(平行比較)'라는 비교문학적 방법으로 집중적으로 연구하고자 한다. '平行比較'는 서로 다른 나라의 문학을 비교·연구하는 방법 중의 하나이다. 비교문학은 원래 세계 각국의 문학이나 작가와 작품 간의 원천과 영향(source & influence)에 관한 연구를 바탕으로 하여 문학작품을 올바르게 평가하고 문학사를 정확히 기술하려는 목적에서 비롯되었다.

황순원 문학에 대한 비교문학적 연구는 거의 이루어지지 못하고 있는 상황이다. 다만 이보영과 장현숙이 단편적으로 언급하고 있을 뿐이다. 이보영은 도스토예프스키의 작품을 거론하면서 그와의 영향 관계를 제시했다.39) 황순원은 단상 「말과 삶과 自由」에서 도스토예프스키의 저작과 사상에 관해 많이 언급한 것을 고려할 때 도스토예프스키의 영향 관계가 본격적으로 이루어져야 한다고 본다. 또한 장현숙은 일본작가 志賀直哉와의 연계성에 대해 부분적으로 언급하고 있지만 좀 더 구체적이며 깊이 있게 연구되어야 할 과제라고40) 생각된다.

　본고는 한국 전후소설과 중국 신시기 소설의 대표 작가인 황순원과 왕멍의 작품에 대한 비교 연구를 통해 한·중 양국의 현대문학에 대해 보다 깊이 있게 이해할 수 있도록 하는 것이다. 본 연구의 범주는 황순원의 1950~1960년대 전후소설과 왕멍 1970~1980년대의 신시기소설 작품에 한정한다.

　본고는 총 4장으로 이루어진다. 제 I 장은 서론으로서, 황순원의 전후소설과 왕멍(王蒙)의 신시기소설에 대한 문제제기와 연구방법 및 범위 등을 제시하고자 한다. 제 II 장은 예비적 고찰로서 한국 전후문학 및 황순원의 전후소설 개관, 중국 신시기문학 및 왕멍의 신시기소설 개관 등을 개략적으로 검토해 보도록 하겠다. 제 III 장 본론에서는 황순원의 전후소설과 왕멍의 신시기소설을 본격적으로 비교·연구하는 부분으로, 구체적으로 제1절은 황순원과 왕멍 문학의 전반적인 창작경향과 특징인 서정적 낭만주의와 혁명적 낭만주의를 작품을 통해서 살펴보겠다. 제2절은 황순원과 왕멍의 이데올로기에 대한 태도를, 제3절은 황순원과 왕멍의 작품에서 나타난 억압된 인간성의 문제를 집중적으로

---

39) 이보영, 「황순원의 세계」, 『현대문학』, 1970.2.3; 장현숙, 『황순원문학연구』, 시와시학사, 1994, 28쪽 재인용.
40) 장현숙, 「전쟁의 상흔과 인간긍정의 철학」, 『경원전문대학 논문집』 제16집(1993).

검토하기로 한다. 제4절과 제5절은 황순원과 왕멍(王蒙)의 특징적인 창작 기법인 '의식의 흐름' 및 상징과 은유 등 표현수법을 살펴보겠다. 제Ⅳ장은 결론으로, 앞에서 논의했던 내용들을 정리, 종합하여 황순원과 왕멍(王蒙) 소설이 갖는 주제의식 및 창작기법의 특징을 밝힘으로써 한국 전후소설과 중국 신시기소설의 同異점을 도출한다.

Ⅱ. 예비적 고찰

1. 한국 전후소설 검토

가. 전후소설의 사회·역사적 배경

전후소설은 일반적으로 전쟁을 겪은 작가들이 자신들의 직·간접적
인 경험들을 소설의 형식을 빌어서 형상화한 작품을 일컫는다. 원래 전
후소설은 제1·2차 세계대전 이후, 특히 제2차 세계대전의 상황을 반
영하고 있는 소설을 지칭하는 개념인데 한국의 전후소설은 한국전쟁
이후(1953)부터 1960년대(4.19혁명) 초반까지 약 10년 동안에 생산된
작품을 가리키며,[41] 전후의 폐허 의식에서 야기되는 인간성의 상실, 사
회질서의 혼란, 가치관의 변혁, 집단에의 불신과 반항, 생활 의욕의 좌
절과 패배 등을 특징으로 하는 전쟁 상황 및 전후의식과 사조를 반영한
소설을 말한다. 특히 전후소설은 전쟁이라는 극한 상황에 가로놓인 인
간을 형상화 하며, 전쟁을 겪고 난 후의 삶을 살아가는 군상들의 모습
을 그려내고 있다.

---

41) 신경득, 『한국 전후소설 연구』, 일지사, 1983, 8쪽.

한국 전후소설의 성격을 규명할 때 이와 불가분의 상관관계를 갖고 있는 것은 전쟁의 상황이다. 한국 전후소설은 한국전쟁으로부터 시작된다. 1948년 8월 15일 해방공간의 혼란이 수습되지 않은 상황에서 남·북한 각각 이데올로기가 다른 단독정부가 세워졌고, 곧 이어 6.25라는 미증유의 전쟁이 일어났다. 1950년 6월 25일부터 1953년 7월 27일 휴전이 성립되기까지 3년여에 걸친 동족상잔의 전쟁 기간에 엄청난 인명 피해와 물질적, 정신적 피해가 있었다.

"6.25동란은 한국 역사상 가장 비참한 전쟁 중의 하나였다. 이로 말미암아 입은 피해는 말할 수 없이 가혹한 것이었다. 인명피해는 전란에 의한 것만도 사망자 15만, 해방불명 20만, 부상자 25만에 달했고, 공산당에 납치된 수가 10만 이상, 그리고 전쟁으로 인해 재해민은 수백만에 달한 것으로 추정되었다. 공산당이 받은 피해는 실로 그 몇 배가 되는 것이다.

동란으로 인한 물질적인 피해도 정확을 기하기는 어려우나, 그 피해액은 모두 18억 달러 내지는 30억 달러에 달하는 것으로 추정되었다. 공업시설은 42%, 발전시설은 40%, 그리고 탄광시설은 50% 가량이 피해를 입었다. 주택은 3분의 1이 파괴되었고, 공공건물, 도로, 교통, 항만 등의 상당한 부분이 파괴되었다.

그러나 이 동란의 피해는 물질적인 손실만으로써는 잴 수 없는 것이었다. 통일된 민족으로서의 자각을 가진 한국인에게 민족의 분열에 대한 비애를 절감하게 하였으며, 통일에 대한 희망을 더욱 어둡게 하였기 때문이다."42)

---

42) 이기백,『한국사신론』, 일조각, 1978, 444~445쪽.
　　그러나 관련문헌과 웹상의 피해 상황을 종합하면, 남한의 경우 사망자가 552,158명(민간인 373,599명, 한국군 178,559명, 미군 등 UN군 40,760명)이며 부상자는 785,000여명이나 된다. 북한측 피해는 더욱 커 UN측 발표한 미국측 통계에 따르면 사상자가 북한군 52만, 중국군 50만에 이르고 민간인 사상자는 150만으로 추정된다. 인명 피해 이외에 피란 이재민 320만, 전쟁미망인 30만, 전쟁고

한국전쟁으로 인해서 한민족이 입은 정신적 피해는 수치로 나타낼 수 있는 물질적 피해보다 더욱 심각하고 치명적인 것이었다. 전쟁의 폐허 속에서 신음하는 인간들의 정신적 상처는 무엇으로도 보상될 수 없고 치유될 수 없는 것이었다.

한국전쟁은 사회·정치적인 혼란이 야기된 것은 물론 도덕과 윤리의 파탄과 부재 등 모든 것이 폐허화 되었다. 파괴와 살육으로 점철된 한국전쟁은 한계상황을 강요했다. 휴전으로 전쟁의 참화에서 벗어나기는 했지만, 그것이 종전이 아니라는 점에서 한계상황은 연속성을 띠고 있다. 전후의 파괴를 복구하고 상흔을 치유하기 위한 제반 노력이 집중된 것은 자연스런 일이다. 그러나 복구 의지만으로 전쟁의 상흔이 씻기는 것은 아니다. 전쟁으로 인해 파괴된 건물 등은 다시 복구하면 되지만 전쟁으로 인해 잃은 고향과 부모 형제들은 영원히 가슴의 상처로 남게 된다.

더욱 중요한 것은 전쟁으로 인한 인명의 손실은 생명에 대한 극단적인 허무감과 피해의식을 낳았다는 사실이며, 이는 전후소설의 주제와 곧바로 연결되었다. 또, 전쟁이 남긴 많은 고아와 이산가족은 전후의 커다란 사회문제로 되었고, 전후소설의 제재로도 자주 등장하게 된다.

한국전쟁은 한국현대사에서 민족공동체의 삶을 완전히 파괴하였다. 전후시기의 비극적인 체험과 상흔은 생존의 어려움과 회의를 안겨 주었으며, 패배 의식과 허무주의를 심화하는 결정적 계기가 되었다. 이러한 시대 배경은 전쟁 체험, 현실 인식 및 극복 등의 주제로 문학에 반영되어 나타났다.

아 10만 등의 기록적인 피해가 발생했다.

나. 전후소설의 경향 및 특성

한국 문학사에서 한국전쟁을 배경으로 하는 전후소설은 전쟁의 비극적인 현실과 체험을 제재로 삼았고, 이를 통해 인간의 본질과 존재방식을 주제의식으로 형상화했다. 전후소설의 상상력은 전쟁의 두려운 인위적 재난으로써의 파괴성에 의한 피해를 묘사하거나 결여된 휴머니티와 평화주의를 고양하는 두 개의 큰 측면을 두드러지게 드러내게 되었던 것이다. 많은 전후작가들은 한국전쟁의 역사적 의미나 평가 등을 면밀히 검토할 시간적 여유가 없는 상황에서도 전후 사람들의 방황과 고독, 빈곤과 황폐한 삶, 허무 의식 등 전후의 삶을 가능한 한 사실적으로 보여주려는 데 주력하였다.

전쟁의 아픔을 생생히 그려내고 그 아픔을 치유하거나 복구할 수 있는, 전후 작가들의 노력으로 창작된 전후소설의 시기구분은 3년간의 전쟁기간을 포함해서 전쟁의 상흔을 벗어나지 못한 1960년대 초반까지의 문학적 시간으로 볼 수 있다.

한국 전후소설의 주요 경향 및 특징[43)]을 요약하면 다음과 같다.

첫째, 전쟁의 현장을 배경으로 하여 인간의 본질적인 문제와 본성을 파헤친 소설들이다. 일반적으로 전쟁이라는 극한 상황이 설정 되며, 전쟁에서 야기되는 비인간적 행위에 대해 도덕적 삶의 방식을 보여 주거나, 야만적인 인간의 모습을 통해 역설적으로 휴머니즘의 모습을 드러내거나 전쟁의 파괴적 속성을 통해 인간의 부적절한 죽음을 고발한다.

둘째, 한국전쟁의 전쟁 체험을 동족상잔의 이데올로기 전쟁이라는 특수성에서 바라본 소설들이다. 대부분이 이데올로기 전쟁의 비극성을 가족, 친구, 친척 등 밀접한 유대 관계에 놓여 있는 인간들의 분열 또

---

43) 유학영, 『1950년대 한국전쟁·전후소설 연구』, 북폴리오, 2004, 25~28쪽 참조.

는 대립성을 통해 나타낸다. 작중 인물들이 이데올로기를 택하게 되는 동기는 지극히 본능적이고 감상적인 차원에서 이루어진다.

다시 말해서 사회에서 비교적 천대받던 계층의 사람들이 억눌렸던 감정을 폭발시키기 위해서, 또는 '사랑'에 대한 실패의 보복 감정에서 공산당에 가입하여 허수아비 노릇을 하는 경우가 대부분이다. 그 외에도 순박하고 우직한 사람들을 전면에 내세워 이데올로기가 무엇인지도 모른 채 희생되어 가는 것을 고발한 작품도 있다.

셋째, 갑작스런 인구의 이동으로 말미암아 생겨난 피난민들의 참담한 생태와 정신적인 실향문제를 드러내는 소설들이다. 전후소설들이 주로 한국전쟁 후에 등단한 신인 작가들에 의해 주도적으로 형성되어 온 것에 비해 이 '피난민 문학'은 구세대 작가들의 작품이 적지 않다. 그들의 불안정한 생황은 안정된 직업을 지니지 못한 데서도 연유하지만 '집'의 부재에서 첨예하게 드러나고 있다. 주거할 공간의 불투명성으로 인한 파행적 삶을 다루면서 동시에 전후사회의 이기주의나 물신화의 경향을 비판하고 있다.

넷째, 전후사회의 암담한 현실 속에서 발생한 병리적 현상들을 다루고 있는 소설들이다. 남자의 경우, 대부분 전쟁으로 인한 정신적 또는 육체적 상처 때문에 사회에 제대로 적응하지 못하고 무기력하고 자조적인 생활 속에 놓인다. 이러한 불구적 인간들은 사회와의 단절 속에서 내적 억눌림의 상태가 고조되다가 결국 내적 울분을 충돌적으로 외부에 폭발시키는 사디즘적 인간상과 자기 소멸로 향하게 되는 식물적 인간상으로 구분된다. 여자의 경우, 순진한 여인이나 전쟁 미망인이 전후의 궁핍한 생활로 인하여 사회악에 쉽게 빠져들거나 생존의 수단으로 성을 상품화하게 되거나 전후 전통적 가치관의 혼란으로 육체적이고 본능적 삶을 살기도 한다. 소년의 경우, 즉 어른들의 타락한 생활에 오염되어 아이다운 순수성을 상실하고 악에 물들어가는 과정을 보여 주거나 외제 문물에 대한 아이들의 맹목적 집착을 통해 전통문화에 대한 주체의식의 상실을 상징적으로 드러낸다. 전후소설 작가들은 주인공들의 부정적이고 어두운 삶의 방식을 그들 개인의 잘못보다는 전후사회의 병리적 구조에 귀착시키고 있다.

다섯째로 한국 전후소설은 내면적, 사회적, 이데올로기적으로 복잡한 갈등 구조를 이루고 있다. 소설 공간에서 행동의 원천은 원래 작중 인물의 심리적 역동성, 즉 갈등이 원천이 되는 것이 통례이다. 그러나 한국의 전후소설은 작중 인물의 심리적 갈등 요인 이외에 그 문학을 이루던 시대의 가장 핵심적 배경인 한국전쟁 자체가 거대한 갈등의 연쇄로 성립되었다는 점에서 갈등이 다양하고 강렬하게 표출되고 있다.

전후소설 작가들의 다양한 접근에도 불구하고 전후소설은 경험적 현실을 보여 주는 것에 지나치게 편향되어 있어 역사적 현실이 내포하고 있는 의미 탐구와 문학적 상상력에 의한 표출은 다소 미흡하였다.[44] 그렇지만 한국문학사에서 전후소설을 간과하여 소극적으로 평가하면 안 된다. 우선, 전후소설의 문학사적 의의는 한국문학이 근대성을 완전히 탈각하고 본격적인 현대성의 시대로 들어서는 데 지대한 역할을 하였다는 점을 들 수 있겠다. 전쟁의 시련에서 당시의 문인들은 서구의 현대적인 문학의식, 황폐한 문단으로부터 새롭게 문학 풍토를 일구어야 한다는 의욕 아래 강한 실험정신 등을 보이며 현대문학적 성격의 작품들을 창작하기 시작한다. 따라서 전쟁은 새로운 지적 풍토와 면모를 형성하게 하였으며 새로운 문단 풍토를 현대적인 면모로 재편성하는 주요 배경이 되었다.

---

44) 유학영, 『1950년대 한국전쟁 · 전후소설 연구』, 북폴리오, 2004, 25~28쪽.

창작방법과 주제 의식을 고려한다면 1950년대 전후소설들은 대체로 두 가지 경향으로 구분할 수 있다. 두 가지 경향이란 전시대의 근대적인 요소와 내용 등을 지양하고 완전히 새로운 현대문학적 기법과 요인을 바탕으로 한 실험적 소설 경향들과 전시대의 전통적인 소설 창작 방법을 바탕으로 한 사실주의 기법의 경향이라고 할 수 있을 것이다.

전자의 경향을 대표하는 소설가로는 장용학과 손창섭 등을 들 수 있다. 장용학의 「요한시집」, 「원형의 전설」 등은 다분히 실존주의적 색채를 드러내며 기법 면에서 의식의 흐름 수법과 우화의 기법을 수용한다. 또한 손창섭은 「잉여인간」, 「비오는 날」 등에서 자전적인 요소를 가미하여 전쟁 상황의 인간의 심리와 절망의식 등을 극적 수법으로 보여주었다. 이들의 실험적인 기법은 이미 1930년대 이상(李箱) 등이 시도한 심리주의 소설 원리와 일맥상통한다고 할 수 있다. 이런 경향의 전후소설들은 전쟁을 겪는 인간의 부조리한 경험을 토대로 극한 상황에 처한 인간의 심리 의식을 극적 방법으로 보여주는데 성공하였다고 볼 수 있다. 구인환의 지적대로 전후소설들은 인간의 부조리한 경험을 토대로 현대적 기법의 틀을 갖추고 극한 상황에 던져진 인간에 대한 묘사를 이루게 되었다.45) 즉, 전통의식을 부정하게 되면서 이것이 심리주의 소설 등 현대소설의 기법으로 자리 잡게 되는 것이다.

또한 전후소설에서는 전통적 사실주의 흐름을 살펴볼 수 있다. 전후 사실주의는 인간을 주제로 한 모든 관념이 해체된 전후 상황에서 인간의 본질과 인생의 의미를 탐구하려는 태도를 갖는다. 이러한 경향은 인간이나 인간성을 규정하는 모든 외적 환경이나 관념이 인간을 어떻게 규정하고 어떠한 의미를 갖는가에 관심이 집중된다고 볼 수 있다. 이러한 작업에 근접한 작가는 최인훈, 선우휘, 전광용, 서기원 등일 것이다.

---

45) 구인환, 「전후 한국문학의 지형도」, 『전후문학 연구』, 삼지원, 1995, 20쪽.

최인훈은 「광장」에서 인간과 이데올로기의 관계와 의미를 탐구했고, 선우휘는 「불꽃」에서 개인의식에 머무르기 쉬운 인간의 지성과 역사에 대한 자각의 문제를 제시한다. 또한 전광용은 「꺼비딴 리」에서 일제에서 비롯된 부패된 인간성과 삶의 방식이 아직도 청산되지 못했음을 풍자 수법으로 보여주었다. 서기원은 「암사지도」에서 전쟁 후의 상흔과 아픔을 남녀 간의 잘못된 애정윤리와 전개를 통해 여실하게 보여준다.

전통적 사실주의 경향은 전쟁으로 인해 변화된 인간의 생활양식이나 인생의 총체성을 탐구한다. 소설 창작의 기법이나 내용 면에서 1920~1930년대의 창작 흐름에서 크게 벗어나지 않으면서 전후에 나타난 새로운 인간형과 시대상 등을 구현하는 데 노력을 집중시킨다.

전후 장편소설들은 전쟁 때문에 상처입고 훼손된 인간성을 지닌 인간적 현실에 눈을 돌리고 있고, 이에 대응할 수 있는 인간적 노력과 그 의지를 보여주고 있다. 1950년대의 전후소설이 전후 인간들의 존재방식을 탐구하려는 인간의 실존 문제로 관심을 돌리는 경향은 서구에서의 양대 전쟁 이후에 나타난 실존주의 경향과 추세를 같이 한다고 할 수 있다. 전후 소설의 연구에 있어서 본래적인 인간 문제, 인간의 존재방식, 인간의 본성의 문제는 당시 소설의 주제와 본질을 형성하는 주요한 정신적 맥락이 되었다는 점을 간과해서는 안 된다.

다. 황순원의 전후소설

일제 치하의 암울한 시기에 문학 활동을 시작한 황순원은 두 권의 시집을 상재한 이후에 단편소설로 방향을 전환하여 그 후 장편으로 다양한 소재와 기법을 통하여 꾸준히 그의 작품세계의 폭과 깊이를 더하여 왔다. 식민지 시대부터 해방 전후와 한국전쟁 등 역사적으로 격동의 시대를 경험한 황순원은 온갖 시대사의 격랑을 헤치고 순수문학을 지켜온 거목이다. 문학과지성사에서 간행한『황순원전집』은 모두 12권에 이르는데, 1~5권까지는 단편소설 및 중편소설, 6~10권은 장편소설, 11권은 시선집, 12권은 황순원 연구로 되어있다. 이 가운데 시는 104편 가량 되며, 소설은 단편 104편, 중편 1편, 장편 7편 등 비교적 많은 양의 작품이 실려 있다.

물론 많은 양의 작품과 다양한 장르를 넘나들은 점만으로 문학적 탁월함이 결정되는 것은 아니지만, 황순원의 문학에 대한 성실하고 진지한 탐구정신, 그리고 언어와 형식에 대한 철저한 인식과 재능은 그의 많은 작품과 다양한 장르 변모를 통해 확인될 수 있다. 특히 그의 작품은 '순수와 절제의 미학'으로 한국문학사의 돌올한 봉우리를 이루고 있다.

1) 황순원의 생애와 문학활동

황순원(黃順元, 1915~2000), 평남 대동군 출생, 와세다 대학 영문과 졸업, 1929년 평양 숭덕소학교 졸업 후 정주 오산중학교를 거쳐 평양 숭실중학에서 문학 수업을 받았다. 숭실중학교에 재학 중이던 1930년, 이팔청춘의 나이에 황순원은 시를 쓰기 시작했다. 그로부터 그는 시인에서 출발하여 단편소설 작가로 자기를 확립했고, 다시 장편소설 작가로 발전해 간 이력을 보여 준다.

황순원 문학은 일제 말 언론의 자유가 철저하게 통제되고 한글사용이 금지된 불행한 상황에서 출발했다. 많은 작가들이 일제에 협력하고 한글을 버리던 시기에, 황순원은 암담한 현실을 극복하려는 의지와 한국말을 지키려는 비장한 각오로 글쓰기를 시작했다. 이러한 사실은 한 치의 흔들림 없이 문학의 외길을 걸어온 황순원의 작가정신을 이해하는데 주요한 디딤돌이 된다.

1931년 7월 처녀시 「나의 꿈」을, 9월에 「아들아 무서워 말라」를 『동광』에 발표하기 시작한 이래, 와세다 대학 영문과에 재학 중이던 1936년까지 황순원은 시집 『방가』와 『골동품』에 묶인 두 권 분량의 시를 썼다.

1935년에 황순원은 신백수·이시우·조풍연 등이 주도하여 서울에서 발행하던 『三四文學』의 동인으로 참가한다. 이 동인지는 모더니즘을 표방하되 김기림이나 김광균의 서정적 요소에 불만을 품고 쉬르레알리슴(초현실주의)의 경향을 보였다.

두 번째 시집 『골동품』을 낸 이듬해인 1937년부터 소설을 발표하기 시작했다. 첫 소설 작품은 1937년 7월 『창작』 제3집에 발표된 「거리의 부사」였다. 소설을 쓰기 시작한 지 3년만인 1940년 『황순원 단편집』이 첫 작품집으로 간행되었고 이는 나중에 『늪』으로 개제(改題)되었다.

1950년 한국전쟁이 일어나자 황순원은 솔가(率家)하여 경기도 광주로 피난했다가, 1.4후퇴 때 대구를 거쳐 부산으로 내려가 피난생활을 한다. 피난살이의 설움은 「곡예사」를 비롯한 여러 작품을 통해 핍진하게 그려진다. 부산 망명문인 시절 김동리, 손소희, 김말봉, 오영진, 허윤석 등과 교유하며 그 포화의 여진 속에서도 작품창작을 계속해 나갔다.

1951년 두 번째 작품집 『기러기』를 간행하였는데, 여기에 실린 대다수의 작품들은 1941년 태평양전쟁 발발 이후 일제의 한글 말살 정책으로 발표되지도 못하고 그냥 되는 대로 석유상자 밑이나 다락 구석에 틀어 박혀 있을 수밖에 없었던 것들이었다. 월남전의 황순원은 평양 기림리의 집에서 술상을 가운데 놓고 설친한 친구 원응서에게 작품을 낭독해 주곤 했다. 당시 유일한 독자였던 것이다.

한국전쟁이 끝난 후 황순원은 서울로 올라와 서울고등학교 교사를 거쳐서 1957년 경희대학 교수로 자리를 옮겼다. 또한 이 해에 예술원 회원에 피선되기도 했다. 황순원의 생애에 있어 경희대학으로의 전직은 중요한 의미를 가지고 있다. 이때부터 정년퇴임을 하는 날까지, 아무 보직도 갖지 않은 채 한결같은 선비의 모습으로 후학을 길러 내면서 초연히 작품 활동에 전념한다.

특히 1960년대 중반을 넘어서면서 황순원은 더욱 왕성한 창작활동을 벌인다. 전체 작품 가운데 3분의 2에 해당하는 단편과 「잃어버린 사람들」, 「나무들 비탈에 서다」, 「일월」, 「움직이는 성」, 「신들의 주사위」 등 주요한 장편들을 집필했다. 그리고 중학교 국어 교과서에 「소나기」, 고등학교 국어 교과서에 「학」이 수록되어 점차 '국민소설가'로 많은 사람들의 사랑을 받게 된다. 또한 많은 소설들이 영어, 독어, 불어 등으로 번역되어 해외에 소개되면서 명실공히 한국을 대표하는 세계적인 작가로 부상한다. 뿐만 아니라 장편소설 「일월」을 포함하여 여러 작품이 영화화되는 등, 문단 안팎에서 황순원 문학의 전성기를 구가한다.

뿐만 아니라 김광섭, 주요섭, 김진수, 조병화 등 쟁쟁한 문인교수들과 더불어 활기찬 창작열을 북돋워 많은 문인 제자들을 정성껏 키웠다. 황순원은 신인 소설가 추천 및 각종 문학상 심사 등에 지속적으로 관여해서 근대 한국문단의 지도자 역할을 해왔다.[46]

황순원은 소설 이외의 잡문을 쓰지 않기로 유명하다. '작가는 작품으로 말한다'는 신념에서이다. 그 신념으로 황순원 문학은 1992년 9월 일

---

46) 황순원은 『문학예술』의 창간멤버이며, 『현대문학』의 편집위원과 동인문학상 등 각종 문학상과 주요 일간지와 신춘문예의 심사위원 등을 맡아 지속적으로 한국문단의 형성 및 발전에 관여하였다.

혼여덟의 노경에 한 치의 흐트러짐도 없는 시상으로 「산책길에서」 등 여덟 편의 시를 발표하는 데까지 이르렀다. 한마디로 황순원은 세속적인 욕심에 흔들리지 않고 오직 문학작품을 통해서만 자신을 증명해 온 작가이다.

2) 황순원의 작품세계

'소설가 황순원을 말한다는 것은 해방 이후 한국소설사의 전부를 말하는 것과 다름없다.'[47]라는 언급이 있을 정도로 황순원은 한국 현대소설사의 중심적 위치에 있는 작가이다. 그리고 작가의 인품이 작품에 투영되어 문학적 수준을 제고함에까지 이른 작가정신의 사표로 불리게 하였다.

김종회 교수의 시기 구분을 따르면 황순원 문학세계의 구분은 제1시기 1937년에서 1949년, 제2시기 1950년에서 1964년, 제3시기 1965년에서 1976년, 제4시기 1977년에서 현재(1995년)까지로 구별해 볼 수 있다. 제1시기는 단편소설 작가로 입신해서 주로 자전적 요소가 짙은 단편작가, 서정성과 문학적 완전주의를 밀고 나간 것이 특징이다. 제2시기는 전쟁의 상흔과 이의 극복을 위한 인간중심주의의 노력, 제3시기는 실존적 고통과 존재론적 인식의 세계로 보며, 제4시기는 내포적 자유에의 추구와 완결주의 미학적 세계의 양상을 보여주었다.[48] 이렇게 기나긴 30여 년간의 작품 활동 시기에서도 순수문학과 미학주의를 지향하는 그 전열을 흩트리지 아니한 점이 황순원 작품 세계의 본질을

---

47) 권영민, 「황순원의 문체, 그 소설적 미학」, 「말과 삶의 자유」, 문학과 지성사, 1985, 148쪽.

48) 김종회, 「문학의 순수성과 완결성, 또는 문학적 삶의 큰 모범」, 『작가세계』, 1995, 19~38쪽.

이룬다고 본다.

시와 초기 단편들로 이루어지고 있는 황순원 제1시기의 작품들은 구체적인 삶의 현장에 과감히 뛰어든 문학은 아니다. 초기 단편에서는 작가 자신의 신변적 소재가 주류를 이루면서 토속적 정서와 결부된 강렬하고 단선적인 이미지가 부각되고 있다. 그의 초기 단편들에서 나타난 인간에 대한 맹목적인 신뢰와 애정, 이상적 인간에 대한 열망, 선(善) 지향성,[49] 현실에 대한 적극적인 참여나 응전(應戰)보다는 작가 인간의 내면세계로 침전되는 작중 인물들의 양상[50] 등, 이는 어쩌면 암흑기의 현실적인 제약과 타협하지도 맞서지도 않았기 때문인지 모른다. 그러나 그것은 상실과 말소의 시대에 있어서 본원적인 자기회귀이면서 뒷날의 문학적 성숙을 예비한 서장이라 할 것이다.

황순원은 41년『인문평론』에 발표한「별」,「그늘」등 초기 작품들은 현실적 삶의 모습보다는 주로 동화적인 낙원이나 유년기의 순진한 세계를 담은 환상적이고 심리적 경향을 나타낸다. 첫 단편집 이후의『기러기』(1951),『목너미 마을의 개』(1948) 등의 단편집은 1946년 그가 가족들을 이끌고 월남한 이후에 쓰인 것으로 작자 자신의 신변적 소재가 주류를 이루는 주정적 경향[51]을 보여준다.

황순원 제2시기의 작품에는 한국현대사의 가장 큰 격동의 사건인 6.25가 배경으로 등장하여 전란의 와중과 전후에 펼쳐진 좌절 및 질곡을 표현하고자 했다. 단편「곡예사」는 1952년 6월에 발표된 작품으로 월남 후의 빈곤한 가정사를 소재로 극한 상황에 대한 울분과 가족사랑 등이 표출되어 있다. 같은 경향의 여러 작품을 묶은『곡예사』는 전쟁 이후에 현실적 삶을 다룬 최초의 단편집으로서 전쟁의 상흔과 전쟁의

---

49) 오생근,『황순원 연구』, 문학과 지성사, 1985.

50) 신동욱,「황순원 소설에 있어서 한국 삶의 인식 연구」,『동양학』제16집, 1986.

51) 김종회,「문학의 순수성과 완결성, 또는 문학적 삶의 큰 모범」,『작가세계』24호.

와중에서 겪는 인간의 환멸 등을 자전적인 요소를 통하여 그려내고 있다. 1958년도에 발간한 창작집『잃어버린 사람들』은 그의 유일한 중편이라 할 수 있는「내일」이 실려 있어 단편에서 중편, 다시 장편으로 이어지는 과정을 보여준다.

장편소설로 넘어오면서 황순원의 작품에는 인생의 첨예한 단면을 보여 주도록 고안된 단편소설의 양식으로써는 그와 같은 굵은 줄거리들을 받아들이기 힘들었을 것이며, 적어도 인생의 여러 면모를 전면적으로 추구하는데 적합한 장편소설의 양식을 통하여 가능했던 것이다. 첫 장편「별과 같이 살다」가 1946년에 발간된 이후 황순원은 모두 6편의 장편을 발표하였다.「인간 접목」,「카인의 後裔」,「나무들 비탈에 서다」등 작품에서는 전쟁과 이데올로기의 분열이 남긴 비극적 상황과 비인간화 경향을 폭로했다.「카인의 後裔」와「나무들 비탈에 서다」는 각각 1955년에 자유문학상, 1961년에 예술원상을 수상하였다.

작품 활동의 후반기(제3~4시기)로 오면서 황순원의 작품세계는 인간의 운명과 존재에 대한 깊은 성찰에 도달하고 있으며 시대현실을 다루는 작가의 복합적 관점을 느낄 수 있다. 이는 삶의 현장에 대한 관조적인 시야가 없이는 어려울 것이다. 이 시기 황순원은 단편「소리그림자」(1965),「탈」(1971),「숫자풀이」(1974) 등 존재에 대한 성찰을 다룬 주옥같은 단편소설들을 창작한다. 주로 단편집『탈』(1976)에 수록된 이 작품들은 모성성, 생명주의, 욕망, 사랑과 구원, 존재론적 죽음 등 다양한 삶의 풍경을 다루고 있다. 1972년에 발표된 장편소설「움직이는 성」은 농업기사 준태, 목사 성호, 민속학자 민구 등 세 젊은이를 통해 기독교와 샤머니즘의 갈등에서 드러나는 한국인의 본성과 정신세계에 대해 진지하게 질문한다.

황순원은 단편소설에서부터 장편소설에 이르기까지 항상 절제하고 간결한 문장, 서정적 이미지와 지적 세련의 분위기를 유지하고 있다. 장편소설에서도 그것이 가능하고, 또 작품의 중심과제와 잘 조응하고 있는 점은 그와 그의 문학을 드물다고 말할 수 있는 또 하나의 근거가 된다.

장편소설에서도 그는 때때로 산문적 서사적 서술보다 우리의 정서에 익숙한 인물이나 사건의 단출한 이미지 부각을 통해 작중 상황을 암시적으로 환기한다. 이러한 묘사의 특질이, 단편의 특성을 장편 속에 접맥시켜 놓고서도 서투르지 않게 한다는 점에서, 그 작가적 역량을 짐작해 볼 수 있다.

이상과 같이 황순원의 작품세계는 네 시기로 구분되지만 각각의 시기별 특징들을 검토하더라도 서정성과 순수성 등을 축으로 한 문학적 태도는 줄곧 유지되어 왔다고 할 수 있다. 순수성은 황순원 문학의 가장 큰 특징이다. 다시 말하면 그는 이데올로기나 계급의식 등의 요소를 배제한 채 오로지 문학의 순수성과 장인성(匠人性) 등을 기조로 작품 활동을 전개하여 왔다는 것이다.

3) 황순원의 전후소설

황순원의 전후소실들은 진쟁 전의 시저이고 서정적인 의식에서 벗어나 역사와 현실에 눈을 돌리고 있다. 전쟁 등의 역사적 현실과 인간의 힘으로는 어찌할 수 없는 부조리한 운명 등을 소설의 배경으로 삼으면서 인간에 대한 무조건적인 신뢰와 서정성보다는 인간의 본성과 내적 특질의 탐구에 치중하고 있는 모습을 보여주고 있다.

이러한 점을 배경으로 황순원의 장편소설들에서는 이전의 맹목적인 인간 신뢰의 입장에서 벗어나 소외의 왜곡된 현실에 맞닥뜨린 인간의 운명과 비극이 그려지고, 나아가 인간의 본성과 인간의 존재방식까지도 탐구되고 있다. 그것은 전쟁의 참상을 드러내는 일 뿐만 아니라 전후 부조리한 사회현실에서 논의될 수 있는 새로운 주체의 정립을 모색하는 작가의 인식을 보여준다고 할 수 있다. 그의 문학에 대한 기존의 순수주의나 현실 도피의 문학이라는 평가는 그가 역사적 사회 현실과 그의 작품 속에 나타나는 상호작용을 통해서 극복될 수 있다. 그는 작품을 통해 어떠한 사상이나 이념에 경도되거나 편향됨이 없이 진보에의 환상 속에 살아가는 인간의 파편화된 삶을 탁월하게 형상화시킨다. 이는 일상적 삶에 내포된 인간적 의미를 포착하여 당시 모순된 상황을 극복하고 초월하려는 의지를 보여주었다.

(1) 피난민의 애환과 소시민적 고통

한국전쟁 중에 황순원은 그 자신도 피난민의 한 사람이었다. 그는 여느 경우와 마찬가지로 전쟁의 폭력에 쫓기어 호구지책에 급급한 생활의 고통에 시달리는 소시민적 애환을 지니고 있었다. 그리고 그 생활 체험이 그대로 작품의 주제로 형상화되어 있다. 자전적인 요소가 짙은 일군의 작품들은 작가의 전쟁문학 초기적 양상을 이룬다.

전쟁에 쫓겨 삶의 터전을 잃고 매일 매일의 생존조차 위협받는 피난민의 애환을 그린 그의 소설들은 대개가 일인칭 서술로 쓰여 있어 자전적 요소가 뚜렷한 것이 특징이다. 여기에는 참혹한 현상의 실상보다는 소시민적 의식을 매개로 후방의 생활고를 반영하는 측면이 강하다.

「참외」는 작가 황순원이 광주로 피난 가기 직전의 상황을 소설화 한 것으로 보인다. 일인칭 주인공 시점으로 서술하고 있는 이 작품은 전쟁이 발발하자 광주 방면 일원리라는 마을로 먼저 피난했던 화자인 '나'의 어머니가 손자들에게 주기 위하여 남의 밭에서 참외를 가져왔다는 사실을 알고 '나'가 불쾌한 감정을 느끼게 된다는 내용의 이야기를 들려주고 있다. '나'가 불쾌감을 느끼게 된 것은 "여지껏 감춰졌던 어머니의 추한 면을 엿보는 것" 같아서였는데, 그것은 평소 어머니를 "그저 남 주시기 좋아하시는" 선한 분으로 생각하고 있었기 때문이다. 그런데 이러한 이야기에서 주목되는 것은 이 작품이 어머니의 행위를 비난하기보다는 오히려 두둔하고 있다는 점이다.

이 작품은 다소 어색하다는 느낌이 들 정도로 어머니를 두둔하고 있는데, 이는 어머니에 대한 작가 황순원의 신뢰가 절대적이라는 사실과 관련이 있을 것이다. 따라서 '나'의 불쾌감은 어머니에 대한 것이라기보다 선한 어머니로 하여금 죄를 짓게 한, 더 나아가 많은 사람들로 하여금 이보다 더 큰 죄를 짓게 한 전쟁에 대한 분노에서 비롯된 것임을 알 수 있다.

「메리크리스마스」역시 작가 자신의 피난 체험을 소설화한 것으로 보인다. 이 작품은 일인칭 주인공 시점으로 화자인 '나'의 피난 과정과 피난지 현실의 모습에 대하여 서술하고 있다. 화자가 대구역 광장에서 목격한 모자야말로 구제의 손길이 막막한 가운데 버려진 절박한 생존의 경우다. 역전 광장에 세워진 크리스마스트리는 불행한 사람들에게 희망을 가져다주는 상징적 매개물이다. 그러나 트리 밑에 이제 막 해산을 한 듯한 어머니와 갓난애가 거적때기 한 장을 이불 삼아 겨울 추위의 밤을 지새우고 있는 광경은 당시의 냉혹한 현실을 보여준다.

「곡예사」52)역시 작가 자신의 피난지 생활 체험을 소설적으로 형상

---

52) 단편 「曲藝師」는 『文藝』(1952.1)에 발표됨.

화한 것으로 보인다. 이 작품에는 전쟁으로 인해 야박해진 인심과 집 없는 피난민들의 고통이 잘 묘사되어 있다. 피난민의 불행은 전쟁이 종 식되기 전까지는 그 궁색한 생활고가 회복될 수 없다. 이 점은 전쟁이 라는 거대한 역사적 사건 앞에서 철저히 무력한 개인의 개체성을 드러 낸다.

(2) 극한적 실존과 인간의 본능

전쟁의 현장은 일체의 인간적 존재 기반을 무력화시키는 맹목적 폭 력성을 지니고 있다는 사실을 작가는 뚜렷이 인식하고 있다. 전쟁은 후 방의 피난민이 겪는 일상의 불안과는 차원이 다른 파괴적 양상이며 생 명 그 자체의 소멸을 기도하는 절대의 반인간적 비극으로 묘사되어 있 다. 이는 전쟁을 수용한 작가의식이 문제를 정면에서 대응한 결과로 본 것이다. 전쟁이 맹목적인 만큼 인간의 본성은 이기심과 공포를 극복하 고 선성을 발휘할 수 있다는 인간옹호의 사상을 작가는 개진하고 있다. 이러한 의식은 황순원의 작품에서 전쟁의 갖가지 폐해를 극복하려는 주제의식 속에 일관되게 이어지고 있다.

「너와 나만의 시간」은 생명을 위협하는 전쟁의 폐해가 극한 상황 속 에 처한 병사의 심층 심리의 차원에서 깊이 천착되어 있다. 그리고 그 귀결은 마찬가지로 생명에 대한 끈질긴 집착으로 나타나고 있다. 적의 포위망을 뚫고 나오는 도중 총탄에 허벅지를 관통 당한 주 대위, 절룩 거리는 그를 부축하여 교대로 업어가면서 남으로 향한 무거운 행보를 옮겨야만 하는 현 중위와 김 일등병, 이들의 행보는 암담하고 극한적인 절망이 시시각각으로 의식을 점령함으로써 전장에서 삶의 파괴상과 생명 유지의 지난함을 드러낸다. 작품의 일차적 주제는 전쟁의 비인간성을 강력히 고발하는 데에 있다.

장편「나무들 비탈에 서다」[53]는 전쟁의 참담함 속에서 상처 받을 수밖에 없었던 젊은이들의 사랑과 실존적 허무의식과 자의식이 빚어내는 파멸의 양상을 문제 삼은 작품으로 전체가 2부로 구성되어 있으며, 한국전쟁이 끝나갈 무렵이 배경이다. 1부에는 내성적이고 유약한 성격의 군인인 동호가 술집 여자를 총으로 쏘고 자살하기까지의 이야기가 펼쳐진다. 2부에는 냉소적이고 현실비판적인 현태가 제대 후에 전쟁 후유증으로 방황을 거듭하다가, 술집 여자의 자살을 방조한 혐의로 구속되는 이야기가 그려진다. 결말에서 동호와 정신적 사랑을 나누던 숙이는 강제로 현태의 아이를 갖게 되지만 아이를 낳아 기르겠다고 결심한다. 작품에서는 한국전쟁이 빚어낸 부정적 현실과 갈등의 양상을 젊은이들의 전신적 내면세계를 통하여 포착하면서 전쟁의 폭력성을 본격적으로 고발한 황순원의 대표 작품이라 볼 수 있다.

남북분단과 이데올로기 전쟁을 제재로 한 작품을 일찌감치 쓴 황순원은 그러한 역사적 사건을 개념적이고 직접적으로 드러내지 않고 인간의 내면의식을 추적하면서 한 시대의 보편상으로 확대한다. 아무튼 전쟁의 파괴력으로 야기된 현실의 부조리에 관심이 본격화 되는 1950년대 후반 소설에서보다 한발 앞서 분단과 전쟁의 연속성을 나름대로 조명한 황순원의 문학세계는 여러모로 음미할 가치가 있다.

(3) 생명 존중과 인간성 회복

단편「목숨」[54]은 아이 둘과 아내가 있는 농사꾼 강서방이 전쟁이 터

---

53) 장편『나무들 비탈에 서다』는 1960년 1~7월에『사상계』에 연재된 후, 그 해 9월 단행본으로 출간된 황순원의 네 번째 장편소설이다.

지자 인민군으로 불려나와 훈련을 받고 전장에 투입되었다가 열 네 살의 인민군 소년이 죽는 것을 보게 되자 "사람의 목숨이 이렇게 죽어서 된단 말이냐."하며 노하여 부르짖는다는 이야기이다. 생명의 존엄성을 파괴하는 전쟁에 대한 작가의 비판의식과 전쟁이라는 극한조건 하에서도 생명을 수호하려는 작가의식은 이 작품에서 뚜렷하게 나타나고 있다. 소년을 살리기 위하여 민가를 찾아 내려가는 강서방의 질주는 전장의 인간 분열상을 초월하여 생명 그 자체를 지키려는 인간의 본성에서 비롯된 것이다. 그것은 살육에 대한 분노와 결합하여 전쟁의 폭력성을 극복하고 궁극적으로는 위축된 인간성을 회복한다는 처절하면서도 통쾌한 승리의 장면이다. 결말에서 전쟁과 대결한 인간의 본성을 우위에 두려는 작가의식은 입증되고 있다.

단편 「학」은 38선 접경의 어느 이북 마을을 배경으로 치안대원 성삼이와 농민동맹 부위원장으로서의 부역혐의를 받고 있는 죽마고우 덕재의 우정을 통하여 이데올로기가 개입된 현실적 증오감을 해소한다.

이 작품의 주제의식은 평화스러운 삶의 진행을 해친 이념과 전쟁, 그 분열 및 파괴상의 폐해를 강하게 비판하면서 이를 극복하고자 한 염원이 동심에의 회귀라는 하나의 치유방법을 제시한다. 이러한 주제의식은 인간의 근원적 가치를 고수함으로써 불행의 상처를 치유하고자 주력한 흔적이 두드러지게 나타나고 있다.

장편 「카인의 後裔」55)는 해방 후 북한의 토지개혁을 배경으로 농민과 지주의 봉건적인 관계가 와해되고 그로 인해 인간성이 변모되는 과

---

54) 단편 「목숨」은 『週刊文學藝術』(1952.5)에 발표됨.

55) 「카인의 後裔」는 휴전 직후인 1953년 9월호 『文藝』지에 연재되기 시작했다. 그러나 연재 5회만에 이 잡지의 폐간으로 발표가 중단되었고 작가는 그 다음 부분을 전작으로 집필, 이듬해 5월에 탈고했고 그해 12월에 단행본으로 출간했다. 50년대의 대표작이 된 이 「카인의 後裔」는 이듬해 제1회 아시아자유문학상을 작가에게 안겨주었고 1968년에는 영화화, 1975년에는 英譯되었다.

정을 다루고 있으며 전쟁의 비극적 상황이 잘 드러나 있는 작품이다. 동시에 자유와 생명과 사랑을 통한 인본주의를 추구한 작품이다.

「人間接木」56)은 작가가 한국전쟁을 겪은 후에 쓴 작품으로 전쟁고 아들의 폐허화된 삶을 보여주고 당시의 암담하고 절망적이고 피폐했던 사회상을 드러내고 있다. 그러한 현실의 책임이 청소년 스스로에게 있는 것이 아니라 그 시대적, 사회적 일체의 상황에서 비롯된 것임을 강력하게 시사해 주고 있으며 인간 사랑을 통한 구원의 가능성을 제시했다. 즉, 한국전쟁이라는 민족적 비극을 겪은 참상과 극복 과정을 문제 삼고 있는 작품으로서 작가의 폭넓은 관점과 휴머니즘 정신이 돋보인다.

이상과 같이 황순원의 전후소설은 전쟁의 아픔과 상흔은 인간문제와 인간의 존재방식과 결합시켜 인간의 상처를 치유하고자 한다. 대부분 전후세대 작가들은 소극적인 자세로 전후현실을 다룬 반면에 황순원은 전후현실 속에서 인간의 근원적 속성을 부단히 고양시키려는 작가의 인식은 동세대 작가들과는 변별점으로 작용하고 있다. 그러면서 황순원은 전후문학에서는 다른 작가들이 다루지 않는 피난민의 불안정 된 삶과 현실극복 모습이 다양하게 제시되고 있다. 동세대 다른 작가들은 '현실에 내던져진 인간'들의 삶을 그려내는데 급급하여 역사인식이나 현실인식을 결여한 감상주의 의식이 대부분인데 비해, 황순원은 전후현실에 대한 현실극복 의식과 휴머니즘을 드러내고 있다.

---

56) 장편 『人間接木』은 원래 「天使」라는 제목으로 1955년 1월부터 1년에 걸쳐 『새가정』지에 연재되었다가 1957년에 중앙문화사에서 오늘의 제목으로 출간된 작품이다.

2. 중국 신시기소설 검토

가. 신시기소설의 사회·역사적 배경

中國에서는 1976년 마오쩌둥(毛澤東)의 사망과 동시에 문화대혁명(文化大革命)이 종식되고, 2년간의 과도기를 겪고서 1978년 12월 中國共産黨 11기 三中 全會[57]에서 鄧小平의 실용주의 노선인 改革·開放政策이 채택되어 '社會主義 現代化'의 길을 걷게 된 이후를 '신시기(新時期)'[58]라고 부른다.

신시기(新時期)소설은 문화대혁명의 산물로써 문화대혁명과 뗄레야 뗄 수 없는 관계이다. 문화대혁명은 신시기소설이 생산되는 사회·역사적 배경이면서도 집중적으로 표현하는 주제이기도 한다.

문화대혁명은 1966년부터 1976년까지 10년간 중국의 최고지도자 마오쩌둥(毛澤東)에 의해 주도된 사회주의에서 계급투쟁을 강조하는 극좌적인 대중운동이었으며 그 힘을 빌어 중국 공산당 내부의 반대파

---

57) 中國共産黨 제11기 중앙위원회 제3차 전체회의의 약칭. 1978년 12월 18일부터 22일까지 소집된 회의이다. 중국공산당 역사상 '위대한 대전환'으로 평가 받고 있는 전체회의이다.

58) 社會主義 新時期의 약칭. '新時期'는 두 가지 함의가 있다. 하나는, 사회주의 역사 발전의 새로운 시기, 즉 1978년 12월, 중국 공산당의 11기 3중 전회가 열린 이후의 시기를 가리킨다. "실천은 진리를 검증하는 유일한 표준(實踐是檢驗眞理的唯一標準)"이라는 사상 해방 운동의 큰 깃발을 높이 들고 철저하게 문화대혁명을 종결짓고, 부정하였으며, 나아가서는 전국 인민을 이끌고 4개 현대화 건설을 목적으로 하는 사회주의 혁명과 건설의 새로운 역사적 시기로 뛰어든 것이다. 다른 하나는, 문명과 발전의 새로운 시기이다. 중국 현대 문학이 건국 후 17년의 현실주의의 곡절 많은 발전을 겪고 문화혁명 10년의 심한 상처를 입은 뒤, 1976년 10월 '4人邦'이 타도되고 부터 1978년 말 당의 11기 3중 전회가 열리기까지의 2년 간의 짧은 호흡과 과도기를 거쳐 사실상 1979년부터 문예는 진정한 해방을 얻게 되었다. '4인방' 문예 노선을 벗어났을 뿐만 아니라 17년 좌경 사상의 여러 가지 구속과 금기를 벗어나 문학의 주체의식이 가성되기 시작했고, 문학 창작이 날로 번영해지기 시작하는 새로운 국면이 나타났다.
김한,『중국 현대 소설사』, 문학과 지성사, 1996, 231~232쪽.

들을 제거하기 위한 권력투쟁이었다. 문화대혁명은 한때 인민평등과 조직타파를 부르짖은 인류역사상 위대한 실험이라고 극찬을 받았으나, 결국 실패로 끝났다. 이 운동으로 수많은 사람들이 숙청당했고, 경제는 피폐해 지고 혼란과 부정부패가 만연하였다. 1981년 6월 중국공산당은 「건국이래의 역사적 문제에 관한 결의」에서 문화대혁명은 당·국가·인민에게 가장 심한 좌절과 손실을 가져다 준 마오쩌둥(毛澤東)의 극좌적 오류며, 그의 책임이라고 규정하여 문화대혁명을 공식적으로 부정하기에 이르렀다. 진시황이 책을 불태우고 학자들을 생매장해 죽인 분서갱유(焚書坑儒)에 비견되는 문화대혁명이 중국 현대사의 '잃어버린 10년'으로 치부되는 것처럼 중국 사람들이 잊고 싶어 하는 가장 비참한 기억이었다.

1) 문화대혁명의 발단 및 전개

중국은 1949년 중화인민공화국 수립 이후 사회주의 정착기를 거친 다음 반우파(反右派)투쟁[59]과 대약진(大躍進)운동[60] 등으로 사회주의

---

59) 1957년 마오쩌둥(毛澤東)은 중국에서 '백화제방, 백가쟁명(百花齊放, 百家爭鳴, 온갖 꽃이 일시에 피고 온갖 사람이 자기의 주장을 내세운다)'이란 구호를 제출하여 중국의 지식인들과 군중들에게 "공산당을 정풍(整風)하는 것을 도와달라"고 하면서 이에 따라 지식인들이 공산당을 소리 높여 비판하자, 마오쩌둥은 이런 지식인들을 '우파분자'라는 죄명으로 줄줄이 숙청해 버렸다. 그 결과 수많은 지식인들이 힘든 노동현장이나 농촌에 내려 보내고 인신의 자유를 잃었으며 모진 핍박을 받았다.

60) 1958년 마오쩌둥(毛澤東))에 의하여 제기된 경제의 대약진을 위한 전국적인 대중운동이다. 1957년 11월, 마오쩌둥은 '15년 후 소련은 미국을 따라잡는다'라는 흐루시초프의 말에, 중국 역시 15년 후에 세계 제2위 경제강국 영국을 따라 잡겠다고 선언했다. 이를 계기로 1958년 5월, '사희주의 건설 총노선'이 채택되고 '大躍進' 정책이 본격적으로 시작되었다. 당시 마오쩌둥이 노동집약적인 인해 전술에 의존하여 산업화 방안을 내세워 초고도 경제 성장을 달성하고자 하였다. 결

의 확립과 발전에 많은 노력을 투자했지만 이런 노력과 투자는 상당 부분 실패로 돌아갔다. 특히 1950년대 말 대약진운동이 좌절된 이후 중국 공산당 내부에 사회주의 건설을 둘러싼 노선대립이 생겨났다. 최고지도자였던 마오쩌둥(毛澤東)은 프롤레타리아의 계속 혁명을 주장하였으나, 류사오치(劉少奇), 덩샤오핑(鄧小平) 등의 실용주의자들은 사회주의 체제에 대한 修正主義를 주장하여 대립이 발생했다. 대약진 운동의 실패와 修正派의 득세로 위기의식을 느낀 마오쩌둥은 국가의 정치구조와 전 국민의 사회생활, 그리고 사람의 영혼을 통째로 개조하는 작업에 착수했다. 이를 위해 '4舊(낡은 사상, 낡은 문화, 낡은 풍속, 낡은 관습) 타파'를 내세우며 사회 전체에서 봉건주의와 자본주의를 걷어 내려고 했다. 이에 마오쩌둥은 1962년 9월 중앙위원회 전체회의에서 계급투쟁을 강조하고, 수정주의를 비판함으로써 반대파들을 공격하기 시작했다.

문화대혁명의 직접적인 계기가 된 것은 1965년 상하이시 당위원회 서기였던 야오원위안(姚文元)이 베이징시 부시장 우한(吳晗)이 쓴 역사극 「해서파관(海瑞罷官)」을 마오쩌둥의 대약진운동을 비판하다가 실각한 전 국방부장 펑더화이(彭德懷)를 옹호하는 것이고 비판한 사건이다. 이를 계기로 실용주의자들의 권력기반이었던 베이징시 당위원회가 마오쩌둥 추종자들의 집중적인 비판의 표적이 되면서, 결국 1966년 5월 16일에 중국공산당 중앙위원회에서 마오쩌둥의 명에 의해

국, 대약진은 무모한 계획·정책으로 인해 실패로 돌아갔다. 1959년부터 3년간 계속된 재해와 소련의 경제 원조 전면 중단 등으로 인해 대약진운동은 중도에서 좌절되었고 1960년부터 류사오치(劉少奇)와 저우언라이(周恩來)의 주도로 수정 노선을 채택, 대약진운동의 완전 실패를 선언했으며 마오쩌둥도 전면에서 일시 뒤로 물러났다. 하지만 1966년 문화대혁명이 시작되면서 마오쩌둥(毛澤東)에 의해 부자비한 정치적 보복이 단행되었고 중국의 경제는 더욱 악화되었다.
존 킹 페어뱅크, 『신중국사』, 까치글방, 1994, 470~477쪽.

'5.16통지'(五一六通知)를 발표하고 8월 8일 마오쩌둥이 '프롤레타리아 문화대혁명에 관한 결정안'을 발표함으로써 본격적인 문화대혁명이 시작되었다.

문화대혁명은 사회주의 혁명의 신단계라고 하면서 자본주의의 길을 걷는 실권파(走資派)를 몰아내는 것이 당면의 과제라고 강조하면서 계급투쟁을 하라고 선동한 마오쩌둥이 1966년 8월 톈안먼(天安門)광장에서 백만인 집회를 열었고, 이곳에 모인 마오쩌둥의 맹목적인 지지자들로 구성된 홍위병(紅衛兵)들은 전국의 주요 도시에 진출하여 마오쩌둥 사상을 찬양하고 낡은 문화를 일소하기 위한 대대적인 운동을 전개한다. 이들은 당의 관료들을 공개적으로 비판하고, 실용주의자들이 장악하고 있던 권력을 무력으로 탈취함과 동시에 학교를 폐쇄하고 모든 전통적인 가치와 부르주아적인 것을 공격하였다. 이 과정에서 마오쩌둥의 저서를 제외한 수많은 서적들과 문화재들이 불타거나 파괴되었고 유학 등 전통 사상이나 서양 학문을 알고 있던 수많은 지식인들이 숙청되고 말로만의 공격이 아니라 육체적으로도 학대 받았고 많은 사람들이 죽음을 당했다.

홍위병 내부에서는 내분이 발생해 파벌이 형성되었다. 각 파벌은 자신들이 마오쩌둥의 진정한 계승자라고 주장했다. 운동을 고무시키기 위해 권장된 마오쩌둥에 대한 개인숭배는 종교적인 경지에까지 이르렀다. 이러한 운동으로 초래된 무정부 상태와 테러, 사회적인 마비현상은 도시경제를 와해시켜 1968년의 산업생산량은 1966년에 비해 12% 나 하락했다.

1967년 여름경에는 무질서가 광범위하게 퍼지고, 홍위병간의 대규모 무력충돌이 전국 도시에서 발생하고 있었다. 1967년 홍위병 내부의 무력충돌이 격화되자 마오쩌둥은 린뱌오(林彪) 휘하의 군대에게 홍위병 대신 문화혁명에 개입할 것을 지시했다. 군대가 각지의 학교·공장·정부기관을 접수하였을 뿐 아니라, 초기에 문화대혁명을 주도하였던 수백만 명의 홍위병들을 '上山下鄕'이라는 명목으로 깊숙한 산골로 추방하여 질서를 잡아 나갔고 마침내 1968년 9월 전국 각지에 군인대표, 홍위군대표, 당간부의 3자 결합으로 '혁명위원회'가 수립됨으로써 진정국면으로 들어선다. 문화대혁명은 1969년 4월 제9기 전국인민대표대회에서 마오쩌둥의 절대적 권위가 확립되고, 국방장관 린뱌오(林彪)가 후계자로 옹립됨으로써 절정에 달하였다.

그리하여 사회 전반에 걸친 군부의 지배력이 강화되었다. 린뱌오는 1969년 봄에 발생한 중·소 국경분쟁을 이용해서 계엄령을 선포하고, 나아가 자신의 지위를 이용해 후계구도에 대한 잠재적인 경쟁자들을 제거했다. 그러나 마오쩌둥은 너무 성급하게 권력을 장악하려고 하는 린뱌오(林彪)에게 경계심을 품기 시작했다. 1971년 9월 린뱌오가 죽으면서[61] 사태는 절정에 달했다. 린뱌오가 죽은 후 마오쩌둥에게 충성을 바쳤던 군부 지도자들이 모두 숙청되었다.

따라서 1973년 저우언라이(周恩來)의 추천으로 덩샤오핑(鄧小平)이 권력에 복귀한 후부터, 이데올로기, 계급투쟁, 평등주의, 배외주의를 강조하는 마오쩌둥 지지세력과 경제성장, 교육개혁, 실용주의 외교노선을 주장하는 저우언라이와 덩샤오핑의 지지세력이 다시 대립하게 되면서 문화대혁명은 여러 측면에서 공격받기 시작하였다. 말년에 마오쩌둥은 두 노선을 절충한 후계자를 물색하였으나 실패하였고 결국 문화대혁명은 1976년 9월 마오쩌둥이 사망하고, 화궈펑(華國鋒)에 의해 마오쩌둥의 추종자인 '4人邦'(王洪文, 張春橋, 江靑, 姚文元)[62] 세력

---

[61] 린뱌오(林彪)의 죽음에 대해서 많은 의문점이 제기되고 있다. 중국에서는 린뱌오가 마오쩌둥을 암살하려다 실패하자 소련으로 탈출하다가 비행기 추락사고로 사망했다고 주장한다.

이 축출되고 1977년 8월 제11기 전국인민대표대회에서 그 종결이 공식적으로 선포되었다.

2) 문화대혁명의 원인 및 영향

마오쩌둥이 문화대혁명을 일으킨 원인에 대하여는 여러 가지 설이 있으나 다음 몇 가지로 요약될 수 있다[63].

첫 번째는 마오쩌둥이 정권을 장악한 이후 거듭된 실정, 특히 대약진 정책의 실패 이후 黨과 정부로부터 점차 소외되어 갔고 또 류사오치(劉少奇)와 덩샤오핑(鄧小平) 등 실용주의자들의 압력이 날로 심해지고 대다수 지식층이 이들의 실용주의 정책을 지지하자 실권의 위협을 느꼈

---

62) 중국 공산당 중앙위원회 부주석 王洪文, 정치국 상임위원 겸 국무원 부총리 張春橋, 정치국 위원인 江青, 姚文元 등 4인의 소위 反黨集團을 가리킨다. 1976년 9월 마오쩌둥(毛澤東)이 죽은 후 중국공산당 내부 지도층간에 격렬한 권력투쟁이 벌어지자, 마오쩌둥의 아내 江青을 중심으로 한 '文革派'들이 전면적으로 마오쩌둥의 권력을 계승하려고 하였다. 그들은 江青을 중국공산당 중앙위원회 주석으로, 王洪文을 전국인민대표대회 위원장으로, 張春橋를 국무원 총리로 임명하려고 준비하다가 기밀이 사전에 누설되었다. 당시 중국공산당 중앙위원회 제1부주석 겸 국무원 총리인 華國鋒과 군부 지도자들인 葉劍英. 李先念. 陳錫聯. 汪東興 등이 연합하여, 그 해 10월 이들 일당을 체포하였다. 그리고 중국공산당 정치국회의를 통하여 이들을 반당집단으로 결정하였으며 그 죄상을 발표하였다. 그 주요 죄상은 마오쩌둥의 지시로 자의를 수정하였고 총리 周恩來를 모함하였으며, 당중앙위원회를 장악하고 당과 군부 책임자를 자기파 인원으로 교체하여 당과 국가의 최고지도권을 찬탈하고, 프롤레타리아독재를 뒤엎어 자본주의를 재생시키려 하였다는 것이다. 1980년 11월부터 北京에서 이들에 대한 공개재판이 시작되어 1981년 1월 結審을 보았다. 江青. 張春橋에게는 사형을, 姚文元에게는 20년 징역, 王洪文에게는 무기징역을 각각 선고하였으나, 江青. 張春橋에 대하여는 2년 간 집행을 보류하다가 1983년 무기징역으로 감형하였다. 4인방 의 체포와 재판으로 중국의 문화대혁명은 종결되었다고 선언하였고, 그 후 文革派들은 권력에서 숙청되었으며 鄧小平 일파가 실권을 장악하였다.
金春明, 席宣,『문화대혁명사』, 나무와 숲, 2000, 376~380쪽.

63) 김시준,『중국당대문학사』, 소명출판, 2005, 268~269쪽 참조.

다는 것.

두 번째는 급격한 공업화 정책의 전환으로 농촌을 인민공사제도로 개편하면서 농촌이 날로 피폐해 가고 생산성이 저하되어 국민경제가 파탄에 이르렀다는 것. 또 도시에는 실업자가 양산되어 대다수 국민들로부터 신망을 잃어갔다는 것. 그는 이것을 당 내의 반대파와 지식인의 선동에 의한 것이라고 여겼다는 것.

세 번째는 국제사회에서의 고립이다. 소련과의 이념대립으로 소련 및 공산권 국가와의 관계가 극도로 악화되었고, 이로 인해 기타 공산주의 위성국들로부터 소외되었으며, 또 1965년 초에 미국이 월남을 공습하고 이어 해병대를 상륙시켜 공격하면서 다음 목표가 중국이라는 국제여론이 떠돌게 되자 마오쩌둥이 연안 대도시의 주요 기관과 공장을 내륙으로 옮기려고 한다는 소문이 떠돌았고 이에 국민들이 크게 동요하기 시작하였다는 것이다.

네 번째는 소련과의 관계 악화로, 소련이 중국에 파견했던 과학기술자들을 철수시키자 공업화 정책에 막대한 지장이 초래됐다는 것이다. 그럼에도 마오쩌둥은 소련이 수소탄과 장거리 미사일을 제조한 것에 자극 받아 중국도 핵폭탄과 장거리 미사일을 제조하고자 했다는 것이다. 그 결과 극도로 악화된 중국의 경제를 돌보지 않고 핵폭탄 제조에 모든 국력을 집중하여 경제적 파탄을 가져왔고, 이에 그의 정책을 비판하는 당과 정부 내의 압박이 날로 가중되었다는 것이다.

마오쩌둥은 이러한 여러 가지 요인으로 위기를 의식하자, 우선 그의 실정을 비판하고 정책을 반대하는 당 내 반대파를 축출하고 지식계층의 입을 막아야겠다고 판단했다. 그는 쟝칭(江靑)을 앞세워 실용주의파와 지식인을 수정주의자·자산계급반동파·반혁명분자로 몰아간다.

이에 어용 쿠테타라고 할 문화대혁명을 일으켜 당을 완전히 무력화시키고 반대파와 지식인을 무차별 숙청하여 모든 기관을 폐쇄시켰다.

문화대혁명이 시작되면서 전국의 모든 문학예술단체는 폐쇄되었고 黨 기관지와 軍기관지를 제외한 모든 보도매체가 폐쇄되었다. 문학예술지도 물론 모두 정간되었다. 1966년 7월 1일자 당의 이론지인『홍기(紅旗)』에 「옌안문예좌담회에서의 강화(延安文藝座談會上的講話)」가 다시 게재되고, 말미의 「평어(評語)」에 '始終 마오쩌둥 동지의 문예노선 집행을 거절한 자들의 명단'이라고 하여 학계 · 문예계의 많은 인사들의 이름이 공표되었다. 이들은 반동 · 반당분자 · 반혁명분자의 죄명으로 직장에서 파면되거나 체포되었다. 이들은 '반동노선 인물(黑線人物)', '반사회적 악인(牛鬼蛇神)', '반도(叛徒)', '국민당특무 (國民黨特務)', '반혁명 수정주의자(反革命修正主義者)' 등의 죄상을 기록한 고깔모자와 간판을 목에 걸고 거리에서 조리돌리기를 당하고는 투옥되었다. 그들이 과거에 발표했던 학술논문이나 문예작품은 모두 독초(毒草, 중국 문단사회에 해독을 끼치는 학술논문이나 문예작품)라는 판정을 받았고 폐기하라는 명령이 전국에 하달되었다. 심지어 신정부 수립 이후 당권파 문인으로 당의 문예정책을 영도하던 周揚과 그 일당조차도 비판의 대상이 되었다.

중앙 문화대혁명 소조(中央文化大革命小組)의 지도 아래 각급 중 · 고등학교에서 홍위병(紅衛兵)이 조직되었다. 8월 18일에 베이징 天安門(톈안먼)앞 광장에 전국에서 모여든 100만 명의 홍위병이 운집하자 미오쩌둥이 친히 나가 이들을 접견히고 격려했다. 이들은 수천년 역사를 자랑하는 문화재를 봉건주의사회의 잔재라는 명목으로 파괴하고, '짜오판여우리(造反有理: 반란을 일으키는 데에는 그에 합당한 이유가 있다)'라는 플랭카드를 앞세우고, 사회지도급 인사들을 반당 · 반사회주의자들이라는 이유로 폭행하고 그들의 집을 파괴하는 등 광란을 자행하기 시작했다. 라오서(老舍)를 비롯하여 자오수리(趙樹理), 덴한(田漢), 허치팡(何其芳), 정보치(鄭伯奇), 푸레이(傅雷), 덩튀(鄧拓), 우한(吳晗), 경극배우 마롄량(馬連良) 등 세상에 이름이 크게 알려진 원로작가와 저명작가·예술인만도 200여 명이 문화대혁명 기간 중에 박해로 죽었고, 기타 이름 있는 작가와 지식인 수천 명이 박해로 목숨을 잃었다.

중국에서 '문화대혁명 10년'을 '십년대재앙(十年大浩劫)', '십년동란(十年動亂)'이 라고 한다. 문화대혁명이라는 대재앙의 시대는 마오쩌둥의 사망으로 막을 내렸다.

나. 신시기소설의 경향과 특징

'신시기(新時期)'에 들어서 문화대혁명 기간에 숙청되었던 많은 문예계 인사들이 복권되어 문예계는 다시 활기를 띄기 시작하였다. 다른 분야와 마찬가지로 문예계에도 현대화 바람이 불러 일으켰다. 그 주요 내용은 ① '쌍백'('百花齊放, 百花爭鳴')방침의 관철, ② 實事求是, ③ 사상해방, ④ 禁區 打破, ⑤ 민주정신 고양, ⑥ 극좌노선 시정 등이었다.

신시기(新時期)는 '社會主義 역사 발전의 새로운 시기'와 '文學 발전의 새로운 시기'라는 두 가지 함의를 가지고 있다. 신시기(新時期)소설이란 새로운 시기의 소설의 약칭으로, 넓은 범주로는 當代文學 속에 포함시키면서도 신시기(新時期)소설만의 독립적인 槪念으로 특정 짓고 있다[64]. 신시기(新時期) 소설은 구시기(舊時期)의 각종 규범에서 벗어나 내용과 형식상에서의 새로운 형태의 소설을 지칭하는 것으로 보아

---

64) 吳中杰,『中國現代文藝思潮史』, 復旦大學出版社, 1996, 324쪽 참조.

야 할 것이다. 즉, 新時期 소설은 지난 시기 소설에 대한 반성과 자각의 소설이라고 할 수 있다. 이 시기의 소설 창작은 적어도 두 방면에 뚜렷한 변화가 일어났다. 첫째, 그 원래의 의의에서 현실주의의 본래 면모를 회복하고 또 그것을 심화·승화와 날로 개방되는 방향으로 발전시켰다. 둘째, 중국 現代文學史상 처음으로 현실주의 미학 범주의 非현실주의, 즉 모더니즘 미학 범주의 작품이 나타났다. 이리하여 중국 현대문학은 현실주의의 복귀·심화·승화와 개방적인 새로운 발전, 그리고 모더니즘의 수용·개조·소화·융합·발전·창신이라는 다원적 미학 원칙이 병존하고 경쟁하는 문학의 새로운 시기에 진입하게 된다.

신시기에 이르러 소설계는 크게 변화했다. 우선 제재 선택의 변화를 들 수 있다. 과거 마오쩌둥 시대의 금기가 타파되었을 뿐만 아니라, 심지어 문화대혁명을 비판하는 '상흔(傷痕)소설',[65] '반사(反思)소설'[66]이 등장한 것이다. 과거에는 개인의 사생활을 작품화하는 것을 금기시하던 규제가 철폐되어 개인의 사생활이 작품의 주제로 등장하였고, 또 과거에는 '농촌·공장·광산·전장에서의 농민, 노동자, 병사의 영웅인물을 주인공으로 하여야 한다'던 규제가 철폐되면서 소설의 배경이나 인물의 선택이 자유로워져, 제재의 선택이 다변화 다양화 되었다. 또 문학예술 발전의 가장 큰 장애가 되었던 작품의 정치성과 사상성의

---

65) 문화대혁명 이후에 나타난 새로운 문학현상으로 盧新華가 1978년 8월 11일에 『文匯報』에 발표한 단편소설 「상흔(傷痕)」에서 명칭을 땄다. 상흔문학은 문화대혁명이 남겨놓은 마음의 상처를 묘사함으로써 개인과 가정의 비극적 운명을 제시하였다. 작품에서는 개인의 품성과 행위를 통해서 역사를 해석함으로써 종종 과다한 우연, 오해, 희곡적 수법과 비정상적인 내용을 초래하였고, 이로 인해 사상력과 예술가치가 결여되었다. 그러나 현대 문학 사상 처음으로 진정한 현실주의의 깃발을 높이 들었고, 그원래의 의의에서 현실주의의 진실한 면목을 회복시킨 것에서 그 큰 의의가 있다.
김한, 『중국 현대 소설사』, 문학과 지성사, 1996, 245쪽.

66) 반사소설(反思小說)은 상흔문학보다 한 차원 더 발전된 형태의 것으로서, '역사에 대한 되돌아보기'를 실천한 문학 형태라고 볼 수 있다.

규제에서 해방되면서 예술성이 회복되기 시작했다. 이것은 과거에 당과 문예계가 간단없이 마찰을 빚어오던 '진실을 쓰기(寫眞實)'와 '생활간여론(干預生活論)'의 요구가 실현된 것이라고 하겠다. 그러나 과거 30년 가까이 일관되어 온 혁명현실주의 창작방법에서 벗어나기는 어려웠다. 비록 정치성과 사상성에서는 벗어났다고 하나 창작 기법의 변화는 쉽지 않았다. 이것으로부터의 탈출 시도가 바로 모더니즘 기법, 즉 현대주의 기법의 도입이었다.

신시기 초기에는 단편소설이 단연 많았다. 이 시기 단편소설의 특징은 '계열화(系列化)'와 '산문화(散文化)', '시화(詩化)'의 경향이 뚜렷했다는 점이다. 이는 소설 창작의 자유와 예술성을 회복하기 위한 시도라고 하겠다. 계열소설로는 가오샤오성(高曉聲)의 '천환성(陳奐生)계열소설'을 대표로 꼽을 수 있겠고, 소설의 산문화와 시화는 소설에 주관적 정성, 언어의 색채, 정조(情調), 의경(意境), 절주(節奏) 등을 중시하는 것이다. 일부 비평가들은 이러한 경향을 서양소설의 영향을 받은 것이라고 보기도 하나, 실은 소설이 공식화·개념화라는 정치성에서 벗어나 예술성을 회복하고자 한 일종의 자기 변신의 시도라고 보는 것이 타당하겠다.

신시기 이후 최초의 소설로 꼽는 류신우(劉心武)의 「담임선생(班主任)」(1977년 11월)과 루신화(盧新華)의 「상흔(傷痕)」(1978년 8월) 등 초기 소설은 예술성보다는 내용에서 과감하게 금기를 타파하였다는 점에서 문단을 놀라게 했다. 그러나 이후에 발표된 루즈쥔(茹志鵑)의 「잘 못 편집된 이야기(剪輯錯了的故事)」(1979년 2월)나 왕멍(王蒙)의 「봄의 소리(春之聲)」(1980년 5월) 등의 작품에서는 당대문학 최초로 모더니즘이라는 창작 기법을 도입하여 심미의식을 갖춘 예술성을 찾고자 노력하는 흔적을 발견하게 된다.

중편소설은 1980년이 되면서 대량으로 발표되기 시작했다. 이것은 사회가 안정되면서 작가들의 심미의식이 높아지고 심미 대상의 확대와 사유의 폭이 넓어지면서 나타난 현상이라고 보겠다. 천룽(諶容)의 「중년이 되어(人到中年)」(1980년1월), 루옌저우(魯彦周)의 「텐윈산의 로맨스(天雲山傳奇)」(1979년1월) 장이궁(張-弓)의 「범인 리퉁중의 이야기(犯人李銅鐘的故事)」, 왕멍의 「나비(蝴蝶)」, 리춘바오(李存堡) 의 「높은 산 아래의 화환(高山下的花環)」, 루야오(路遙)의 「인생(人生)」 등은 과거에는 볼 수 없었던 우수한 작품들이다.

이 시기 장편소설은 아직 괄목할 만한 발전을 보았다고 보기는 어려울 것 같으나 구화(古華)의 「푸룽전(芙蓉鎭)」, 리궈원(李國文)의 「겨울 속의 봄(冬天裏的 春天)」, 저우커진(周克芹)의 「쉬마오와 그의 딸들(許茂和他的女兒們)」, 류신우(劉心武)의 「종각(鐘鼓樓)」, 장제(張潔)의 「무거운 날개(沈重的翅膀)」 등은 과거의 어떤 장편소설보다 뛰어난 작품이라고 하겠다. 다만 단・중편소설에 비해 발전 속도가 더뎠는데, 장편소설은 역시 시간을 요하는 영역인 것 같다.

新時期소설의 주요 경향 및 특징을 정리하면 다음과 같다.

1) 상흔(傷痕)[67]소설

문화 대혁명 10년간은 문학예술계가 황폐화한 시기였다. 과거 10년간 소설다운 소설은 단 한 편도 발표되지 못했고, 기성작가 중 유명인

---

67) '상흔(傷痕)'이란 말의 출전은 상해 복단대학(上海復旦大學) 1학년생이었던 루신화(盧新華)가 1978년 8월11일 ≪文匯報≫에 게재했던 단편소설 제목 「傷痕」이었다. 소설의 내용은 16세의 소녀 왕시아오화(王曉華가 문화대혁명 때 반동분자로 몰린 어머니로 인해 9년 동안 당한 박해와 모녀간의 生離死別의 고통을 그린 것으로, 당시 대단한 반향을 불러 일으켰다.

사들은 박해를 받아 세상을 떠났다. 1977년은 비록 마오쩌둥이 사망하고 그 추종세력인 '사인방(四人邦)'도 제거되었다고 해나, 앞으로 어떤 세상이 올지 아무도 미래를 가늠할 수 없는 시기였다. 더구나 마오쩌둥의 후계자로 정권을 인수한 화궈펑(華國鋒)이 '마오쩌둥의 정책이나 지시는 모두 옳은 것이므로 이후에도 그대로 추종 하겠다'는 의지를 나타냈다. 이런 상황에서 감히 아무도 앞에 나서서 마오쩌둥 시대의 문예정책을 부정하지 못했다.

이렇듯 앞날을 예측할 수 없던 1977년 10월에 『인민문학』에 한 편의 소설이 투고되었다. 편집위원들은 이 소설의 내용을 보고는 어떻게 처리하여야 할지 큰 고민에 빠졌다. 이것이 세상을 떠들썩하게 했던 중학교 교사 출신의 아마추어 작가 류선우(劉心武)의 단편소설 「담임선생」이다. 이 소설의 내용은 문화대혁명 중에 학교 교육이 청소년들의 인성(人性)을 얼마나 참혹하게 유린하였는가를 한 중학교 교사의 눈을 통해 본 통한의 기록이었다. 이 작품의 주요 인물은 과거의 어두운 역사가 강요했던 금욕주의적 문화심리에 젖어있는 인물과 거기에서 벗어나 있는 인물의 두 가지 유형이다. 이 가운데에서 작가의 관심은 금욕주의적 문화심리에 젖어 있는 학생 두 사람의 상이한 양태에 집중되어 있다. 즉, 모든 사물을 계급투쟁의 관점에 근거하여 진단하면서 자기와 다른 견해를 추호도 용납지 않는 여학생, 그리고 아무 까닭도 없이 불량한 행동을 서슴지 않는 남학생이 바로 그들이다. 이 두 사람은 겉모습은 다르지만 사실은 하나의 뿌리, 즉 문화대혁명이 낳은 빈곤한 정신상태와 기형적 영혼의 결과물일 뿐이다. 맹목적 추종과 이유없는 반항, 이 모두는 '혁명이라는 논리와 구호가 만들어낸 우민정책'의 私生兒일 수밖에 없다는 것이다.

「담임선생(班主任)」은 '四人邦' 몰락 이후 최초로 문화대혁명에 대해 '반성적 사유'를 진행하였던 작품이다. 당시『人民文學』사 편집위원들의 격렬한 토론 끝에 1977년 11월호『인민문학』에「담임선생」이 발표되었다. 문학계는 크게 동요했다. 과연 금기를 깨고 이런 내용의 소설을 발표할 수 있는 것인가? 하는 우려 때문이었다. 이어 1978년 8월 상하이의『문회보(文灌報)』에 역시 아마추어 작가인 루신화(盧新華)의 단편소설「傷痕」이 발표되었다. 이 소설 역시 문화대혁명 중에 黨이 한 평화롭던 가정을 어떻게 파탄에 몰아넣었고, 가족 간의 불신과 비극을 조성했는가를 한 소녀의 체험 형식으로 묘사한 내용이다. 이렇게 하여 신사기 문학은 '상흔소설'로 시작되었다. 이후 상흔소설 계열의 작품이 줄을 이어 발표되어 1970년대 말을 전후하여 상흔문학의 전성기를 이루었다.

상흔문학은 시대의 요구에 부응하는 역사에 대한 반성적 사유를 표현하기 시작하였지만, 이것은 과거의 '左'편향에 대한 폭로성 비판에 국한되어 역사의식을 토대로 한 깊이 있는 사회 현실을 반영하지 못하고 신시기의 새로운 모순과 갈등을 예민하게 포착하지 못한 한계를 지니고 있었다.

2) 반사(反思)소설

상흔문학의 한계점을 극복하고, 역사에 대한 반성과 검토 그리고 잃어버린 '自我'찾기를 위한 '反思文學'이 출현하게 되었다. 구체적으로, 사람들은 10년의 대 재난으로 인한 사회생활과 인민의 영혼에 조성된 상처에 대한 깊지 못한 묘사와 고발에만 머물러 있는 '상흔문학'에 만족하지 못하였고, 더 풍부한 예술 표현력과 더 깊고 철저한 사상 통찰력을 가진 작품을 요구하였다. 사회 역사의 발전 과정을 일반적으로 반영한 고발 형식의 작품은 더 이상 원하지 않았고, 역사에 대한 재인식 중에서 경험적인 교훈을 정리해 내는 심도 있는 작품을 원하였던 것이다.

반사소설의 주제는 문화 대혁명을 겪은 지식인들의 자기 참회와 반성이며, 작가들 역시 지식인들이고 또 그 중에는 중국에서 말하는 '지청(知識靑年)'들이 많았다. 이들은 신시기를 맞아 과거 문화대혁명 기간에 조국의 사회주의혁명을 위해 사회주의 경제건설을 위해 온갖 희생을 겪었던 것이 과연 조국을 위한 것이었는가를, 이것은 과연 누구 때문이었는가를, 우리를 기만하고 조국을 기만한 자는 누구인가를, 앞으로 우리 조국에도 미래가 있는가를 고민하였다. 지식청년들의 이러한 고민의 발로가 바로 지청의 반사문학이다.

1979년부터 1982년까지 많은 반사문학 작품이 발표되어 신시기 초기의 문단이 대성황을 이루었다. 1979년에 루즈쥔(茹志鵑)의 소설「잘못 편집된 이야기(剪輯錯了的故事)」, 베이다오(北島)의 시「회답(回答)」, 루연저우(魯彦周)의 소설「천운산의 전기(天雲山傳奇)」, 바이화(白樺)의 시나리오「苦戀(짝사랑)」, 왕멍(王蒙)의 소설「볼세비키의 경례(布禮)」 등이 화제의 작품으로 발표되었다. 1980년에 더 많은 문제작들이 쏟아져 나왔는데, 대표적 작품들은 여류작가 천룽(諶容)의「중년이 되어(人到中年)」, 왕멍(王蒙)의 소설「나비(蝴蝶)」, 장시엔량(張賢亮)의 소설「영혼과 육체(靈與肉)」, 다이허우잉(戴厚英)의「사람아, 사람(人啊, 人)」 등 이다. 1981년에는 구화(古華)의「부영진(芙蓉鎭)」, 가오샤오성(高曉聲)의 소설「진환성 전업(陳奐生轉業)」, 장캉캉(張抗抗)의「오로라(北極光)」, 장싱신(張幸欣)의 소설「같은 지평선상에서(在同一地平線上)」 등이 발표되었으며, 1982년에는 우루오진(遇羅錦) 의 소설「봄의 동화(春天的童話)」, 다이허우영(戴厚英)의「시인의 죽음 (詩人的死)」

등이 발표되었다. 이 작품들은 대부분 작가들이 과거에 경험했던 생활에서 소재를 얻은 것이어서 지식인들의 삶의 고뇌와 조국에 대한 우환을 묘사하고 있어 내용이 핍진하고 사실적이어서 독자들에게 큰 감동을 주었다.[68]

상흔소설은 문화대혁명이라는 특정 시기의 극좌노선이 만들어낸 상처를 폭로한 것이라면, 반사소설은 신중국 수립이후 극좌노선이 구체적 삶에 미친 해악 및 그 원인을 깊이 파악하였다. 예를 들어 가오샤오성(高曉聲)의 「이순대의 집짓기(李順大造屋)」는 이순대가 신중국 수립과 함께 세 칸짜리 집을 마련하기로 계획을 세우고, 굶기를 밥 먹듯이 하면서도 저축에 힘쓴다. 그러나 그의 꿈은 처음에는 1958년 대약진운동으로 말미암아 벽돌과 기와는 인민공사의 공유재산이 됨으로써 허사가 되고, 두 번째는 문화대혁명을 맞아 '文革'주임에게 사기를 당함으로써 다시 물거품이 된다. 그는 넝마주이와 엿장수로 다시 돈을 벌어 1977년 겨울 마침내 오랜 꿈을 실현하는 순간에 이르게 된다. 이 같은 우여곡절은 이순대로 하여금 '공산당을 추종하고 당의 명령에 복종하던' 태도에서 점차 실리에 밝고 영악해져 가는 모습(뇌물을 건네주고서는 남을 매수했다는 사실에 타락한 자신을 부끄러워 하기는 하지만)으로 변모시킨다. 작가는 이순대의 '집짓기'의 좌절을 통해 보다 폭넓은 역사적 시야에서 극좌노선이 개인의 구체적 삶과 정신세계에 미친 해악에 대해 '반성적 사유'를 진행하였다고 할 수 있다.

또 상시안량(張賢亮)의 「남자의 반은 여자(男人的一半是女人)」는 '반성적 사유'를 성적 욕망이라는 인간의 내면세계로 끌어들여 진행하였다는 점에 특별한 의미를 지닌 작품이라 할 수 있다. 문화대혁명 당

---

68) 김시준, 『중국당대문학사조사연구』, 서울대학교출판부, 2001, 260~261쪽.

시 '나'가 속해 있는 노동개조대는 가장 원시적이고 동물적인 정욕만 존재하는 곳이지만, 그녀와의 육체적 접촉은 '나'에게 자신의 성적 불구를 확인시켜 준다. 정치적 폭압은 성적 충동을 거세시키고 창조적 욕망조차도 근절시켜 버린다. '거짓말이 태양빛을 두려워하는 것이 아니라, 진실한 말이 태양빛을 두려워하는 특수한 상황' 속에서 '나'는 생리기능에서 말초신경에 이르기까지 정상인의 삶을 누릴 수 없을 뿐만 아니라 정상인의 창조력을 상실하고 말았던 것이다. 홍수로 인해 제방이 터질 위기에 놓였을 때 헌신적으로 뛰어들어 구멍 난 부분을 막았던 일을 계기로 '나'는 다시 남성의 기능을 회복하지만, '내 몸에 강제로 덧씌워진 굴레'를 벗어나기 위해 그녀와 헤어진다. 이 작품은 성적욕망의 거세와 회복을 통해, 그리고 성적 욕망이란 소설적 장치의 의미를 분석함으로써 문화대혁명의 금욕주의적 성격을 투시하고 있다.

한편 상흔소설과 반사소설은 확연히 구분이 되지 않는 경우도 많다. 작가나 비평가에 따라 상흔소설과 반사소설을 혼용하기도 한다. '傷痕소설'과 '反思소설'은 사실 모두가 '반성적 사유'의 끈으로 묶여 있다고 볼 수 있다. 다만 '반성적 사유'의 끈에 매달려 있는 구체적인 물상이 각각 다를 뿐이다. 거칠게 말하자면 문화대혁명이 낳은 상처에 대한 반성적 사유인가, 아니면 신중국 수립이후 깊게 뿌리내린 좌편향에 대한 반성적 사유인가, 아니면 중국문화와 세계문학에 대한 새로운 인식을 가능케 한 반성적 사유인가가 다를 뿐이다.

당시 문단에서 상흔소설과 반사소설을 둘러싸고 많은 쟁론이 있었다. 이른바 '공덕의 찬양(歌德)과 부도덕(缺德)' 논쟁이다. '우리가 현재 사회주의사회에 살면서 과거 마오쩌둥 정권시대의 착오를 이렇게 폭로하고 매도해도 되겠는가?'라는 보수파의 주장과 '이제 문학예술은 더 이상 당의 선전도구가 되어서는 안 되며 극좌적 교조주의에서 벗어나야 한다'는 진보파의 주장이 대립의 초점이다. 그러나 보수파의 비판은 결국 시대의 조류를 거스를 수는 없었다. 그들의 목소리는 점차 군중들의 비난 속에 축소되어 갔다.

3) 개혁(改革)소설[69]

반사소설과 거의 같은 시기에 개혁소설이 등장했다. 개혁소설은 과거 문화대혁명 기간에 각 기관이나 생산현장에서 있었던 당 간부들의 독선과 오만·비리·부조리 등으로 인해 국가의 현대화 사업이 정체되었던 사실을 폭로하고 이제 신시기를 맞아 진정으로 '조국과 인민을 위하여 무엇을 어떻게 개혁해야 하는가?', 단순히 '정치적 성분이 좋다는 이유만으로 인민의 위에 군림해도 되는가?', '이제는 군림하는 지도자가 아니라 인민을 위해 봉사하는 지도자가 나와야 하며, 관공서나 생산공장에서 그것에 대해 가장 우수한 지식을 갖춘 인재를 등용하여 지도자로 삼아야 한다'는 것을 구체적으로 제시하는 소설이다. 이 소설은 주로 신정부가 제기한 '4개 현대화(四個現代化)'에 초점이 맞추어져 있다. 초기의 대표적 작품으로 쟝쯔룽(蔣子龍)의 단편소설 「챠오공장장 취임기(喬廠長上任記)」(1979년 7월, 『인민문학』), 커윈루(柯雲路)의 단편소설 「삼천만(三千萬)」(1980년, 『인민문학』, 제1기) 등을 들 수 있다. 개혁소설에서 가장 중요한 것은 과거 공식화·개념화의 창작방법에서 벗어난 점이다. 과거와 같은 당의 선전 구호가 아닌, 진정으로 인

---

69) 1978년부터 중국에서는 본격적으로 경제체제개혁을 실시하면서 많은 작가들은 자기의 눈길을 역사에서부터 현실로 돌려 현실 속에서 이루어지고 있는 개혁과 발전의 문제들을 다루기 시작하여 개혁소설을 탄생시켰다. 개혁소설의 발단은 1979년 7월에 『인민문학』에서 발표된 쟝쯔룽(蔣子龍)의 단편소설 「챠오공장장 취임기(喬廠長上任記)」이다.

민들의 마음에서 우러나오는, 인민들을 위한, 조국의 미래를 위해 스스로 개혁에 앞장서자는 내용이다. 이 밖에도 대표적인 작품으로는 장제(張潔)의 「무거운 날개(沈重的翅膀)」, 장시안량(張賢亮)의 「용종(龍種)」 등이 있다.

4) 현대주의(現代主義)소설

개인과 이념의 극단적인 괴리였던 문화대혁명에 대한 비판과 반성으로부터 출발했던 중국의 現代主義[70]는 서구의 모더니즘과 달리 휴머니즘적 요소와 역사에 대한 열정, 현실참여적 측면 등이 전면에 부각되고 있다.

상흔소설, 반사소설, 개혁소설은 소설의 내용을 제재 측면에서 분류한 것이다. 과거 중국의 문예계는 사회주의 현실주의 창작방법의 규정에 의한 창작이 허용되었을 뿐, 여타의 어떤 창작방법도 허용되지 않았다. 1958년경에 마오쩌둥이 '혁명적 현실주의와 혁명적 낭만주의 兩結合論'이라는 창작방법을 제시했으나, 이 역시 현실주의 창작방법론에서 벗어나는 것이 아니었다. 신시기가 되어 서구의 문예사조가 일시에 도입되면서 중국문예계에 큰 충격을 주었다. 과거 서구 문예계에서 150여 년 간 변화·발전하여 오던 많은 문예사조가 일시에 중국 문예

---

70) 일반적으로 모더니즘을 현대주의로 번역하지만 '모더니즘'과 '현대주의' 두 용어는 섬세한 의미상의 차이 즉 뉘앙스가 존재한다고 본다. 모더니즘은 전형적인 서구의 문예사조인데 비해 현대주의(現代主義)는 문화대혁명 직후의 신시기에 중국의 각 분야에서 본격적으로 펼쳐지고 있는 현대화건설사업과 맞아 떨어진 결과 '현대주의'는 '모더니즘'의 개념에서 벗어나서 새로운 현대의식을 반영하는 문학경향으로 받아들이게 된다. 이렇게 새로운 개념적 가능성을 내포하고 있는 '현대주의'가 '모더니즘'이라는 용어보다 사회주의 중국에서 쉽게 수용되는 이유는 바로 여기에 있다고 생각된다. 그러므로 본고에서는 중국 신시기의 모더니즘적인 문예사조를 서구 및 한국의 그것과 구별하게 '현대주의'라고 한다.

계에 쏟아져 들어오면서 중국 문예계는 적지 않은 혼란에 직면했다. 많은 문예사조 중에서 중국문단이 가장 먼저 수용한 것은 모더니즘이었다. 모더니즘은 과거의 문예사조와 창작방법의 틀을 부정하는 여러 유형의 사조를 아우른 집합명칭이다.

중국에서 최초로 시도된 모더니즘은 시에서는 상징주의이고 소설에서는 '의식류(意識流)'였다. '의식류' 소설은 일종의 심리소설로, 인간의 내면에 잠재하고 있는 의식세계를 추구하는 표현수법의 문학으로 어디까지나 개인의 주관적 감각과 심리를 묘사의 대상으로 한다. 소설의 구조와 형식면에서는 내용 전개를 중요시하지 않아 이야기의 시작과 결말이 모호한 것이 특징이다. 이러한 창작수법은 과거 중국 문단의 창작 기법과는 완전히 반대되는 것이다. 과거의 문학작품은 반드시 집단주의적이고 객관적이어야 하며 혁명영웅인물이 확실하게 결말을 매듭지어 대단원을 이루어야 했다. 따라서 의식류 소설의 출현은 중국 문단으로서는 일종의 파천황(破天荒)이었다. 이러한 창작수법을 최초로 실험한 작가로는 소설에서 루즈쒠과 왕멍을 들 수 있겠다. 루즈쒠은 1979년『인민문학』제2기에「잘못 편집된 이야기」를, 왕멍은 1980년 1월『인민문학』제5기에 단편소설「봄의 소리」를 발표했는데 이 작품들이 신시기 최초의 意識流 소설로 여겨진다. 왕멍은 이후에도 계속하여「밤의 눈(夜的眼)」등 많은 의식류 계열의 소설을 발표하여 중국 문단에 새로운 소설 창작 기법의 바람을 일으켰다. 의식류 소설이 처음 발표되었을 당시 문단에서는 이 새로운 흐름의 소설에 대해 회의를 가지고 부정적으로 비평하는 사람들이 적지 않았다. 일반 평자들은 이들의 초기 모더니즘소설이 의식류 소설을 모방했으나 진정한 모더니즘 소설에는 이르지 못했다고 평했다. 그러나 1980년대 초부터 중국 문단이 모더니즘의 열풍에 휩싸이면서 1980년대 중반에는 의식류 소설에서 선봉(先鋒)소설로 이어진다.

선봉문학 역시 모더니즘 문학에 속하며, 서구에서는 제2차 세계대전 이후에 나타난 문예사조로 아방가르드 즉, 전위파(前衛派)문학 또는 전후파(戰後派)문학 이라고도 불린다. 중국 문단에서 모더니즘문학이 궤도를 찾은 것은 1980년대 중반부터라는 것이 비평가들의 공통된 의견이다. 많은 모더니즘문학의 창작 기법을 보면 자유로운 연상(聯想), 내적 독백, 후래쉬백, 찰나적 생각, 환각(幻覺), 몽상(夢想) 등 인간의 내면에 흐르는 의식의 세계를 묘사하며, 플롯은 그리 중요하게 여기지 않는 것이 특징이다. 중국 문단이 이러한 창작 기법을 익히는 데는 적지 않은 시간이 필요하였을 것이다. 일부 비평가들이 루즈쉔과 왕멍의 신시기 초기에 발표한 의식류 소설을 아직 현대파 소설의 수준에 이르지 못했다고 평한 것도 이러한 이유에서일 것으로 여겨진다.

신시기에는 모더니즘을 평가하는 중국의 비평관점은 대체로 세 가지로 나누어 볼 수 있다. 첫째, 모더니즘을 전적으로 부정하고 반현실주의로 평가되는 관점이다. 중국의 전통적인 창작방법인 혁명적 현실주의의 입장에서 사상의 퇴폐성과 불가지론, 표현의 난해함이나 노골적인 성의 묘사 등을 모더니즘 비판의 주된 대상으로 삼는다. 둘째, 모더니즘의 사상 내용 면에서는 비판적인 시각을 가지지만, 그것의 기법, 수법의 측면에서는 긍정적으로 평가하면서 적극적으로 수용하려는 관점이다. 셋째, 서구적인 모더니즘과 구별하여 현대화된 중국적 상황에서 배태한 문학으로서 '현대주의'를 이해하려는 관점이다. 이것은 앞의 두 관점에서 사용하는 현대주의가 모더니즘의 번역어인 것과는 다르다. 이러한 관점은 '현대주의'를 중국의 신문예가 지향해야 할 미래적 개념으로 이해하며, 내용과 형식의 모든 면에서 새로운 차원으로 발전시키려는 전략이 내포되어 있다. 이들은 '현대화된 중국문학'으로 발전할 것을 목표로 하고 있다. 그 대표적 논자인 陳思和는 현대의식을 20세기 이래 인간의 인식능력과 사상관념의 최신 수준과 정보를 가리키는 변화된 개념으로 이해하며, 이러한 현대의식을 반영한 작품을 현대주의라고 규정한다. 모더니즘을 긍정한 이들의 언급 속에 자주 등장하는 '현대화', '현대적'이라는 개념도 이와 같은 논리에서 비롯된다고 볼 수 있다. 따라서 이들은 20세기 초의 특수한 상황 속에서 출현한 서구적인 모더니즘과 변별되는, '중국인의 인식능력과 사상관념의 최신 수준과 정보'를 표현하는 '현대주의'를 추구한다고 해석할 수 있을 것이다. 그러므로 중국의 '현대주의'는 이념비평의 차원을 넘어 이러한 논리적 맥락 하에서 탄생한 개념으로 이해해야 한다.

다. 왕멍(王蒙)의 신시기 소설

왕멍은 중국 신시기 소설문학을 대표하고 있는 작가이며, 신시기 문학의 새 지평을 개척하는 중국 당대 문단의 巨匠이다. 중국 新時期문학의 旗手라고 불리우는 왕멍은 신시기를 맞아서 본격적인 창작활동을 시작하여 소설이나 시, 산문, 평론, 콩트, 번역 등 여러 장르에 걸친 무려 100여 권에 이르는 다채로운 작품들을 남겨놓았다. 특히 왕멍의 신시기소설은 사회주의 리얼리즘의 정신에 서양의 모더니즘 기법을 결합하여 문화대혁명과 신시기의 사회상을 잘 그려놓았다.

일찍 공산당에 가입하여 한 평생 중화인민공화국의 역사와 함께 해온 왕멍의 생애와 그의 작품세계를 살펴보면 다음과 같다.

1) 왕멍의 생애와 문학활동

왕멍은 1934년 10월 15일 중국 하북성(河北省) 남피현(南皮縣)의 지식인 가정에서 출생하였다. 그의 아버지는 몰락해 가는 지주 가문 출신으로 처가의 도움으로 프랑스 유학을 하였지만, 오랫동안 대학 강사직에만 머물러 있었기에 경제적으로 무능력하였고 가정의 생계는 주로 초등학교 교원, 도서관 司書 등으로 근무했던 어머니가 꾸려 나갔다.

왕멍은 어린 시절 외할머니, 이모와 함께 살면서 특히 가정교사인 이모로부터 문학적 소양을 쌓아나갔다. 1941년 베이징師範學院 부속소학교에 입학한 왕멍은 졸업 1년 전인 1945년에 월반하여 평민(平民)중학교(후에 베이징 제41중학교로 개명)에 입학했다. 그 해 8월에 일본의 항복으로 전쟁이 끝나고 사회가 혼란해 지면서 그는 부정부패한 국민당 정부에 실망하고 중국의 미래를 마오쩌둥(毛澤東)이 이끌던 중국 공산당에게서 찾게 된다. 그 후부터 공산당 지하당원인 선배를 따라다니면서 공산주의를 배웠다. 1948년 14세의 어린 나이로 공산당에 입당해서 공산주의 직업혁명가가 되기를 꿈꾸었다고 한다.

> "나는 소년시절부터, 당시 아직 지하상태로 있던 당 조직이 영도했던 蔣介石 국민당을 반대하는 인민혁명투쟁에 참가하였다. 나는 소년시절부터 이 당의 전사의 한 사람이었다. 학생운동에서 문학은 혁명의 호루라기였다. 그 때 당시 魯迅, 巴金, 丁玲의 작품뿐만 아니라『강철은 어떻게 만들어졌나(鋼鐵是怎樣煉成的)』,『철류(鐵流)』과『사민사(士敏士)』, 그리고『이유재 판화(李有才板話)』,『백모녀(白毛女)』,『여량영웅전(呂梁英雄傳)』,『양철통의 이야기(洋鐵桶的故事)』,『나의 집주인(我的兩家房東)』등이 蔣介石 지배지구의 청년학생 사이에 많이 유행했다. 나는 언제나『강철은 어떻게 만들어졌나(鋼鐵是怎樣煉成的)』와 같은 책은 소련, 중국, 세계의 한 세대, 혹은 수세대

에 이르는 혁명가를 키웠다고 생각했다. 나는 언제나 문학과
혁명은 태어날 때부터 하나인 것이고 분리할 수 없는 것이리라
고 생각했다. 그것들은 낡은 세계를 철저히 무너뜨리고 빨간
태양이 지구 전제를 비춘다는 공통의 목표를 가지고 있는 것이
다. 문학은 혁명의 맥박이고, 혁명의 신호이며, 혁명의 양심인
것이다. 그래서 혁명은 문학의 지침이고, 문학의 정신이며, 문
학의 원천인 것이다."71)

　왕멍은 蔣介石 국민당에 대한 중국 공산당의 반격이 전면화 된 시기,
공산주의 이념이 지식인에게 커다란 영향력을 발휘한 시기에 청소년
기를 보냈다. 문학과 혁명은 하나인 것으로, 그리고 문학은 혁명을 위
한 호루라기여야 한다는 생각은 결국 청년기에 그가 가졌던 문학에 대
한 태도가 당과 혁명에 대한 열정에 기초해 있음을 드러내 준다.

　1949년 베이징이 해방되고 中華人民共和國 정부가 수립되자, 그는
15세에 新民主主義靑年團 베이징시 노동위원회 간부가 되었다가 8월
에 중앙당학교에 입교하여 공산당 간부양성교육을 받았다. 1950년에
교육을 마치자 신민주주의청년단 베이징시 제3地區 工作委員會 委員
이 되어 1956년까지 근무하여 副書記로 승진했다. 왕멍은 이 당시 몇
개의 중학교 靑年團 사업과 관련된 일을 맡아봤는데 자신이 중국 혁명
의 일선에서 활동하는 소년 볼세비키였음을 자랑스럽게 생각했다.

---

71) "我從少年時代便參加了當時還處于地下狀態的黨組織所領導的反對蔣介石國民黨
　　的人民革命斗爭. 我從少年時代便成了這個黨的一名戰士. 在學生運動當中, 文學
　　是革命的號角. 不但有魯迅・巴金・丁玲的作品, 而且有 ≪鋼鐵是怎樣煉成的≫, 有
　　≪鐵流≫和≪土敏土≫, 有≪李有才板話≫≪白毛女≫≪呂梁英雄傳≫≪洋鐵桶的
　　故事≫和≪我的兩家房東≫, 在蔣管區的靑年學生中間流傳. 我始終認爲, 像≪鋼
　　鐵是怎樣煉成的≫這樣的書, 培養了蘇聯的, 中國的, 世界的一代或者幾代革命者.
　　我始終認爲, 文學與革命天地是一致的和不可分割的. 它們有着共同的目標-一把
　　蕉世界打个落花流水, 鮮紅的太陽照遍全球. 文學是革命的脉搏, 革命的迅号, 革命
　　的良心; 而革命是文學的主導, 文學的灵魂, 文學的源泉."
　　「我在尋找甚么?」,『王蒙文集』第7卷, 華藝出版社, 1993, 688쪽.

왕멍에게 문학의 길을 걷도록 인도한 작가는 소련의 풍자작가인 파제예프[72]와 에렌부르그[73]였다. 그는 에렌부르그의「작가를 논함」이라는 글을 읽고 작가라는 직업에 크게 매력을 느끼게 되었다고 스스로 술회한다.[74] 그리고 그의 첫 번째 장편소설인「靑春萬歲」는 바로 한 젊은이의 정신세계를 그리고 있는 파제예프의「젊은 근위대」를 읽고 난 후에 창작한 것이다. 당시 중국 문단에서 소비에트 문예의 영향력이 절대적이고 왕멍 역시 자신의 열정적인 신념을 사회주의 리얼리즘 창작방법을 통해 표현하고 실천했던 것으로 보인다.

「청춘만세」는 청춘에 대한 예찬의 노래이며 사회주의 혁명 성공 직후 청소년의 진실한 생활과 사상 그리고 정서를 반영하고 있다. 1953년에 왕멍은「靑春萬歲」의 창작을 시작하였고, 1954년 말에 탈고하여 중국작가협회 문학학습소에 보냈지만 발표되지 못하고 1979년에 가서야 발표하게 되었다.

작가로서의 왕멍을 본격적으로 부각시킨 작품은「조직부에 새로 온 젊은이 (組織部新來了個年輕人)」인데 이 작품은 1956년에 발표되어 찬반 양론으로 열렬한 반향을 불러일으켰다. 이 작품의 창작배경으로는 1956년에 중국 공산당에서 '백화제방, 백가쟁명(百花齊放, 百家爭鳴)'[75]

---

72) 파제예프(1901∼1956): 소련 소설가, 프롤레타리아문학을 주창한 주도적 이물이
    자 이론가이며 문예정책에 영향을 끼친 공산당의 고위공직자였다. 대표작은
    「젊은 근위대」이다.
73) 에렌부르그(1891∼1967): 소련 작가, 저널리스트. 방대한 작품들을 남겼으며 서
    유럽세계에 대한 소련의 대변인으로 두드러진 활약을 보였다.
74) 彦火외 저, 박재연 편역, 『현대중국작가평전』, 백산서당, 378쪽.
75) 중국 공산당이 1956년 2월에 처음 제기한 과학, 문화, 예술을 번영·발전시키기
    위한 방침 정책이다. 예술적으로 서로 다른 형식과 풍격이 자유롭게 발전할 수
    있고, 과학적으로 서로 다른 학파가 자유롭게 논쟁할 수 있음을 말하는 것이다.
    그러나 실제로 이 정책이 발표된 뒤, 모택동 자신을 포함해서 각기 다른 정치 시
    기마다 이에 대한 해석과 깅조짐을 달리해 왔다. 한 때 이싱직 정책으로서의 직
    용도 있었고, 1956년 '반우파운동' 이전 잠시 동안 사상해방과 활기 있는 분위기

이라는 문예정책을 제기하여 학계와 문예계에 가져온 '思想解放'과 '창작의 자유' 분위기라고 할 수 있다. '百花齊放, 百家爭鳴' 방침 이후 당시 작가들은 사회주의 사회 내에 존재하는 모순을 깊이 있게 반영하여, 간부들의 관료주의, 극좌와 극우 및 중간인물을 다양하게 묘사하였다.

왕멍은 비록 어린 나이에 공산당에서 공산주의 교육을 받으면서 성장한 共産黨員이었으나 당 내 간부들의 보수주의에 항상 불만이 있었기 때문에 단편소설 「조직부에 새로 온 젊은이(組織部新來了個年輕人)」를 창작하여 1956년 『人民文學』 제9기에 발표했다. 정부 기관에서 벌어지는 관료주의적 폐단을 해부해낸 이 작품은 사회에 만연하기 시작한 관료주의의 원인을 혁명적 열정과 이상이 식어드는 과정에서 생겨나는 나태와 무기력에 초점을 맞추어내고 있다. 그러나 왕멍이 이러한 당의 폐해를 작품으로 발표하자, 공산당 내부에서는 큰 소동이 일어났다. 이 작품에서 공산당의 간부들이 부정적으로 묘사되었다는 이유로 왕멍은 1957년 '反右派鬪爭'76) 시기에 '右派'로 규정되었고 反動分子로 몰려 농촌으로 추방되어 4년간 思想改造 노동을 했다.

가 조성되었다.
陳思和, 『20세기 중국문학의 이해』, 청년사, 1995, 357쪽.

76) '百花齊放, 百家爭鳴' 방침이 제기된 이후에 지식인들은 이에 고무되어 당시 당 내에 존재하던 많은 문제들에 대하여 자유롭고 적극적인 비판을 시작하였다. 이러한 비판은 적게는 당내에 만연된 관료주의에서부터 심지어는 당 지도권에 대한 회의까지 표명하였다. 이 예기치 않은 비판과 비난이 비등하는 상황에서 당은 경악하고 격노하여 전면공격으로 전화하게 되는데 이것이 바로 '반우파투쟁'이다. 중국 공산당의 기관지인 『인민일보』(1957년 6월 8일)는 마오쩌둥(毛澤東)의 논설을 게재하여 '부르조아 우파'에 대한 대대적인 공격을 시작했다. '우파는 전체 인구의 5%정도일 것이다'라는 마오쩌둥(毛澤東)의 말을 기계적으로 적용하여, 무턱대고 직장의 5%의 사람들에게 '우파분자'라는 딱지를 붙여 추방했다.
小島晉治, 朴元 역, 『중국근현대사』, 지식산업사, 1988, 190쪽.

1962년에 사면되어 베이징에 돌아와서 베이징사범학원 교원에 임명되었다. 그러나 당 내 일각에서 우파로 비판 받았고 또 중학교 중퇴자를 대학 교원으로 임명한 것은 잘못된 처사라는 비난의 소리가 거세게 일어났다.

1963년 10월에 中國文聯에서 주최한 독서회에 참가했던 왕멍은 평소 그의 재능을 아끼던 중국 문련(文聯) 류즈밍(劉芝明) 부주석과 작가협회 사오췐린(邵筌麟) 이사에게 邊境에 가서 농촌 생활을 체험하면서 사상을 개조한 후에 다시 새로운 작품을 쓰고 싶다는 의견을 제출하고 이를 비준 받았다. 그리하여 왕멍은 베이징에서 가장 멀리 떨어진 신쟝(新疆)위구르자치구 문련(文聯)에 보내졌다. 그 때부터 1979년까지 약 16년 동안의 신쟝(新疆) 생활은 이렇게 시작되었다.

1963년 말에 신쟝(新疆) 위구르자치구 文聯에 배속된 왕멍은 1965년에는 다시 이리(伊犁)지구의 바옌다이(巴彦垈)人民公社에 보내져 노동 개조를 받았다. 그러나 이것이 그에게는 다행이었다. 문화대혁명의 회오리를 피하게 됐을 뿐만 아니라 그곳의 주민들과 사귀면서 주변 세계에 대하여 폭넓게 사색할 기회를 가지게 되었다. 이로 인해 그의 세계관, 인생관 및 창작에 큰 영향을 끼친다.

그러므로 1966년 문화대혁명이 발발하여서도 왕멍에게는 禍가 미치지 않았다. 그는 1971년에 우루무치로 소환되어 사상 개조 학습을 받고 자치구 문화국에 배속되었다. 1975년에 그곳 문련 문예창작연구실 창작연구조로 전근하였다. 그는 그동안 익힌 위구르어로 위구르문학을 중국어로 번역하는 작업을 하며 후에 위구르문학을 세상에 알리는데 큰 역할을 하였다.

> "新疆에 가게 되었던 것은 행운이었고, 내가 자원했던 일이
> 었으며, 나의 생활 경험과 견문을 충실하게 해 주었다. 그래서

중국에 대해서, 한족과 형제민족에 대한 비교에서 많은 것을 배우고 깨닫게 되었다. 신강에서 보냈던 16년간의 생활을 나는 조금도 후회하지 않고, 원망하지도 않으며, 오히려 수확이 크다고 생각한다. 내가 또 말하고 싶은 것은 신강의 간부, 작가와 군중들은 모두 나에게 잘해 주었다는 것이다. 물론 '반우파'운동 중의 '확대화'가 없었다면 나는 신강에 가지 않았을 것이고, 그것은 매우 슬프고, 황당하며, 불행한 일이었을 것이다."[77]

1976년 10월 '四人邦'이 체포되면서 10년간에 걸쳐 중국인민에게 막대한 피해를 입혔던 문화대혁명이 서서히 막을 내린다. 1979년에 20년 만에 '右派의 모자'를 벗었다는 연락을 받은 왕멍은 전문(專業)작가로 베이징시 문화국에 발령을 받아 16년 만에 베이징에 돌아왔다. 이때부터 왕멍은 본격적인 소설 창작에 들어갔다.

문단에 다시 복귀하면서 왕멍은 새로운 시대에 무엇을, 어떻게, 왜 써야 할 것인가 하는 문제의 해답을 얻기 위해 노력했다. 이러한 노력의 과정이자 동시에 산물이라고 할 수 있는 것은 바로 1979년 이후에 발표되는 그의 작품들, 특히 '意識流'기법을 사용해서 창작했다고 일컬어지는 작품들이다.

문화대혁명에 대해서 집중적이고 상세하게 다룬 최초의 작품이자 '의식의 흐름' 수법이 처음으로 사용된 작품인 「볼세비키의 경례(布禮)」를 시작으로, 「들풀의 마음(悠悠寸草心)」, 「밤의 눈(夜的眼)」 등 작품들이 잇달아 발표되었다. 그 중에서 「볼세비키의 경례」와 「밤의 눈」은 '의식의 흐름'에 대한 논쟁을 촉발시켰고, 「들풀의 마음」은 1979년 全

---

77) "去新疆是一件好事, 是我自願的, 大大充實了我的生活經驗、見聞, 爲中國、對漢族－兄弟民族的一系列比較中, 學到悟到一些東西. 對於去新疆十六年, 我毫不後悔, 也不怨磋, 相反, 覺得很有收穫, 我還要說, 新疆的幹部·作家·群衆...都對我好. 當然, 如果沒有'反右' 運動中的被'擴大', 我大概不會去新疆, 而那是一件非常痛苦的·荒唐和不幸的事情." 曾鎭南, ≪王蒙論≫, 391쪽.

國優秀短篇小說賞을 수상했다. 1979년은 왕멍에게 있어 정치적, 사회적 권리를 회복하고 문단에서도 확고한 위치를 획득하게 된 중요한 한 해였다.

1980년에도 「몰려드는 유세객들(說客盈門)」, 「나비(蝴蝶)」, 「봄의 소리(春之聲)」, 「연 꼬리(風箏飄帶)」 등 작품들은 줄을 이어 발표된다. 「몰려드는 중개자들(說客盈門)」은 유머적 글쓰기가 본격화된 작품이라고 볼 수 있는데, 풍자, 유머적 글쓰기는 이 후의 많은 작품들 속에서 시도됨으로써 왕몽이 주로 사용하는 서사방식의 하나로 자리 잡는다. 全國 第一屆(1979~1980)中篇小說賞을 수상한 「나비(蝴蝶)」, 1980년 全國優秀短篇小說賞을 수상한 「봄의 소리(春之聲)」, 短篇小說北京文學賞을 수상한 「연 꼬리(風箏飄帶)」 등은 모두 '의식의 흐름' 수법으로 쓰여져서 이제 '의식의 흐름' 수법이 王蒙의 주요한 창작 방식으로 자리잡았음을 보여줌과 동시에, 문단에서의 수상 경력은 '의식의 흐름' 수법이 문단의 검증을 통해 긍정적인 평가를 받았음을 보여준다.

1981년에 왕멍은 「雜色」, 「안단테 칸타빌레(如歌的行板)」, 「깊은 호수」, 「따스함」, 「호수의 빛」, 「마음의 빛」 등을 발표했다. 이 해의 작품들에서부터 왕멍은 점차 문화대혁명을 반성하고 성찰하는 주제에서 조금씩 벗어나 새로운 이야기 거리를 찾아나서는 경향을 보여주고 있다.

1982년은 왕멍의 소설이 크게 변화되는 해라고 말할 수 있다. 全國 第2屆(1981~1982)中篇小說賞을 획득한 「만남의 어려움(相見時難)」에서는 미국으로 이민하여 미국 국적을 소지하게 된 중국인의 문제, 이들이 조국에 대해서 가지는 애정, 아쉬움 등을 본격적으로 그려냄으로써 고민의 내용과 폭을 확장되었음을 보여주었다. 또 주목해야 할 작품은 「있을 수 없는 사건」이다. 왕멍(王蒙)은 이 작품에서 中國적 不條理에 대해서 풍자하고 비판한다. 사소하고도 일상적인 작은 일에서부터 시작되어 결국에는 통제 불가능한 상태로 확대되어 버리는 부조리한 사건을 포착하여 그 전말을 끈질기게 파헤침으로써 관료들의 복지부동, 지식인들의 위선적 작태, 영웅 만들기에 급급한 언론의 허위성, 流言蜚語를 생산하고 소비하는 우매한 인민들의 모습 등을 적나라하게 드러낸다. 문혁에 대한 반성이라는 거대담론이 점차 위력을 잃어갈 때에 王蒙은 보다 보편적인 中國적인 문제를 들고 나온 것이다. 이러한 경향은 「豊息浪止」, 「어느 겨울의 이야기거리」 등의 작품을 통하여 꾸준히 나타내고 있으며 왕몽 소설의 중요한 부분으로 자리잡게 되었다.

1983년에 왕멍은 『人民文學』 주필 자리에 오르게 된다. 1985년에 中國作家協會 常務 副主席에 임명되었으며 중국공산당 전국대표회의 중앙위원에 선출되었다. 그리고 1986년에는 중국 국무원 문화부 부장(장관에 해당됨)으로 임명 받았다. 문예계뿐만 아니라 정치계에서도 지도적 위치에 오르게 된 王蒙은 1989년 天安門事態[78) 때에 대학생들의 민주화운동을 옹호했다가 문화부장의 자리에서 물러난다.[79)

정치적 위상의 浮沈에도 불구하고 작가로서의 왕멍의 활동은 계속되었다. 그는 문화부장을 맡기 전에도 그러했고, 문화부장에 재직 중에도 그러했던 것과 같이 그 자리에서 물러난 후에도 변함없이 작품 활동을 계속하였다. 1979년 복권된 이후 약 십년 동안 왕멍은 장편, 중편, 단편, 微型소설, 산문, 잡문, 수필, 시가, 보고 문학, 문학평론 등 300만자에 이르는 작품을 발표하여 당대 문단의 鬼才로 불리기도 했다. 1999

---

78) 각주 7) 참조.

79) 天安門事態 후 중국 국가의 지도급 인사들과 문예계의 중진들이 잇달아 戒嚴部隊를 위문하였는데, 당시 문화부장이었던 왕멍은 정부 각 부의 부장 중 유일하게 군대 위문을 거절하였다. 藤井省三은 왕멍이 그해 9월 문화부장직에서 물러나자 이 일이 계기가 되었을 것으로 추측하고 있다.
藤井省三 저, 김양수 역, 『100년간의 중국문학』, 토마토, 1995, 106쪽.

년에 왕명은 한국 中國現代文學學會의 초청으로 한국을 방문하여 「中國當代文學의 動向」이라는 제목으로 강연과 간담회를 가졌다.

2) 왕멍(王蒙)의 작품세계

왕멍은 1949년 중화인민공화국의 수립과 함께 성장해 온 작가인데, 그가 창작활동을 처음 시작할 때 '계급 없는 평등한 사회'에 대한 낙관과 신념이 그의 의식 가운데 깊이 존재하고 있었고 이러한 낙관과 신념은 그가 세계를 관찰하고 사회를 인식하는 출발점이 되었다.

왕멍의 최초의 문학적 태도는 문학과 정치를 일체화 하는 것이었다. 그는 청년 공산주의자의 신념으로 문학과 정치를 하나로 생각하였는데, 바로 암혹에 대항해서 혁명을 이루기 위한 문학을 가장 위대한 문학이라고 생각했다. 그의 첫 번째 장편소설인 「청춘만세」는 1953년에 쓰여지기 시작하여 1956년에 완성되었는데 건국 초기 젊은이들의 생활과 정신풍모를 잘 그리고 있다. 1956년에 발표된 「조직부에 새로 온 젊은이(組織部新來了個年輕人)」는 작가로서의 왕멍을 본격적으로 부각시킨 작품이다. 이 작품은 중화인민공화국 수립 후 혁명적 열정과 이상이 식어드는 과정에서 생겨나는 나태와 무기력에 초점을 맞추어 사회주의 신중국 이면에 만연해 있는 무사안일의 관료주의의 폐단을 파헤쳤다. 그러나 공산당 간부를 부정적으로 묘사했다는 이유로 왕멍은 우파분자로 낙인찍히고 결국 20여 년 간의 노동개조를 받았다.

문화대혁명이 종결된 후 문단에 복귀했던 왕멍은 먼저 문화대혁명이 저지른 오류와 과오를 반성한 작품들을 창작하게 되었다. 문화대혁명에 대해서 집중직이고 상세하게 다룬 최초의 직품이자 '意識流(의식의 흐름)'기법이 처음으로 사용된 작품은 1979년에 발표된 「볼세비키의 경례(布禮)」이다. 이 작품을 시작으로 왕멍은 「밤의 눈(夜的眼)」, 「나비(蝴蝶)」, 「봄의 소리(春之聲)」, 「연 꼬리 (風箏飄帶)」 등 일련의 '意識流' 작품들을 줄을 이어 발표했다.

왕멍은 중국 당대 문단에 '의식의 흐름'이라는 모더니즘 창작 기법을 초창기에 도입한 작가로 꼽히고 있다. 이것은 혁명적 현실주의 작법만을 고집하던 중국문단에 매우 신선한 충격이었으며, 그의 실험정신은 높은 평가를 받았다. 왕멍 자신은 그가 이러한 새로운 수법을 채용하게 된 계기를 다음과 같이 언급한다.

> "복잡하게 된 경력과 사상, 감정 그리고 생활을 복잡화된 형식을 필요로 한다. 나는 작품 속에서 複線, 심지어는 放射線식의 플롯을 운용하되, 하나의 '主線'에 얽매이지 않으려고 했다. 나는 時空의 한계를 탈피하는 심리묘사를 운용함으로써, 앞에서 말한 적이 있는 '八千里'와 '三十年'속에 있는 서로 다른 사물들 간의 연계와 대비를 나타내고자 하였다."[80]

그러나 중국문단의 보수적인 일파에서는 왕멍이 중국의 전통적인 현실주의 창작 기법을 무시하고 서양의 퇴폐적인 기법을 도입하여 중국 문단을 오염시켰다는 비난이 있었다. 이에 왕멍은 자기가 어떤 특별한 문학주장이 있다고 말할 수는 없고 그저 인간의 풍부한 삶을 다양한 제재와 수법으로 실험정신을 가지고 표현하고자 했다.

왕멍은 불합리하고 황당하기까지 한 현실을 '의식의 흐름', 아이러

---

80) "複雜化了的經歷‧思想‧感情和生活需要複雜化了的形式. 我嘗試著在作品中運用複線條, 甚至是放射線的結構, 而不拘泥於一條'主線'. 我試圖突破時空限制的心理描寫, 來充分展示前面說過的 '八千里' 和 '三十年', 展示這 '八千里' 和'三十年' 中不同事物之間的連系和對比."
王蒙, <我在尋找什麼?>, ≪夜的眼及其他≫, 274쪽.

니, 은유 등의 기법으로 암시적으로 반영하였다. 이것은 리얼리즘의 서
사법에 한계를 느낀 왕멍이 자신의 경험을 보다 효과적으로 드러내기
위한 현명한 선택이다.

왕멍의 문학은 '생활의 진실을 반영 한다'는 정신을 기본으로 하면
서 그 시기마다 투철한 실험정신으로 문학의 영역을 확장하고 있다. 우
선 역경을 헤쳐 나온 뒤의 사회와 전체에 대한 반성과 성찰이다. 이것
은 바로 한 혁명가가 겪은 고통에 대한 반성이고 잃어버린 이상에 대한
고통에 찬 성찰이다. 또 다른 주제는 지식인의 내면의 성찰을 통해 문
화대혁명 동안에 잃어버렸던 正體性을 찾고자 하였다.

1980년대 중반부터 왕멍은 보다 진지하고 사색적인 태도로 중국의
현실과 자신의 존재문제에 대해 탐색하기 시작했다. 장편소설 「변신
인형」은 한 가정의 가장 역할을 제대로 못하는 나약한 지식인의 형상
을 통하여 봉건적 문화심리가 사람의 의식과 생활 전반을 구속하는 상
활을 묘사하여 중화민족의 근원적 문제를 파헤쳤다. 작품의 제목인 '변
신 인형'은 인간을 자유롭게 하지 못하는 사회·문화적인 요인으로 인
해 왜곡되고 변형되었지만, 여전히 새로운 변화를 꿈꾸는 욕망의 반영
이다.

왕멍의 문학세계는 다양하고 복잡하다. 曾鎭南은 왕멍을 "多面的이
고 多角的이고 多色的인 예술의 回轉柱(多面多棱多色的藝術旋轉柱)"81)
라고 하였다. 또 ≪王蒙論≫ 서두에서 王蒙의 창작 욕구가 워낙 왕성해
서 그가 앞으로 어떻게 변해 갈지 누구도 예상 못하겠다고 말하였다.
그렇지만 왕멍의 총체적인 창작관은 ≪王蒙文集≫의 自序에서 찾아볼
수 있는데, 그 내용을 간략하게 살펴보면 아래와 같다.

---

81) 曾鎭南, ≪王蒙論≫, 北京社會科學出版社, 1987, 4쪽.

"나는 우리의 국가사회생활을 더욱 아름답게 하기 위해서 창
작을 한다. 나는 왜 창작을 할까? 그에 대한 답은 나는 왜 혁명
을 하고 왜 사는가와 똑같다.

나는 생활을 사랑한다. 나는 모든 아름다운 순간들이 짧다는
것에 탄식을 한다. 단지 문학만이 아름다운 순간을 영원하게
이어줄 수 있다.

문학은 일종의 특수한 기억방식이다. 문학은 그리움이고, 문
학은 회복이고, 문학은 청춘이고, 문학은 인생의 맛(재미)이고,
문학은 아름다운 여운이 계속해서 귓전에서 맴도는 것이다. 문
학은 생명의 남겨진 모든 것이다.

… 중략 …

문학은 有爲이고 無爲이다, 문학은 有爲의 無爲이고, 無爲의
有爲이다.

문학은 쾌락이다. 문학은 질병이다. 문학은 수단이다. 문학은
교제이다. 문학은 낭만이다. 문학은 모험이다. 문학은 휴식이
다. 문학은 하느님이다. 문학은 노비이다. 문학은 천사이다. 문
학은 창기다. 문학은 아름다운 꽃이다. 문학은 불치병의 한 첩
의 약이다. 문학은 한 솥의 죽이다. 문학은 모든 것이기도 하고
아무것도 아니기도 한다.

… 중략 …

나는 다른 모든 것은 버리더라도 창작만은 버릴 수 없기를 바
란다."[82]

위 自序의 내용으로 우리는 왕멍에게 '문학'이라는 존재가 무엇인지
를 짐작할 수 있는데, 그에게 문학은 살아가는 이유요, 혁명을 하는 이
유이고, 그에게 있어 문학은 이 세상의 모든 것이라는 것을 알 수 있다.

---

[82] 王蒙, ≪王蒙文集≫의 自序, 華藝出版社, 1993, 1쪽.

3) 왕멍의 신시기소설

혁명실현의 꿈은 공산당과 인연을 맺은 10대로부터 왕멍의 가슴속에 깊이 뿌리내려 왔다. 그는 공산주의 이론이 인류가 이룩한 지선지고의 이론이며 피억압 민중을 구제하여 지상 낙원을 이룩할 절대적인 이론이라 굳게 믿었다. 문화대혁명 기간에 공산당의 극좌적인 정치풍파에 휘말려 들면서 당적을 취소당하고 모진 고통을 겪지만 사회주의, 공산주의에 대한 신념은 버리지 않았다.

왕멍 新時期소설의 대표작을 발표순서대로 살펴보면 다음과 같다.

(1) 「볼세비키의 경례(布禮)」

「볼세비키의 경례(布禮)」는 1979년 4월에 발표된 4만 8천자의 중편소설로서 '반우파' 鬪爭期에 우파분자로 규정된 한 지식인이 20년 남짓 잔혹한 박해를 받지만, 공산당에 대한 충성과 믿음을 잃지 않고 마침내 문화대혁명 종료 후 명예회복 되기까지의 과정을 그린 작품이다. 이 소설을 통하여 중국 사회주의 체제 수립 이래 중국의 지식인이 어떻게 수난을 당하고, 견디어 냈으며, 지난 역사에 대해 무엇을 성찰했는가 등을 표현했다. 이 소설은 왕멍 자신의 뼈저린 체험을 그린 자서전적 성격을 띠고 있는 작품이다. 22년 동안 창작권을 빼앗기고 벽지에서 농민들과 육체노동을 하다가 79년 당적을 다시 찾고 북경으로 돌아와 제2의 창작 인생을 시작한 작가가 가장 먼저 세상에 내놓은 작품 가운데 하나이다. 더욱이 개혁 개방 후 정부의 문화부장(86년도)까지 역임한 당의 핵심작가 왕멍의 역사 현실인식이 어떠한가를 우리는 「볼세비키의 경례(布禮)」를 통해 살펴볼 수 있다.

「볼세비키의 경례(布禮)」는 1949년 중화인민공화국 건국 이후 세 시기의 쓰라린 체험에 대한 주인공의 회상과 1979년 현재 지난 역사에 대해 성찰하는 네 개의 층위로 구성되어 있다. 즉 1949년 공산당 승리 전후와 1957년 반우파 투쟁, 문화대혁명 기간 중의 비판투쟁에 관한 회상과 복권된 1979년 현재 중이청(鐘亦成)의 의식상태가 작품의 주요내용을 이룬다. 네 시기의 현실이 엇갈리면서 각 사건 당시의 사회 분위기, 두 번이나 무자비한 비판을 받고 사상개조 농장에 보내지기 전후의 주인공의 죽음과 같은 불안, 공포, 굴욕, 신념, 각오에 대한 치열한 묘사가 펼쳐진다.

주인공 중이청(鐘亦成)는 13살부터 지하조직과 관계를 맺고, 15살에 공산당에 가입, 17살에 후보당원이 된 열렬한 공산주의자다. 해방 후 억압 받는 노예의 역사는 끝나고 마침내 신세계가 창조된다는 흥분이 그를 사로잡는다. 굶주림, 추위, 굴욕 대신에 자유, 평등, 부강의 세계가 탄생되리라고 했다. 食人의 역사는 영원히 종지부를 찍고, 인민 모두가 주인이 되는 사회를 건설할 것이었다.

17세의 중이청(鐘亦成) 가슴속에 싹터가는 이 숭고한 이상은 혁명을 위한 일이라면 목숨도 버릴 수 있다는 확고한 신념을 갖게 했다. 그는 학생 대열의 앞장에 서서 국민당 잔재 소탕작전을 돕고, 신세계를 창조할 공산주의 이론을 불철주야로 학습했다. 그러나 1957년 한 ≪兒童畫報≫에 발표한 4줄짜리 「겨울 밀의 독백(冬小麥自述)」이란 제목의 동시(童詩)[83]로 말미암아 '右派分子'라는 혹독한 비판을 받고, 이듬해 사상개조 농장으로 보내진다. 중이청(鐘亦成)는 굴욕과 원한이 뒤엉킨 고

---

83) 동시(童詩)의 내용은 다음과 같다.
    野菊花謝了,   들국화는 시들어도,
    我們生長起來.   우리는 자라났다네.
    冰雪覆盖着大地, 얼음과 눈으로 뒤덮인 대지에서,
    我們孕育着豊收. 우리는 풍성한 수확을 거두었다네.
    王蒙,≪布禮≫, 人民文學出版社, 2쪽.

통의 과정을 겪으면서도 당에 대한 충성을 더욱 다짐하지만 1966년 紅衛兵의 무자비한 비판대에 다시 끌려가게 된다. 가택수색, 폭력, 허위자백, 야유, 모욕의 난무를 그는 고스란히 감당하는 수밖에 없다.

반당, 反社會主義分子로 몰리고, 주위의 경계와 냉대 속에 전율하는 중이청(鐘亦成)의 처지는 당시 右派分子로 낙인찍혔던 수많은 지식인들의 운명을 상징한다.

들국화가 시들고, 눈 덮인 대지에 풍작이 싹튼다는 서정 童詩가 공산당 타도를 음모하는 국민당의 앞잡이로 무자비하게 몰린다. "들국화가 시든다"를 공산당 쇠퇴로, "눈 덮인 대지"를 무산계급 독재에 원한을 품은 반동계급 심리로 몰아붙이는 역사현실 속에 당시 중국 사회주의의 공포가 생생하게 드러나 있다.

중이청(鐘亦成)의 볼세비키의 경례(布禮)적 신념은 무자비한 수난을 받으면서도 끝까지 동요하지 않는다. 이 대목이야말로 작가가 「볼세비키의 경례(布禮)」를 통해 제시하는 작품의 핵심사상에 해당되는 것이다. 중이청(鐘亦成)는 당의 혁명과업에 헌신하는 것을 최대의 행복으로 여겨왔다. 15살 되던 1947년부터 1957년까지 당내에서의 생활체험으로 그는 비할 수 없는 자부심과 확고한 신념을 가졌다고 했다. 이러한 신념을 갖가지 굴욕과 공포 속에서도 동요함이 없이 더욱 다져지곤 한다. 공포와 원망의 감정이 복받칠수록 그는 더욱 당에 대한 충성과 신뢰를 재확인한다. "당은 인민의 어머니다, 엄마는 자식을 때린다고 해서 어머니를 원망해서는 안 된다. 그것은 자식을 깨우치기 위한 교육방식이기 때문이다."

중이청(鐘亦成)의 심리적 변화는 공산주의적 신념과 종교적 맹신 사이를 넘나든다. 뿐만 아니라 더 나아가 정신적인 판단력을 상실한 상태까지 이르기도 한다. 자신은 無産階級의 적, 社會主義 타도 음모자, 스

스로 썩은 곳을 도려내야 할 죄인, 국민경제의 번영, 사회주의의 우월
성, 물가안정을 함께 구가할 자격이 없는 右派分子라는 죄의식, 이 정
신분열 내지 自虐상태를 무엇으로 설명할 것인가? 중이청(鐘亦成)의 요
동치는 심리변화에 대한 작자의 리얼한 묘사는 주인공의 비극 배후에
도사리고 있는 역사현실에 대한 끈질긴 추적이요 고발이다.

(2)「봄의 소리 (春之聲)」[84]

「봄의 소리」는 1980년에 발표된 8천 4백여 자의 단편소설로서 3인
칭 전지적 작가 시점을 이용하여 聯想의 수법으로 문화대혁명 직후 중
국에 나타난 생활의 전환과 개혁의 행보 속에 드러난 시대정신을 주인
공의 심리적 변동 속에서 굴절되어 나오도록 하고 있는데, 내용이 분할
되고 현재와 과거, 중국과 외국, 도시와 농촌 등 시공을 넘나드는 放射
線적인 구조를 가지고 있으며, 또한 줄거리 구조가 아닌 주인공의 심리
구조로 전개되어 있는 전형적인 '의식의 흐름' 소설이다.

소설에서 공업물리학자인 주인공 웨즈펑(岳之峰)은 설(春節)을 맞아
22년간 가보지 못했던 고향으로 가고 있다. 고향에는 얼마 전 반동지주
라는 모자를 벗은 부친이 살고 있다. 그는 며칠 전에만 하여도 제트 여
객기를 타고 구라파 여러 나라로 조국의 공업발전을 위해 시찰을 하고
돌아온 몸이지만, 지금은 만원으로 발 디딜 틈 없는 숨 막힐 것 같은 기
차에 실려 고향으로 가고 있다.

이 소설은 주인공이 고향에 가는 2시간 동안 숨 막힐 것 같은 기차 안
에서 현재와 과거를 넘나드는 것으로 이야기가 전개된다. 이 소설은 시

---

84) 1980년『인민문학』제5기에 발표된 왕멍의 단편소설, 1980년도 全國優秀短篇小
    說賞 수상.

간과 공간의 제한을 완전히 뛰어넘어 작가 자신의 정신세계가 자유자
재로 과거와 현재, 기차 안과 바깥세상, 도시와 농촌, 외국과 중국, 현대
화 된 도시와 낙후된 농촌, 현실과 미래 등을 넘나드는 수법으로, 이야
기의 시작도 끝도 없고 강조하는 주제도 없는 것 같은 이른바 '의식류'
소설의 대표적인 작품이다.

　만원인 기차 안은 온갖 인간군상의 집합체이다. 이들의 대화에서 묻
어나는 오랫동안 잊었던 고향의 낯익은 땀 냄새와 정겨운 사투리를 들
으면서 철로의 이음새를 지날 때의 덜커덩 소리에 따라 상상의 매듭이
바뀐다. 이 때 돌연 어린 아이를 데리고 탄 젊은 여인이 들고 온 녹음기
에서 비엔나 어린이 합창단이 부르는 요한 스트라우스의 「봄의 왈츠」가
흘러나오는데, 놀랍게도 그 여인은 서투른 독일어로 따라 부르는 것이
아닌가.

　이 소설은 독자들에게 많은 메시지를 남기고 있다. 만원의 기차는 현
재의 중국을, 「봄의 왈츠」는 바로 중국에 봄이 오고 있음을, 젊은 여인
의 서투른 노래는 조국의 젊음이 미래의 세계로 약진하는 힘찬 몸부림
을 상징한다. 기차는 비록 화물차를 개조한 객차이나 기관차는 신형의
디젤기관차이다. 이것은 낡은 중국을, 가난한 13억 중국인을 이끌고 갈
새로운 중국의 지도층에 대한 기대를 상징하고 있다.

(3) 「나비(蝴蝶)」[85]

　「나비」는 1980년에 발표된 4만 5천여 자의 중편소설로 1949년부터
1979년까지 30년 동안 공산당 청년간부가 우파로 규정되고 다시 복권

---

85) 1980년 『10월 (十月)』제4기에 발표된 중편소설, 1977~1980년 全國優秀中篇小說
　　賞 수상.

되는 사건을 기술한 소설로 당시 문화대혁명과 신시기의 사회상을 반영하고 있다. 이 소설에서 1979년 국무원 모 부처의 副部長인 주인공 장쓰웬(張思遠)은 문화대혁명 기간 중에 자신이 하방되었던 산간벽지 농촌을 방문하고 돌아오면서 과거 30년의 회상에 잠긴다. 그는 1949년 29세의 젊은 나이에 중소도시 군관구(軍管區)의 부주임이 되어 열성적으로 당과 조국의 경제건설을 위해 헌신했다. 미혼인 그는 자신의 관할구역 내에 있는 모 고등학교에 출입하다가 그 학교 자치회 회장인 여학생과 사상적으로 투합하여 13세의 나이 차이를 극복하고 결혼한다.

그는 결혼 후에도 당과 조국을 위해 불철주야 뛰다보니 가정에 소홀할 수밖에 없었다. 그러나 젊은 아내는 이에 불만으로 남편과의 갈등으로 불미한 행동을 하다가 1957년 반우파투쟁 시에 우파로 몰린다. 당은 주인공에게 아내와의 이혼을 강요한다. 그는 결국 이혼하게 되고 얼마 후 재혼한다.

문화대혁명 시기가 되어 주인공은 당을 위해 계급투쟁의 이름으로 반동분자들을 철저히 색출하여 감옥으로 보내는 등 당에 충성한다. 그러나 그의 과격한 충성은 도리어 많은 적을 만들어 그 자신이 비판을 받고 자신이 만들어 많은 사람들을 투옥했던 감옥에 그 자신이 갇히고 말았다. 후에 석방되어 산간벽지 농촌으로 하방되었다. 그는 농촌에서 방향을 잃은 한 마리 나비가 되어 하늘로 날수도 땅으로 내려앉을 수도 없게 된 자신을 발견하게 되고 그는 농촌에서 순진무구한 농민들 속에서 생활하면서 비로소 자신을 돌아보는 시간을 가지게 되었다. 진정한 나는 누구인가? 나의 존재가치는 무엇인가?

문화대혁명이 끝난 후 그는 명예회복이 되어 副部長으로 승격했다. 그는 자기 자신을 찾게 해주었던 그 산골마을을 다시 찾아왔다. 지난 30년 세월 나는 남편으로서, 아버지로서, 黨員으로서, 인간으로서 이

나라, 이 사회를 위해서 무엇을 했던가? 이 소설은 주인공이 과거와 현재를 넘나들면서 과거에 일어났던 사건, 현재의 심정 등 마음의 밑바닥에 흐르고 있는 잠재의식 등을 주인공의 독백을 통해 독자들에게 전달한다.

이 작품은 장자(莊子) 의 '나비 꿈(蝴蝶夢)'의 사상적 영향이 적지 않게 느껴지는 작품이다. 작품에서 '나비'는 스스로의 주체와 객체를 구분하기 못하는 혼돈된 상황에서 중국의 역사적 상황을 설명해 내는 매개로써 작용하고 있다. 왕멍의 意識流소설의 대표적인 작품이기도 하다. 후에 여러 외국어로 번역되었다.

(4)「변신 인형(活動變人形)」[86]

「변신 인형」은 1985년에 발표된 왕멍의 세 번째 장편소설로 베이징의 한 지식인 가정에서 일어난 가족 구성원들의 가치관의 차이로 나타난 대립과 갈등을 묘사한 작품이다. 주인공 니우청(倪吾誠)은 몰락해 가는 지주 가문에서 태어나 신식 교육을 받고 유럽유학까지 한 지식인으로 대학 강사이다. 그는 서구문명을 동경하고 추구하며 중국의 봉건적 문화와 풍속을 혐오한다. 그러나 그의 동경과 추구에는 활로가 없고 그래서 그의 삶은 고통으로 가득하다. 니우청의 아내 쟝징이 역시 몰락 지주 가문 출신으로 신식 교육을 받았는데, 그녀의 고통은 가정을 돌보지 않는 니우청에게서 비롯된다. 쟝징이의 홀어머니 쟝자오씨와 과부 언니 쟝징전이 이 집에서 함께 살고 있다. 고향의 땅을 소작 주고 도지를 받으며 살고 있는 그녀들은 봉건적인 삶에 철저히 갇혀 있다. 니우청과 세 여자 사이에는 크고 작은 싸움이 그칠 날이 없다. 그리고 소학

---

86) 왕멍 저, 전형준 옮김,『변신인형』, 문학과지성사, 2004, 507쪽.

교 2, 3학년인 니핑, 니자오 남매가 있다. 1942년 가을 어느 날, 사흘간 집에 들어오지 않은 남편의 귀가를 기다리며 쟝징이가 벼르고 있다. 사흘 동안 봉급을 다 쓰고 돌아온 니우청과 세 여자 사이에 한바탕 '악전'이 벌어진다. 쫓겨난 니우청은 폭음을 하고 한밤중에 비를 맞으며 돌아와 쓰러진다. 폐렴에 걸린 니우청은 몇 달간 집에서 요양을 하고, 그 사이에 쟝징이가 임신을 한다. 쟝징이의 임신에 충격을 받은 니우청은 이혼을 결심하고 건강이 회복되자 은밀히 변호사를 찾아 상담한다. 이 사실을 알게 된 쟝징이는 친지들을 초대한 회식 자리에서 니우청을 탄핵한다. 그날 밤 니우청은 나무에 목을 매는데, 끊어졌던 숨이 기적적으로 되살아난다. 죽었다 살아난 니우청은 혼자 베이징을 떠난다. 이 소설은 지식인 가정 내부에서 벌어지는 부르주아와 봉건주의 두 가지 문화 형태 사이의 목숨을 건 투쟁을 묘사했고, 현대 문명을 동경하지만 아무런 활로를 찾지 못하는 지식인 내면의 분열, 비틀림, 고통과 몰락, 지주 계급의 부패, 완고함, 절망을 드러냈다. 한 마디로 말하자면 이 작품은 인간을 자유롭게 하지 못하는 사회·문화적인 요인으로 인해 왜곡되고 변형된 지식인 가정의 갈등과 욕망을 드러냈다.

Ⅲ. 황순원과 왕멍王蒙 소설의 비교 연구

1. 抒情的 浪漫主義와 革命的 浪漫主義

낭만주의(浪漫主義, romanticism)에 대한 개념은 논자들에 따라 그 내포에 있어 차이를 보인다. 낭만주의는 원래 서구의 古典主義에 반발하여[87] 18세기 독일, 프랑스, 영국 등에서 발생하여 19세기까지 지속된 文藝思潮이다. 이성(理性)보다 감성(感性)을, 형식보다 내용을 더 중요시한 낭만주의는 감정 중시, 예술 존중, 고대 동경, 그리고 이상적, 미래지향적, 상상적 세계를 추구하는 적극성을 띤 것은 초기 낭만주의의 특징이라고 할 수 있다. 낭만주의 작가들은 개성이 중시되며 작품에는 작가의 감정이 분출되며, 전통적인 규칙이나 관습을 부정하며 자유, 서

---

[87] 고전주의자는 사람의 머리를 가장 존중하며, 낭만주의자는 사람의 심장을 가장 존중한다. 머리는 이성의 기관이며 그 안에 지혜를 간직하고 있다. 심장은 감정의 원천으로서 뜨거운 피를 내포하고 있다. 고전주의자는 '나는 생각한다 고로 나는 존재한다'라고 말하지만 낭만주의자는 '나는 느낀다. 그러므로 나는 존재한다'라고 말한다. 고전주의자는 '나는 가장 높은 이성에 기대어 진실의 경계에 도달할 수 있다'고 말하지만, 낭만주의자는 '나는 아름다운 영혼을 가졌기에 모든 것을 초월할 수 있다'고 말한다.

정성, 명상, 생명력, 직관, 신비적 능력 등을 많이 추구하였던 것이다.

그런데 19세기 말에 이르러 현실에 대한 부정적 측면이 강한, 세기말적 낭만주의가 대두되었다. 현실도피적, 퇴폐적, 허무적, 감상적인 면을 짙게 내포한 특징을 가지게 되었다.

1920년대 초 浪漫主義가 한국에 도입되고 한국문단의 지배적인 문예사조가 되었다. 그 때 당시 서구의 건전한 낭만주의와 퇴폐적 낭만주의가 동시에 한국문단에 수용되었지만 전자보다는 후자가 더 많이 수용되었다. 백철은 『新文藝思潮史』의 제1편 新文學 胎動期에서 한국 낭만주의의 발단을 『白潮』시대88)로 보아 이상주의적 낭만주의보다 퇴폐주의적 낭만주의가 더 우세를 차지하고 있다.89) 즉 현실을 절망적으로 보아 퇴폐적으로 인식하는 것은 1920년대 한국 낭만주의문학의 실체라고 볼 수 있다.

한국에서 낭만주의의 계보는 1920년대 초기 데카당스 문학으로부터 발원하여 1930년대의 순수문학을 거쳐 해방 이후 자유주의 이데올로기와 결합하면서 이념적 정당성을 획득하여 당시 한국문단에서 주류적인 위치를 차지하고 있었다. 그리고 전후문학의 낭만성은 일반적으로 현실의 불모성과 속악함을 거부하면서 이에 대립하는 이상 세계를 동경하고 그 안에서의 화해로운 삶을 추구하는 경향으로 본 것이다.

社會主義 중국에서는 서구 낭만주의의 퇴폐적인 경향을 극복한 미래지향적이며 樂觀主義 경향의 혁명적 낭만주의가 문단의 주류를 이루

---

88) 박영희는 1933년 9월 13일자 『조선일보』에 『백조』동인 시절을 회고하는 글을 발표했다. 그 제목은 '『백조』화려하던 시대 ─ 로만주의 황금기'이다.

89) "1920년대 하반기 「廢墟」지의 창간을 전후한 시기와 1923년 경 「白潮」시대 이후까지도 포함하여 한국문단에는 퇴폐적인 분위기가 짙은 안개와 같이 흐르고 있었다."
백철, 『新文藝思潮史』, 『백철문학전집』 4, 신구문화사, 1968, 185쪽.

고 있었다. 혁명적 낭만주의는 최초로 1932년에 스탈린에 의해 사실주의와 낭만주의를 결합해야 한다고 제기되고 1934년 8월 제1차 소련작가대회에서 소비에트 문학 창작 및 비평의 기본방법으로 채택된 후 사회주의권 나라들에서 그대로 적용됐다. 중국의 경우를 보면 항일전쟁 시기인 1942년 5월에 마오쩌둥(毛澤東)이 『延安文藝座談會석상에서의 연설(在延安文藝座談會上的講話)』[90]에서 혁명적 사실주의를 강조하고 새 중국이 성립된 후 1956년에 '혁명적 사실주의와 혁명적 낭만주의'를 결합하는 이른바 '雙結合'이라는 문예정책을 제기했다. 그 핵심 내용은 마오쩌둥(毛澤東)에 따르면 "문예작품에 반영된 생활은 반드시 보통의 실제생활보다 더욱 수준이 높고, 더 강렬하고, 더 집중적이며, 더욱 전형적이고, 더욱 이상적일 수 있어야만 하며, 이로써 더욱 보편성을 지니게 되는 것이다." 이때부터 중국의 작가들은 마르크스주의의 학습과 생활 체험을 통해 자기의 세계관을 개조하게 되었다. 그들은 새롭게 형성된 세계관에 의해 새로운 영웅과 공·농·병(근로자·농민·병사)의 생활을 위주로 희망적, 낙관적, 대중적인 작품을 써내야 했다고 요구했다.

> "마오쩌둥(毛澤東) 동지는 우리의 문학이 혁명적 현실주의와 혁명적 낭만주의가 결합된 것이어야 한다고 제창하였다. ……이것은 우리 문예공작자들 모두가 힘을 모아 나아가야 할 방향이 되어야 할 것이다. ……. 고도의 혁명적 낭만주의가 아

---

90) 마오쩌둥(毛澤東)은 이 연설을 통해 예술과 문학의 사회적 역할을 강조하였다. 마오쩌둥은 당의 노선에서 벗어나 개인적이고 독립적인 품격과 지위를 추구하는 종류의 문학을 인정하지 않아 "현재 세계에서 일체의 문화 혹은 문학예술은 모두 일정한 계급에 속하며, 일정한 정치노선에 속한다. 예술을 위한 예술, 계급을 초월하는 예술, 정치와 병행 혹은 서로 대립되는 예술은 실제로 존재하지 않는다"고 명확히 경계를 구분하였다. 이로써 정치는 문학의 목적이며, 문학은 정치적 수단이 되어 중국문학운동은 현실의 정치운동과 한 배를 타게 되었다.

니라면 우리의 시대, 우리의 인민, 우리 노동 계급의 공산주의
적 풍격을 표현해낼 도리가 없는 것이다."[91]
　"맑스·레닌주의는 낭만주의에 이상을 제공했고, 리얼리즘
에 영혼을 부여했으니, 이것이 바로 오늘날 우리가 필요로 하
는 혁명적 낭만주의와 혁명적 리얼리즘, 혹은 이 양자의 올바
른 결합－사회주의 리얼리즘이다."[92]

　이처럼 혁명적 낭만주의와 혁명적 현실주의를 결합시킨 것은 곧 '사
회주의 리얼리즘'이고 이것은 사회주의 문예가 나아가야 할 방향이자
최고의 방침이라고 했다. 왕멍(王蒙)도 당연히 이런 문예방침에 따라
(혹은 영향을 받아서) 소설 창작에 임하고 있었다.

가. 抒情的 浪漫主義

　황순원은 서정적 낭만주의 성격과 경향을 가지고 있는 작가[93]라고
할 수 있다. 그는 근대의 급속한 변화와 혼란을 부정적으로 보며, 자기

---

91) "毛澤東同志提倡我們的文學應當是革命的現實主義和革命的浪漫主義的結合, 這應
當成爲我們全體文藝工作者共同奮鬪的方向…沒有高度的革命浪漫主義精神就不足
以表現我們的時代, 我們的人民, 我們工人階級的, 共産主義的風格."
周揚, 「新民歌開拓了詩歌的新道路」, 北京師范大學中文系現代文學敎學改革小組
編, 『中國現代文學史參考資料』第三卷(1949~1958), 高等敎育出版社, 1959, 697쪽.

92) "馬克思列寧主義爲浪漫主義提供了理想, 對現實主義賦予了靈魂, 這便成爲我們
今天所需要的革命的浪漫主義和革命的現實主義, 或者這兩者的適當的結合－社
會主義現實主義."
郭沫若, 「浪漫主義和現實主義」, 北京師范大學中文系現代文學敎學改革小組編,
『中國現代文學史參考資料』第三卷(1949~1958), 高等敎育出版社, 1959, 704쪽.

93) 김윤식·김현은 황순원은 그의 낭만주의적 성격을 구극으로 밀고 나가면서 거
기에 적절한 규제를 가하려는 작가라고 평가했다.
김윤식·김현, 「황순원 혹은 낭만주의자의 현실인식」, 『한국문학사』, 민음사,
1984, 232~239쪽.

동일성이 파괴되기 전의 상태로 되돌아가고자 하는 욕망을 드러낸다. 끊임없이 '존재의 불변성(Unity of Being)'에 대한 회귀[94]를 추구하는 황순원은 현재보다 과거를 더욱 가치 있고 행복했던 시대로 여기는 낭만주의적 인식을 가지고 있다. 황순원의 전후소설은 본래적인 것이 훼손되기 이전의 상태, '지금, 여기'보다 '그때, 거기'를 이상향으로 설정하여 회귀하려는 경향을 보인다. 특히 황순원의 단편소설은 낭만주의적 서정의 세계를 잘 표현하고 있다함은 거의 공통적인 지적인 것 같다. 조연현은 황순원의 단편소설을 평하면서 "인생의 정감을 서정적인 감각을 통해서 표현하는데 그 주조를 두고 있었다. 즉 人間美化나 抒情美學"[95]이라고 하였으며, 김현·김윤식은 황순원의 소설을 '낭만주의자의 현실이식', 황순원 문학의 문체적 특징을 낭만주의적 성격을 잘 드러내는 함축성 있는 서정적인 것[96]이라고 평가한다. 이태동은 "황순원의 작품세계는 낭만주의와 깊은 관계가 있는 상징주의 경향이 짙다"고 말하고 있다.[97] 김종회도 1950년 한국전쟁이 발발하기 이전까지 황순원의 작품세계는, 당초의 시적 정서가 초기 단편소설에까지 이어져서 작가 자신의 신변적 소재가 주류를 이루는 주정적 경향을 보여준다고 지적하였다.[98]

황순원의 소설에서 '현실주의자의 시각'을 보여주는 작품이 만만치 않게 비중을 차지하고 있음을 아는 우리는 이 같은 '낭만주의적 현실인식'이라는 말이 황순원 소설을 전체적으로 설명할 수 없는 개념임을 깨

---

94) Mcgann, Jerome J. 『The Romantic Ideology』, The University of Chicago Press, 1983, 40쪽.

95) 조연현, 『한국현대작가연구』, 새문사, 1981.

96) 김현·김윤식, 『한국문학사』, 민음사, 1992, 242~243쪽.

97) 이태동, 「실존적 현실과 미학적 현현」, 『황순원 연구』, 문학과 지성사 전집12권, 1985, 72~73쪽.

98) 김종회, 「문학의 순수성과 완결성, 또는 문학적 삶의 큰 모범」, 『황순원』, 새미, 1998, 20쪽.

닫게 된다. 따라서 여기서 낭만주의적이라는 말의 개념이 어떻게 규정되는가에 따라 황순원 문학의 특질이 새롭게 규명될 수 있다고 본다.

낭만주의적 예술의 근본적 목적 또한 근대 인간 속에 진정한 공동체의식을 부활시키는 것으로 낭만주의와 리얼리즘은 결코 상호 배타적인 대립물이 아니다. 낭만주의는 오히려 비판적 리얼리즘의 초기양상으로 산업자본주의와 지배계급에 대한 반항적 태도는 유사하다. 또한 물화를 거부하고 지금 현재와의 화해도 거부하며 오로지 미래에서만 해결책을 찾는 미래지향적 유토피아적 비전을 제시한다.

이러한 문제는 서구 사상사를 통해서도 조명해 볼 수 있다. 근대 서구의 사상사적 발전은 유토피아적 사유와 역사적 사유의 융합과정으로 특징 지어질 수 있으며, 미래는 현재보다 나은 어떤 것이고, 현재는 과거로부터 물려받은 문제들이 해결되어야 할 지점이라는 의식은 바로 이리한 융합의 전형적인 표현이다. 이러한 사유의 방향은 삶의 존엄성과 인간 행복의 가능성이 피안의 경지나 초월적 세게 속에 있는 것이 아니라, 인류의 역사과정에 내재하는 것이라는 의식으로 이끌어 진다. 시민혁명과 산업혁명을 거치면서 이러한 사유 양식은 근대 세계를 특징짓는 시대정신이 되었고, 근대 인민들의 정치적 공공영역에 깊이 각인되어 유토피아 에너지로 충만한 정치사상을 형성시켜 왔다.

그러나 이러한 사유의 노선에 따라 인간적 삶의 이상을 현세 속에 실현해 보려던 모든 시도들은 참담한 패배에 직면하게 되고 회의의 시대가 도래하게 되었다. '진보'와 '해방'을 중심 가치로 삼았던 유토피아적 사유는 절저한 불신의 대상으로 전락하였으며, '불확실성', '해체', '비관주의' 등이 새롭게 위세를 떨치기 시작하였다. 이러한 관점에서 볼 때 황순원 문학의 낭만주의적 특성은 현실주의적 측면을 함께 살펴볼 때에 비로소 그 의미가 총체적으로 드러날 수 있다고 본다.

황순원의 작품세계에 있어 낭만주의가 깊게 자리하고 있다. 황순원의 작품세계를 이야기함에 있어서 낭만주의적 서정성을 빼놓고는 이야기 할 수 없다. 이러한 것은 그가 '시'를 통해 먼저 문단에 들어섰기 때문이 아닐까 한다.

황순원 문학의 특질은 '아름다운 서정과 사랑'이라고 생각된다. 황순원의 소설들의 짙은 서정성과 인간미 넘치는 주인공들의 모습은 아름다움이 아닐 수 없고 그 자신의 깨끗한 몸도 결국 아름다운 것이다.[99] 황순원 소설의 낭만주의 서정성은 주로 다음과 같은 요인에 의해서 나타나고 있다. 우선 현실을 부정하고 이상을 지향하는 인물로써, 어린 아이를 작품의 주인공으로 많이 나타나고 있는 것이다. 황순원 소설에서 현실에 대한 부정은 행복했던 과거인 '유년'에 대한 동경으로 드러난다. 유년이란 훼손되지 않은 조화와 화해의 시공간이다. 황순원은 순진무구한 어린 아이를 등장인물로 한 작품을 많이 남겼는데 대표적으로 「소나기」, 「왕모래」, 「맹아원에서」 등이 있다. 순수함과 함께 무한한 희망을 지닌 어린 아이를 등장시킴으로 해서 그의 소설에는 때 묻지 않은 순수성을 잘 나타내고 있고 절망을 극복하는 방법을 제시하고 있다.

우리 인간은 항상 행복했던 과거의 향수에 집착하곤 한다. 황순원의 「별」, 「그늘」 등 초기 작품들은 현실적 삶의 모습보다는 동화적인 낙원이나 유년기의 순진한 세계를 담은 환상적이고 심리적 경향이 있다. 이 작품들은 거의 예외 없이 과거체로 쓰여 지고 있어 심리적 축이나 묘사에 탁월한 능력을 발휘하고 있다. 한국전쟁 직후 황순원은 가혹한 사회적 현실과 어느 정도 거리를 유지함으로써 부정의 현실에서 포착할 수 없는 미적 유토피아를 그려낼 수 있다는 예술의 새로운 미학적

---

99) 김동선, 「황고집의 미학, 황순원 가문」, 『황순원 전집』 12, 172쪽.

가능성을 제시하고 있다.

그리고 황순원의 소설에는 옛 이야기가 많이 등장한다.「산골아이」,
「목넘이 마을의 개」,「두꺼비」 등 작품에서는 짧은 전설, 속담이나 민
간용법, 동물의 이야기 등이 다양하게 등장하고 있는데 이러한 장치는
독자들로 하여금 옛이야기에 느껴지는 사라져가는 것들에 대한 애착
과 순수한 것에 대한 사랑, 인간심리의 미묘한 묘사가 섬세한 문장 속
에서 감동적으로 포착되어 독자들을 더욱 감성적으로 만든다.

또한 황순원의 소설에는 동물들이 자주 등장하는데, 이것은 동물의
어떤 인간에 미치지 못하는 하등한 존재로서가 아니라 본받아야 할 대
상으로 제시되거나 인간과 인간과의 관계를 정적으로 연결시켜 주는
교량적 구실을 하는 것으로 등장하여 내용에 보다 쉽게 접근할 수 있도
록 해 준다.

단편소설「학」에서는 전쟁후의 한민족 간의 이념의 대립을 '학'이라
는 동물을 이용함으로써 화해로 이끌어 내고 있다.

삼팔 접경의 북쪽마을 6.25직후 수복된 지역을 공간적인 배경으로
삼고 있는데 해방 전까지 어린 시절을 함께 이 마을에서 보낸 '성삼'과
'덕재'는 성장하여 각각 한 명은 치안대원이 되고 다른 한 명은 농민동
맹 부위원장을 지내게 된다. 어릴 적의 친구였던 둘은 이제 적이 되어
만나게 된다. 하지만 이들은 투철한 이념을 가진 적은 아니라고 할 수
있다. 인간들이 작위적으로 만들어 놓은 이데올로기와 그 조직으로 형
성된 사회적인 체제가 대립하는 과정에서 이들 작중인물의 본의와는
관계없이 적이 된 것 뿐이다. 이제 체포된 덕재를 호송하는 성삼은 덕
재의 손을 묶고 있는 줄을 풀어주고 그와 함께 어렸을 때처럼 학을 쫓
으며 작품은 결말을 맺고 있다. 여기서 학이라는 동물이 주는 의미는
어떤 이데올로기를 넘어선 인간적인 화해임을 알 수 있다. 사실 공산주

의나 민주주의가 무엇인지도 모르면서 자기들도 모르는 사이에 이 주의에 소속되어 버리고 종국에는 총부리를 마주대고 싸워야 하는 비극을 잘 보여주면서도 원천적인 인간애가 사람의 마음 깊숙이 자리 잡고 있는 정서의 세계, 서정의 세계를 동물을 통해 잘 나타내주고 있다.

　황순원의 전후소설은 절망적인 전후 현실 속에서도 실망하지 않고 '냉소적인 고발자'가 아니라, '적극적인 치유자'의 면모를 보여주었다.[100] 작품 「人間接木」의 주인공은 고아원에서 헌신하는 상이군인 최종호이다. '사변 전까지 서울 모 사립 의과대학 외과에 적을 두고 있었던' 그는 전후에 오른쪽 팔을 팔꿈치 위에서부터 잘라내 한 상이군인으로 제대한다. 하지만 그는 암울한 전후현실에서도 실망하지 않고 오히려 구원자의 역할을 톡톡히 해 낸다. 그는 성심성의껏 전쟁고아들을 돌본다. 종호는 이제 육체의 병을 치료하는 외과의사가 아니라, 마음의 병을 치유하는 고아원의 교사가 된다, 그는 재난과 슬픔 아래 가려진 아이들의 선량(善良)을 믿는다. 그는 '지금 이 애들은 때가 낀 거울'과 마찬가지이므로 '닦기만 하면 안쪽은 성한 거울'이 나올 것이라는 굳건한 믿음을 갖고 있다. 최종호는 단순히 '소년원의 교사'가 아니다. 그는 거리의 아이들(깡패・양아치)에게 숨어있는 '천사'를 소환해 내는 영혼의 치유자이다. 거리의 왕초를 꿈꾸는 '짱구대가리'가 어떤 악행을 저지르더라도, 종호는 그에게 신뢰를 버리지 않았다. 홍집사는 '짱구대가리'를 감화원에 들어가야 할 범법자로 여기는 반면, 종호는 '한번 말한 것은 끝까지 지키는 애', '자존심이 강한 애'라고 '짱구대가리'를 신뢰했다.

　특히 '상이군인'이라는 종호의 입지에 주목한다면, 그것은 전후 피

---

100) 안미영, 『전전세대의 전후소설』, 영락, 2008, 97쪽.

폐한 현실에서 적극적인 인물의 모색으로 평가될 만하다. 이것은 한국 전쟁 이후 이재민이 전후 피폐한 사회를 어떻게 재건해야 하는가의 문제와 맞물려있다. 상이군인이 자기구제마저 힘든 전후의 현실에서, 황순원은 타인의 구원을 도모하는 적극적이고 긍정적인상이군인을 형상화하고 있다. 「人間接木」에서 황순원은 상이군인과 전쟁고아를 접붙이는데 성공한다. 상이군인 최종호는 갱생소년원의 '갱생'을 통해 자신의 '갱생'에 성공한다. 그는 불구자가 아니라 치유자가 되어, '거리의 아이'를 '천사'로 치유한다. 동시대 다른 작가들의 작품에서 상이군인이 불완전하고 불안한 존재로 나타나는데 비해, 「人間接木」의 상이군인은 피폐한 현실에 매몰되지 않는 적극적인 인물로서 타자의 영혼을 구원한다.

또 황순원 작품의 낭만주의적 서정성은 그의 짙은 감정이 배어 있는 함축성 있는 아름다운 언어를 통해서도 나타난다. 이러한 여러 가지 특징들이 그의 작품세계를 서정적이게 해주는 요인들이다.

이상에서 보는바와 같이 황순원 소설에는 낭만주의 서정성이 많이 나타난 까닭은 황순원은 전후의 참담한 현실 공간을 부정하고 이상 공간을 지향했기 때문이다. 황순원 소설에서 현실 공간에 대한 부정의식은 행복했던 과거에 대한 향수로 드러난다. 황순원이 동경하는 이상의 공간은 과거의 이상화된 유년 공간이다. 이러한 현실과 이상의 괴리 속에서 이상 공간을 동경한다는 점은 황순원 소설의 중요한 특징이라고 본다.101)

이처럼 황순원의 전후소설은 한국전쟁의 상흔을 감싸 안는 한편, 낭만성과 본원적 생명주의에 깊이 천착하고 전쟁의 비극적 현실에서 비

---

101) 서재원,『김동리와 황순원 소설의 낭만성과 역사성』, 도서출판 월인, 2005, 68쪽.

롯된 좌절감을 구원의 미학으로 승화시킨다.

나. 革命的 浪漫主義

왕멍에게 共産黨, 共産主義에 대한 신앙은 실제생활과 투쟁 속에서 보고 느끼고 스스로 깨닫는, 피부에 와 닿는 절체절명의 것이었다. 공산주의 이론은 인류가 이룩한 지선지고의 이론이며 피억압 민중을 구제하여 지상 낙원을 이룩할 절대적 이론이라 굳게 믿었다. 그리하여 공산당과 인연을 맺은 14살 때로부터 왕멍의 가슴속에 혁명의 꿈과 이상은 깊이 뿌리내려 왔다. 문화대혁명 기간에 공산당의 극좌적인 정치풍파에 휘말려 들면서 黨籍을 취소 당하고 모진 고통을 겪지만 사회주의, 공산주의에 대한 신념은 버리지 않았다.

왕멍이 공산주의에 대한 열정적인 신념을 가지고 창작한 처녀작 「청춘만세」는 혁명의 승리와 새로운 사회의 건설을 찬양하는, 청춘에 대한 예찬의 노래이며 사회주의 혁명 성공 직후 청소년의 진실한 생활과 사상 그리고 정서를 반영하고 있다. 「조직부에 새로 온 젊은이」[組織部新來的年輕人]가 사회주의 사회 내의 모순을 폭로하고 있기는 하지만 이러한 작품은 모두 혁명과 인민에 대한 왕멍의 순수한 열정의 표현이라고 할 수 있다. 이 시기에 문학에 대한 왕멍의 태도는 바로 순수한 소년의 그것이었는데 왕멍 자신의 말을 통해서도 이를 알 수 있다.

> 그 때, 나에게 있어 생활과 문학은 천진난만하고, 아름답고
> 순결한 소녀와 같았다. 나의 작품들은 이 소녀에게 바치는 첫
> 사랑의 戀詩였다고 말 할 수 있다.[102]

---

102) "那時候, 生活和文學對於我來說像是天眞爛漫·美好純潔的少女, 我的作品可說
是獻給這個少女的初戀的情詩." 王蒙, <我在尋找什麼?>, ≪王蒙文集≫ 7, 華藝

왕멍은 소년 볼세비키적 마음을 한결같이 가지고 있는 사람이다. 그는 소년 공산당의 순수하고 맑은 눈으로 세계를 관찰하고 민감하고 정열적인 마음으로 모든 것을 느껴보았다. 이것은 왕멍 작품의 남다른 특징으로 되고 있다. 왕멍의 작품세계에 들어가 보면 작품의 주인공은 거의 다 소년 볼세비키적인 인물들이다.

「청춘만세」의 주인공 鄭波는 14살의 어린 나이에 民主靑年聯盟에 가입하고 당시 북평(북경의 옛이름)의 공산당의 지하당과 연락관계를 가지고 있다. 중편소설 「볼세비키의 경례(布禮)」의 주인공도 고등학교 학생이지만 입당한지는 벌써 2년이나 되었다. 「나비(蝴蝶)」의 주인공 張思遠은 1949년 중국이 해방[103]되었을 때 나이가 29살 밖에 안됐지만 벌써 오랜 세월의 혁명 경력을 가지고 있는 혁명가로서 "공산당과 혁명의 화신, 새로운 조류의 화신, 승리와 개선, 그리고 갑자기 가지게 된 무한한 위신과 권력의 화신이 되고 있다."[104]

소설 「안단테 칸타빌레(如歌的行板)」 속의 三'克'[105]은 모두 젊은 나이에 혁명 사업에 투신한 젊은 혁명가들이다. 周克은 14살에 공산당에 가입하고 16살에 학생자치회 회장이 되었으며, 柳克은 해방이 되기 전에 공산당 지하당원이었으며, 金克은 용감과 지혜가 겸비한 혁명가 되기를 희망했다.

왕멍의 '季節' 시리즈 장편 속에서 錢文을 비롯한 주인공들은 대학교나 고등학교에서 공부해야 할 나이에 혁명 사업에 투신하여 새로운

出版社, 1993, 690쪽.

103) 1949년 중화인민공화국의 설립은 중국에서는 '해방'이라고 한다.

104) "他就是共産黨的化身, 革命的化身, 新潮流的化身, 凱歌, 勝利・突然擁有的巨大的 — 簡直是無限的威信和權力的化身." 王蒙, ≪王蒙文集 9, -布礼≫, 人民文學出版社, 2003, 74쪽.

105) 소련의 영향을 받아서 자기 이름의 뒤 자를 소련식으로 '克'자를 붙여서 개명하여 소비에트를 동경하는 마음을 나타내는 것이다.

역사를 창조하기 위해서 자기의 모든 것을 다 바쳤다.

이처럼 왕멍 작품의 주인공들은 거의 다 공산주의에 대한 굳은 신념과 아름다운 이상을 가진 볼세비키들이다. 이 점은 분명히 왕멍 자기 자신의 독특한 경력과 밀접한 관계를 가지고 있다. 왕멍 자신이 이야기했던 것 같이 "소설은 대체로 작가 자기 자신의 경력을 쓴 것으로서 작가의 경력과 체험과 떼려야 뗄 수 없는 관계가 있다."

왕멍 자신의 경력에서 보여준 듯이 14살의 젊은 나이에 공산당에 가입하고 공산당 지도하의 혁명 사업을 적극적으로 참여했다. 젊은 시절부터 양성된 공산주의에 대한 불변의 신념과 충성심은 그의 삶과 창작의 원천과 동력이 되고 있다. 왕멍 자신이 이야기한 것처럼 "중국에서 혁명 凱歌를 부르며 힘차게 행진하는 연대에 자라난 청소년의 정신 풍모는 너무나 감동적이며 매력적이다. 특히 정치적으로 조숙한 '소년 볼세비키'는 나에게 깊은 인상을 남겨주었다. 물론 나도 그들 일행 중의 하나이다."106)

19살 때 왕멍은 혁명적 낭만주의 정열이 넘치는 서정으로 장편소설「青春萬歲」를 창작하였다. 이 소설은 1950년대 중학생의 다채로운 생황을 그려놓았는데 이상을 위하여 분발하는 학생들의 정신 풍모를 형상화하였다. 이 작품의 주요 인물들은 모두 사회주의와 공산당을 사랑하는 낭만주의적 혁명자이다. 혁명의지가 강건한 정보(鄭波), 열정적이며 자유분방한 양챵윈(楊薔雲) 등은 구시대의 개혁자이며 신시대의 건설자이다. 이 시기 왕멍이 보았던 생활상은 모든 것이 아름답고 찬란한 것이었으며 사람들의 모습 또한 사회와 국가에 대한 책임감과 자부

---

106) "在中國翻天覆地高唱革命凱歌行進的年代成長起來的少年－青年人的精神面貌是非常動人和迷人的，特別是其中那些政治上相當早熟的'少年布爾什維克'，給我終身難忘的印象, 當然, 我自己也是其中的一個." 王蒙, <你爲什麽寫作>, ≪王蒙文存21≫, 人民文學出版社, 2003, 78쪽.

심으로 충만해 있었다. 鄭波, 林震, 鐘亦成, 張思遠 등 王蒙 소설의 주인
공들을 통하여 우리는 왕멍의 영원히 지울 수 없는 볼세비키 콤플렉스
를 엿볼 수 있다.

왕멍의 대뷔작 「조직부에 새로 온 젊은이(組織部新來了個年輕人)」는
혁명적 낭만주의 작품이다. 이 소설 의 줄거리는 다음과 같다.

모 구(區)의 당위원회 조직부에 린전(林震)이라는 젊은 청년 간부가
전입해 왔다. 그는 조국 건설의 이상에 차있는 젊은 共産黨員으로 당
구내에 있는 마대(麻袋)공장의 발전을 도와주는 임무를 담당하게 된다.
그는 공장의 상황을 살펴보고는 공장장인 왕칭췐(王淸泉)이 매우 무책
임하게 공장을 운영하는 것을 목도한다. 그가 이것을 區黨組長 한창신
(韓常新)에게 보고하자, 조장은 이미 알면서 덮어주는 눈치였다. 이에
구위원회 제1부 부장인 류스우(劉世吾)에게 왕칭췐의 운영 실태와 한
창신의 태도를 보고한다. 그런데 뜻밖에도 류스우 역시 왕 공장장의 불
성실을 알고 있었다. 그는 린전에게 '성적은 기본적인 거요, 결점은 전
진 중의 결점이고, 우리의 위대한 사업은 바로 이러한 결점이 있는 조
직과 당원에 의해 완성되는 것이요'라는 알쏭달쏭한 말로 넘어간다. 린
전은 당을 위해 정열적으로 새로운 계획을 세워 보고하며, 당 간부들은
한결같이 계획은 좋으나 구체적인 것이 못된다면서 조소하는 것이었
다.

류스우는 혁명전쟁에 참전했던 원로당원으로 많은 경험과 능력을
갖추고 있었지만, 지금은 정열도 상실하고 무사안일과 보수주의·관
료주의로 자신의 자리나 지키면서 살아가는 인간이었다. 조국의 미래
를 위해 헌신하고자 하는 젊은 당원 린전은 혁명적 낭만주의 정신으로
보수주의·관료주의와의 투쟁에 용감하게 나서고 있다.

소설 「볼세비키의 경례(布禮)」도 혁명적 낭만주의가 가득 찬 소설이

다. 작품에서 중이청(鐘亦成)가 당에 대한 신념과 공산당의 신중국 건립에 대한 희망을 노래하고 있는데서 확실히 볼 수 있다.

路是我們開喲,　　　길은 우리가 개척하는 것이다,
樹是我們栽喲,　　　나무는 우리가 심는 것이다,
魔天樓是我們親手造起來喲,　높은 건물은 우리가 직접 만드
　　　　　　　　　　는 것이다,
好漢子當大無畏,　　사내대장부는 두려움 없이
運着鐵腕去消滅舊世界,　　압제로 구세계를 없애버리고,
創造新世界喲,　　　신세계를 창조하자,
創造新世界喲!　　　신세계를 창조하자!107)

　　왕멍은 문화대혁명의 고난을 꺾고도 공산주의에 대한 신념이 여전하다. 작품에서 왕멍의 화신인 중이청(鐘亦成)는 1957년 우파분자로 규정된 후부터 1979년 1월 당적이 회복하게 될 때가지 20여 년 간의 노동개조를 겪었지만 그의 당에 대한 충성과 신뢰는 여전히 변함이 없다.

　　"그러나, 나는 당을 믿는다! 우리의 위대하고 영광스러우며
정확한 당이여! 당은, 얼마나 많은 사람의 눈물을 닦아주었고,
어떻게 앞날을 개척해 주었던가! 당이 없었다면, 나는 죽음의
문턱에서 몸부림치는 불쌍한 벌레에 불과할 것이고, 당은 나를
땅위에 우뚝 선 공산당원으로, 혁명 간부로 만들어 주었다
……"108)

---

107) 王蒙, ≪布禮≫, 人民文學出版社, 2002, 9쪽.

108) "但是, 我相信黨! 我們的偉大的·光榮的·正確的黨! 黨, 擦干了多少人的眼淚,
開辟了怎樣的前程! 沒有黨, 我不遇是一個在死亡線上掙扎的可憐蟲, 是黨把我造
就成了頂天立地的共産黨員·革命干部……"
王蒙, ≪布禮≫, 人民文學出版社, 2002, 28쪽.

「볼세비키의 경례(布禮)」의 마지막 부분에서 작가는 다음과 같이 자기의 굳은 신념과 마음을 토로했다.

> "우리나라, 우리 인민, 우리의 위대하고 영광스럽고 정확한 당 역시 생각이 깊어지고 노련해졌으며, 측정할 수 없을 만큼 성숙해지고 똑똑해졌다. 혁명의 길 위에서 가시나무에 놀란 겁쟁이는 눈을 감고 이 가시나무를 보지 않았고, 심지어 다른 사람이 이 가시나무를 보고 이것이 자기를 속이거나 혹은 다른 저의가 있다고 하는 것도 허락하지 않았다. 어떠한 세력도 영원히 사라지지 않을 사실이 본래의 모습을 찾아가는 것을 방해할 수 없고, 영원한 신념이 찬란한 길을 향하여 전진하는 것을 막을 수는 없을 것이다. '힘을 뭉쳐 내일로 가면, 인터내셔널은 반드시 실현될 것입니다!'"109)

왕멍의 신시기 소설은 전반적으로 굳은 공산주의 신념과 혁명적 낙관성, 투쟁성으로 밑받침 되어 있다.

이상에서 보는바와 같이 한국 전후소설의 낭만주의적 경향은 일반적으로 현실도피적, 퇴폐적, 허무적, 감상적인 면을 짙게 내포한 특징을 많이 가진다. 동시에 현실의 불모성과 속악함을 거부하면서 이에 대립하는 세계를 설정하고 그 안에서의 화해로운 삶을 시도하기도 했다. 사회주의 중국의 낭만주의는 서구 낭만주의의 퇴폐적인 경향을 극복한 미래시항직이며 樂觀主義 경향을 가진 革命적 浪漫主義는 문단의

---

109) "我們的國家, 我們的人民, 我們的偉大的·光榮的·正確的黨也都深沉得多·老練得多, 無可估量地成熟和聰明得多了. 被革命的路上的荊棘嚇倒的是孬種, 閉眼不看這荊棘, 甚至不准別人看到這荊棘的則是自欺欺人或是別人居心. 任何力量都不能妨碍我們沿着讓不滅的事實恢復本來面目, 讓守恒的信念大發光輝的道路走向前去. '團結起來到明天, 英特納雄耐爾就一定要實現!'"
王蒙, ≪布禮≫, 人民文學出版社, 2002, 67쪽.

주류를 이루고 있다. 革命的 浪漫主義와 혁명적 현실주의를 결합시킨 것은 중국 사회주의 문예가 나아가야 할 방향이자 최고의 방침이었다.

황순원의 전후소설은 한국전쟁의 상흔을 감싸 안는 한편, 낭만성과 본원적 생명주의에 깊이 천착하고 전쟁의 비극적 현실에서 비롯된 좌절감을 구원의 미학으로 승화시킨다. '아름다운 서정과 사랑'이라는 특질을 가지고 있는 황순원의 전후소설들은 순수하고 희망으로 가득 찬 소년 주인공들을 등장시켜 절망적인 전후 현실 속에서도 실망하지 않고 '냉소적인 고발자'가 아니라, '적극적인 치유자'의 면모를 보여주었다.

왕멍의 신시기소설은 거의 다 공산주의 신념과 아름다운 이상을 가진 소년 볼세비키적인 주인공을 등장시켜서 소년 공산당의 순수하고 맑은 눈으로 세계를 관찰하고 민감하고 정열적인 마음으로 모든 것을 느껴보고 혁명 사업에 적극적으로 참여했다.

황순원의 전후소설들은 전후의 참담한 현실 공간을 부정하고 이상 공간을 지향한다. 황순원이 동경하는 이상의 공간은 과거의 이상화된 유년 공간이다. 이러한 현실과 이상의 괴리 속에서 이상 공간을 동경한다는 점은 황순원 소설의 또 다른 특징이다. 왕멍의 신시기 소설은 전반적으로 혁명적 낙관성, 투쟁성으로 밑받침되는 혁명적 낭만주의로 치닫고 있다.

2. 이데올로기에 대한 현실인식과 비판

이데올로기(Ideologie)는 일반적으로 사람들이 인간·자연·사회에 대해 규정짓는 현실적이며 이념적인 의식의 형태를 가리킨다. 또한 징치·경제학적으로는 상부구조의 하나를 의미한다.

이데올로기는 인간 존재의 기반이 되는 가치 체계를 형성하며, 인간 자신과 현실에 대한 인식을 형성하고 사회적인 조건에 대한 판단의 선택 체계로 작용한다. 이러한 의식이 사회적으로 공유되면 사회적 이데올로기가 되고 각 개인의 생활을 통하여 내면화하면 개인의 이데올로기가 형성된다.

이데올로기의 개념은 근대 자본주의라는 사회 구성체의 출현과 함께 비로소 성립할 수 있었다.[110] 한 사회의 이데올로기는 그 사회의 가능성을 실현·유지시키고 사람들의 사회적 의식과 행위를 표현하는 언어를 체계화시키며, 사회로 하여금 세계에 대한 비전을 갖게 하는 기능을 한다.

이데올로기라는 용어를 처음 학문적으로 사용한 것은 18세기 프랑스의 유물론자 앙투안 데스튀 드 트라시(Antoine Destutt de Tracy)의 『이데올로기 개론』(1801년)에서부터이었다.[111] 이데올로기의 개념을 확립한 것은 칼 하인리히 마르크스(Karl Heinrich Marx)이다. 마르크스에 의하면 이데올로기를 의미 있게 만드는 것은 지배 계급이다. 자본주의 체계를 해부학적으로 규명코자 했던 마르크스와 프리드리히 엥겔스(Friedrich Engels)는 '어떠한 시대에서도 지배적 사상은 곧 지배계급의 사상'[112]이고 이데올로기가 계급에 의해 결정되며 당파성을 지니는 것으로 보았다. 지배 계급은 국가와 사회를 다스리기 위한 수단으로 인간의 의식적 차원을 통제·조작한다. 즉 계급사회에서는 특정의 계급이 이익을 얻기 위해 특정의 이데올로기가 우세하게 되어 상부구조와 하부구조의 상호작용이 발생하여 필연적으로 스스로를 정당화하는 것이다. 마르크스는 이데올로기의 이러한 성질을 '허위의식'으로서의 이

---

110) 패터 지마, 서영상·김창주 옮김, 『소설과 이데올로기』, 문예출판사, 1996, 23쪽.
111) NAVER 용어사전 참조.
112) 마르크스·엥겔스, 박재희 옮김, 『독일 이데올로기』, 청년사, 1988, 82쪽.

데올로기라고 부정하고 이렇게 허위성과 기만성을 가지고 있는 이데올로기의 본질적인 기능은 지배계급의 통치와 지배에 도움이 되는 것이다.

가. 이데올로기 전쟁에 대한 중도적 태도[113]

남북분단을 가져온 이데올로기의 정체는 다분히 외부적인 면모를 지닌 채, 그 누구도 정확하게 정의한다든지 정확하게 이해하지 못한 상태였다. 전쟁의 발발로 인해 상극으로 대치하던 사상체제는 극도로 경직되어 각각의 체제는 이데올로기의 이름으로 집단 속의 개인을 통제하였고, 어설프기만 한 사상의 판단에 익숙하지 못한 개인들은 이데올로기 이전에 그저 '동족' 또는 다 같은 '인간'이라는 의식이 강하게 작용할 뿐이었다. 이러한 상황 속에서 빚어진 전쟁은 남북 간의 불신과 증오만을 심화시켰을 따름이다.

한국전쟁 및 전후소설의 이데올로기 인식의 비판은 다음 세 가지 통로를 통해 드러내고 있다. 첫째로 이데올로기로 인한 것이지만 그것과 무관한 민중의 희생을 통해서, 둘째로 이데올로기와 무관하게 혹은 그것을 초월해서 존재하는 우정이나 민족애의 발로를 통해서, 셋째로 민족애에서 보다 더 승화되고 보편화된 인간적인 동료애, 즉 휴머니즘의 발로에 의해서 이데올로기를 비판하는 방식으로 드러난다.[114]

황순원의 소설은 휴전을 전후로 하여 뚜렷한 차이를 드러내고 있다. 휴전 이전(한국전쟁기 포함)의 소설은 속악한 현실로부터 벗어나고자

---

113) 신영덕은 황순원의 전쟁소설이 좌우 이데올로기에 대한 일정한 거리를 유지하면서 중도적 태도로 전쟁을 객관화하여 보여주었다고 한다. 신영덕, 『전쟁과 소설』, 역락, 2007, 69쪽.

114) 유학영, 『1950년대 한국전쟁・전후소설 연구』, 북폴리오, 2004, 61쪽.

하는 작가 자신의 희망, 순수한 이상세계에 대한 동경의식이 잘 드러나고 있다면, 휴전 이후의 소설에서는 이상세계에 대한 희망보다는 이데올로기에 의한 한국전쟁의 피해와 성격에 대한 보다 깊이 있는 인식을 드러내고 있다. 특히 황순원은 휴머니즘적 태도로 이데올로기로 인한 전쟁의 비인간성을 비판하고 보편적인 휴머니즘으로 이데올로기를 극복하였다는 사실은 문학사적으로 중요한 의의를 지닌다고 생각한다.

한국전쟁은 많은 인적 물적 피해를 남긴 채 1953년 7월 27일 휴전으로 일단 중지되었다. 그러나 이 전쟁으로 인해 경직된 이데올로기는 감정의 차원으로 폭넓게 정착하게 된다. 전후시기에 반공주의 이데올로기는 지배집단의 차원에서나 피지배집단의 차원에서 모두 '생존의 논리'였다. 지배집단은 자신들의 정치적 생존을 위해 반공주의를 지속적으로 재생산살 수밖에 없었다. 그리고 피지배집단은 육체적, 사회적 생존을 위해 반공주의를 수용할 수밖에 없었다. 즉, 반공주의는 생존을 위해 위로부터 강요된 것이기도 하면서 동시에 아래로부터 수용된 것이다.

이러한 상황에서 대부분의 민중과 작가들은 스스로 자신의 가치관을 결정하는 주체성을 상실하고 점차 반공에의 선택을 강요받는다. 왜냐하면 좌익이라면 그 가족 친지까지 무조건 검거 처단하고 무수한 사람들을 '빨갱이 협조자', '동조자', '앞잡이'의 누명을 씌워 학살하는 상황에서 사람들은 반공만이 생존의 유일한 길임을 터득하기 때문이다. 이러한 상황 속에서 대부분의 작가들이 반공이데올로기를 직·간접적으로 노출하고 있는데 비해, 황순원은 이념과 전쟁을 배경으로 삼되, 보편적인 '인간애(人間愛)'를 보여주는데 초점을 맞추고 있다.

한국전쟁은 그 본질에 있어서 악(惡)의 씨앗만을 뿌린 이데올로기에 의한 동족상잔의 전쟁이기 때문에 황순원의 전후소설들은 좌우 이데올로기에 대해 일정한 거리를 유지하면서 중도적 태도로 전쟁을 객관화하여 보여주고 있다. 예컨대 「카인의後裔」에서는 지주와 소작인의 대립에 앞서 '지주와 소작인 딸의 애절한 사랑'을, 「人間接木」에서는 '상이군인과 고아들 간의 신뢰'를, 「나무들 비탈에 서다」에서는 제대한 학도병의 '자기응시와 성찰'을 보여주고 있다. 이처럼 인간에 대한 애정과 신뢰, 성찰을 다루는 황순원의 전후소설에는 이념 문제가 거세되어 있다.

사실 소설 창작뿐만 아니라 문단에서도 황순원은 좌우 이데올로기와 일정한 거리를 유지하고 있었다. 권영민은 해방 직후의 소설문단을 진보적 리얼리즘 계열과 순수문학 계열로 나눈다. 문학의 계급적 실천이 리얼리즘론을 무색하게 하고, 순수문학이 반역사적 관점에 함몰될 수 있는 위험성을 드러낸 것이 정치적 상황성의 영향이라고 할 때, 이를 비켜 나가고자 했던 <중간파>에 황순원을 놓는다.115) 김윤식은 황순원을 문협 정통파도 아니고 문맹계도 아닌 중간계에 위치시킨다.116)

황순원의 작품 가운데 단편집『학』,『잃어버린 사람들』,『너와 나만의 시간』, 장편 「카인의 후예」, 「나무들 비탈에 서다」 등은 남과 북의 이념적 대치와 그로부터 빚어지는 갈등과 인간의 인격적 만남이 소멸되는 시대와 존재의 문제를 다루고 있다.

단편 「학」은 1953년에 발표되었고 그의 다섯 번째인 단편집『학』(1956년 발간)에 수록되어 표제로 쓰인 작품이다. 이 단편집에 실린 작품 가운데 「학」(1953), 「산」(1956), 「소리」(1957), 「모든 영광은」(1958), 「가랑비」(1961) 등 다섯 편은 남과 북의 이념적 갈등으로 빚어지는 좌절과 분노, 배신과 음모 등 반인간적인 행위들로 인한 순수한 삶의 분

---

115) 권영민,『한국현대문학사』, 민음사, 1993, 85~148쪽.
116) 김윤식,『한국현대문학사』, 일지사, 1979, 169~186쪽.

열과 파괴 현상을 다루고 있다.

　단편소설 「학」에서는 어린 시절의 단짝동무인 성삼과 덕재가 전쟁의 이데올로기로 인하여 대립적인 입장에 나서게 되었다. 농사만 짓던 그들은 전쟁 중에 각각 국군과 농민동맹 부위원장으로 변신했다. 과거 평화로운 삶을 영위하던 농촌공동체가 전후 이념에 의해 대립과 갈등을 일으키는 분열되는 모습으로 나타난다. 평등을 가장한 이념적 현실은 그들에게 지배 아니면 복종의 태도를 취하도록 강요한다. 인간관계에서 복종이나 지배의 형태는 일체감이나 유대감을 파괴적으로 충족시키는 행위이다. 성삼과 덕재는 그들의 자연적 삶으로부터 분리되어 개별화된 존재로서의 분리감과 고립성을 극복하는 대신 자신이 복종하는 권력, 즉 전체주의적 이데올로기의 힘의 위력을 경험하게 된다.

　성삼이가 덕재에게 학사냥을 제안하는 결말에서 이성과 사랑의 발전을 통한 보편적인 형제애가 구현되는 모습이 드러난다. 우리는 거짓 권위로시의 이념이 인간을 지배하고 앞서는 분열과 대립의 세계와 진정한 인간애를 추구할 수 있는 평화와 화해의 세계의 대립 구조 속에서 조화로운 세계를 갈망하는 작가의 의지를 발견하게 된다.

　일부 학자는 1950년대의 한국 전후소설들은 '탈이데올로기적인 경향이라기보다는 다분히 반공이데올로기적 성향을 띠지 않을 수 없었던 것이다'라고 말하면서 그 대표 작품으로 황순원의 「鶴」을 들고 있다. 이런 관점에는 수긍이 가지 않는다. 왜냐하면 이 작품에서 성삼이가 국군으로 등장하기 있기는 하지만, 작가의 관심이 좌우이데올로기의 문제에 집중되어 있다고 하기보다는 좌우이데올로기의 문제를 초월하는 그들의 우정에 초점이 맞추어져 있기 때문이다. 특히 덕재는 농민동맹 부위원장을 지내긴 하지만 이것은 그의 자유의지로 선택한 자리가 아니며 지명을 받은 것으로 설정되어 있다. 이렇게 볼 때 덕재는 좌우이데올로기에 대한 개념이 거의 없는 인물이다. 이런 덕재에게 성삼이 역시 우파적인 이데올로기를 애써 주입시키려 하지 않는다는 점에서 이 작품은 반공 이데올로기적 성향을 띤 작품으로 보기보다는 탈이데올로기적인 성향을 띤 작품으로 보아야 타당하다고 본다. 따라서 단편소설「鶴」은 좌우이데올로기의 대립보다는 오히려 이를 우정으로써 극복하는 휴머니즘을 보여준 작품이며 전쟁의 무모함이나 잔혹성을 고발함으로써 전쟁의 비인간성과 반 윤리성을 드러내는 '휴머니즘 문학'이라 할 수 있다. 이것은 동족으로서 결코 적대시할 수 없는데도 불구하고 외래적인 이데올로기의 힘에 이끌려서 서로를 부정하고 대립하며 마침내는 전쟁으로 발전하였다는데서 기인하는 셈이다. 따라서 이러한 역사의식은 일체의 이데올로기에 대한 반발로 드러나게 되었다. 이 소설의 결미에서 '단정학', '높푸른 가을 하늘', '유유히' 등의 표현은 이데올로기가 빚은 갈등의 현실상황을 뛰어넘는 우정과 생명 사랑과 자유와 평화를 암시적으로 나타내고 있다.

「산」의 주인공 '바우'는 어머니와 단둘이 산속에서 산다. 도토리를 채집하거나 작은 동물을 사냥해서 먹고 사는 순박한 인물이다. 외부와의 접촉 없이, 사회적 삶과 무관하게 살아온 바우가 전쟁의 의미를 알 턱이 없다. 바우가 처음 배우는 사회적 삶의 양상은 무력에 의한 악탈과 살인 등 공포의 비인간적 상황이다. 원시에 가까운 인물 '바우'가 사회화 되가는 과장 속에서 겪게 되는 전쟁의 무차별적 위력을 통해 작가가 인가의 삶을 조건 짓는 역사의 폭력성을 드러낸다.

바우는 어느날 자신이 처놓은 덫을 살피고 도토리를 줍다가 인민군 패잔병과 만난다. 그들은 바우에게 길잡이가 되기를 강요한다. 바우가 순수의 세계를 상징한다면 인민군 패잔병들은 전쟁이라는 폭력적 세계를 표상한다. 순진무구한 바우의 눈에 최초로 비친 외부의 세계로서의 전쟁은 인간을 짐승처럼 바꿔 놓을 수 있는 공포의 힘 바로 그것이었다. 사소한 개인의 이기적 욕망 앞에서 너무나 쉽게 인간생명을 살상하는 인명 경시와 반인륜적 행동을 서슴지 않는 인민군 패잔병들 사이에서 바우가 자신을 지키기 위해 어쩔 수 없이 살인까지 하게 되는 과정을 통해 우리는 전쟁의 폭력 앞에 분열되는 인간을 보게 된다.

「소리」는 성실하고 근면했던 인물인 농사꾼 덕구가 전후 완전히 변해 버린 모습을 대비하여 인간 상실의 과정을 보여주었다. 전쟁 전의 덕구의 모습은 순박하고 인색한 농사꾼의 전형적인 모습이었다. 그러나 전쟁터의 수많은 무의미한 살육과 인간의 잔혹함을 보면서 그는 서서히 변해 간다. 전쟁이란 특수한 상황 속에서 개인은 자신의 개별성과 동일성을 유지하기 어렵다. 자신을 가치 있게 외계와 관련지을 수 없는 상태에서 덕구는 점점 더 자신을 파괴적으로 외계와 동화시켜 간다. 전우의 시체를 보고 울던 그가 시체를 나무토막 정도로밖에 여기지 않을 만큼 전쟁에 익숙해져 갔다.

지금까지 살펴본 「학」, 「산」, 「소리」 등 작품이 모두 시골을 배경으로 소박하고 순수한 사람들의 인간 상실과 전쟁의 폭력성을 대비시켜 드러냈다면, 「모든 영광은」은 이 같은 작가의 주제의식을 도시의 지식인 계층을 통해서 형상화시킨다. 이 작품은 한국전쟁 당시 외부의 억압적 상항 아래 동료교사를 밀고하여 그의 가족이 죽게 되고, 또 그의 역밀고로 인해 한 가정의 가장을 죽였다는 죄책감으로 나날을 살고 있는 전직 교사의 이야기를 담고 있다.

그러나 파괴가 파괴를 낳고 증오가 증오를 낳는 이성이 분열되는 시대에 저질렀던 자신의 과오를 주인공 사내는 그 후 자신이 신고한 그 동료교사의 아내와 아이들의 부양을 위해 헌신적으로 노력함으로써 씻고자 한다. 그것은 무차별적 폭력 속에 빠져 버린 인간이 자기 자신을 회복하기 위한 노력을 뜻한다. 동료를 밀고자로 만들고 두 가정을 모두 파괴하게 만든 전후 이념과 사상의 차이가 인간의 삶에 근본적으로 무엇을 의미하는가를 탁월하게 제시하는 대목이다.

이상에서 살펴본바와 같이 전쟁이란 폭압적 상황은 합리적인 판단을 왜곡시켰다. 개인이 전체의 일부가 되고, 자신을 보호해 주는 이념에 몰두하는 비인간적인 행위들로 순수한 삶을 균열된다.

이데올로기와 인간성의 변모라는 주제를 확대하여 나타내는 작품이 바로 장편「카인의 後裔」117)이다. 황순원이 명실공히 장편소설가로서 평가받는 기점은 바로「카인의 後裔」(1954.12)를 발표한 이후이다. 이 작품은 해방 후 북한의 토지개혁을 배경으로 농민과 지주의 봉건적인 관계가 와해되고 그로 인해 인간성이 변모되는 과정을 다루고 있으며 이데올로기의 대립과 충돌이 잘 드러나 있는 작품이다. 동시에 자유와 생명과 사랑을 통한 인본주의를 추구한 작품이다. 이 작품은 첫 장편인 「별과 같이 살다」에 이어 나온 황순원의 둘째 장편으로서 첫 장편이나 단편들과는 달리 토지개혁이나 전쟁 등 이데올로기로 인한 역사적 사건이 직접적으로 나타나는 소설이다. 이러한 역사적 현실의 채용은 이전의 순수한 시적 서정성의 세계에서 현실적인 인간 세계와 서사성의 세계로 작가의 관심의 방향이 돌려졌음을 의미하지만 그것이 곧 역사 그 자체에 대한 관심을 뜻하는 것은 아니다. 이 소설에 나타난 토지개혁은 사회 체제변화의 핵심이라 할 수 있는 역사적 사건이었지만 작가

---

117)「카인의 後裔」는 휴전 직후인 1953년 9월호『文藝』지에 연재되기 시작했다. 그러나 연재 5회만에 이 잡지의 폐간으로 발표가 중단되었고 작가는 그 다음 부분을 전작으로 집필, 이듬해 5월에 탈고했고 그해 12월에 단행본으로 출간했다. 남한에서 발표된 1950년대 작품 가운데 드물게 해방 이후 북한의 토지개혁을 소재로 담고 있는 이 작품은 한국 1950년대 소설의 대표작이다.「카인의 後裔」는 이듬해 제1회 아시아자유문학상을 작가에게 안겨주었고 1968년에는 영화화, 1975년에는 英譯되었다.

의 궁극적인 관심은 이러한 역사적 사건과 그에 따른 사회 체제의 변화 그 자체에 있었던 것은 아니었다. 그보다는 오히려 이러한 역사적 사건을 통하여 인간성을 억압시킨 이데올로기의 문제에 관심의 초점이 놓여 있다고 할 수 있다.

「카인의 後裔」는 북한에서 실시되었던 사회주의적 토지개혁을 중심으로 지배계급인 지주 박훈의 가족, 지배계급과 피지배계급의 고리 역할을 하던 마름 도섭영감과 그의 딸 오작녀와 그녀의 남편, 피지배계급인 소작농민들의 계급간의 심리적 갈등과 애증을 보여준다. 즉, 변동기 사회에서의 봉건잔재인 지주계급의 몰락과 신분제도의 붕괴 문제 등을 섬세하게 묘사한다. 특히 황순원 자신의 모습을 형상화했다고 추측되는 박훈의 성격을 살펴보면 작가의 자전적 요소가 상당히 가미되어 있음을 알 수 있다. 그러므로 「카인의 後裔」에서 찾아볼 수 있는 주체는 경험적 주체라 할 수 있다. 이러한 경험적 주체는 이 작품의 서사구조, 인물의 형상화 방법과 유형에도 폭넓은 영향을 끼치게 된다. 즉, 작가의 현실 경험 때문에 작가는 세계와 일정한 비판적 거리를 유지하지 못하고 있는 것으로 판단된다. 이에 따라 이 작품은 장편소설의 특성인 다양한 갈등과 복잡한 서사구조를 가지지 못하고 있으며 단순구조로 도식화 되는 경향이 있다. 그것은 이 작품의 사건과 현실적 상황이 허구성보다는 작가의 경험에 지나치게 의존하고 있기 때문에 빚어진 결과로 여겨진다.

「카인의 後裔」에서 오작녀 아버지 도섭영감은 시대의 변화에 빠르게 타협하는 전형성을 보여주는 핵심적인 인물이다. 그는 모든 것을 이해관계에 따라서만 사고하고 판단하고 행동한다. 그에게 자기 자신의 의지는 없다. 그는 자기 자신을 자기보다 우월한 외부적 힘에 전면적으로 일체화시키고자 필사적으로 노력한다. 외부적 힘의 옳고 그름을 따지기 보다는 현실에 적응하기만 바쁜 수동적 인간이다. 그에게 역사적 사회적 존재로서의 삶은 없다. 지배계급의 권위를 이용해 소작인에게 지나칠 정도로 가혹했던 도섭영감이 이제는 지주계급을 타도하자고 지주 숙청사업에 누구보다도 앞장선다. 지주를 위해 소작인들에게 꽤나 모질게 대했던 그가 이제는 거꾸로 소작인들을 위해 지주 숙청 작업을 위해 앞장서야 했다. 도섭영감에게 자기 자신은 없다. 인간보다 이념이 맞서는 시대, 어제의 미덕이 오늘의 죄악이 되는 시대 아래 인간들은 빠르게 변모한다.

그러나 도섭영감의 아들 삼득이와 오작녀는 시대의 어려움을 의지로 이겨내는 참된 자유에의 신념을 보여주는 인물이다. 암울한 현실 속에서 박훈이 살아남아 월남을 결심하기까지 오작녀의 사랑은 절대적 힘으로 작용한다. 오작녀의 사랑은 계급을 초월한다. 이념을 넘어서는 순수한 사랑은 진정한 자유와 대등한 의미와 무게를 갖는다. 이들 인물들이 보여주는 이념의 문제로부터 비롯되는 계급간의 심리적 갈등과 인간 존재의 한계를 마름의 딸 오작녀와 지주의 아들이요 농촌계몽운동가인 박훈은 사랑으로 초월한다. 두 남녀의 체제로부터의 탈출 시도는 봉건 신분질서의 붕괴와 새로운 시대에 참된 자유를 추구하는 가치관의 정립을 상징한다.

장편소설 「나무들 비탈에 서다」도 작가 황순원이 이데올로기 전쟁에 대한 비판적 태도를 나타내고 있는 작품이다. 이 소설이 집중적으로 표현하고 있는 주제의식은 이데올로기 전쟁의 잔혹함과 파괴력은 인간의 내면에 가해짐으로써 한층 더 비극적인 결과를 가져왔다는 것이다.

현태는 새삼스럽게 동호가 자살하기 바로 직전에 한 말을 되씹어 보았다. "대체 우린 피해잘까? 가해잘까? 내가 보기엔 이번 동란에 나왔던 젊은이들은 죄다 피해자밖에 될 수 없다는 생각이 들어." 그러나 현태는 이 동호의 말에 대답이나 하듯이, "정말 그럴까. 난 기해자두 될 수 있다고 보는데."118)

전쟁의 직접적인 피해자인 동호, 현태, 윤구 등은 숙, 미란, 옥주, 계향 등에게 직·간접적으로 가해자가 된다. 전쟁의 피해자가 곧 가해자가 될 수 있다는 황순원의 논리는 한국전쟁의 관점이 적극적으로 투영된 것이다. 즉, 한국전쟁은 어떠한 형태로든 모든 사람들에게 피해를 주고, 전쟁의 피해자는 또 다른 형태의 가해자가 된다는 것으로 전쟁의 상처가 1950년대인 모두에게 존재한다는 것이다.

황순원의 전후소설에서는 이데올로기의 대립을 인간의 가치를 회복하고 옹호하는 인본주의적 방식으로 소통시키고 있다. 즉 이데올로기의 대립이 한쪽의 다른 한쪽에 의한 편입, 또는 도피나 지속되는 대치상황이 아닌 인본주의를 통하여 대립을 소통시켰다. 예컨대 황순원의 「포화 속에서」는 드물게도 인민군을 주인공으로 한 소설이면서도 인민군을 적대자로만 파악하고 있는 것이 아니라 그들도 소중한 생명을 지닌 한 인간이라는 시각에서 그린 작품이다. 이 소설은 후에 「목숨」이라고 개제하여 전재된 바 있듯이 전장의 극한상황 속에서 생명을 부지하기 위한 온갖 몸부림에도 불구하고 결국 희생되어 갈 수밖에 없는 개인의 모습을 통하여 전쟁의 비참상을 부각시키고 있다.

사십 고개를 넘긴 지도 이미 이태가 되는 농사꾼 강서방도 전쟁이 일어나자 인민군으로 끌려 나와 전선에 투입된다. 어느 일몰 시, 출동 명

---

118) 『황순원전집』 7권, 문학과 지성사, 1990, 357쪽.

령을 받고 나갔다가 비행기의 기총소사 공격을 받고 수많은 시신을 타넘으며 어느 굴속으로 간신히 피신한다.

그는 그 곳에서 먼저 피신해 온 인민군 소년병을 만난다. 이제 겨우 열 네 살의 어린 소년이다. 형 둘 모두 군에 끌려가 버리고 앞을 못 보는 어머니와 다섯 살 난 누이만 고향에 두고 그마저 어린 나이로 군에 징집된 것이다. 그들은 이미 본대(本隊)에서 떨어진 낙오병이다. 얼마 남지 않은 콩가루와 생쌀을 씹으며 며칠 밤을 보낸 그들은 추위와 배고픔과 갈증을 견디다 못해 물과 살길을 찾아 나선다.

> "그런데 이날 밤 그들이 걸어가는 방향은 줄곧 한 방향인 것이었다. 남쪽으로. 그러나 어느 편에서도 지금까지 자기네가 걸어가는데 대해 아무 말도 없었다. 미리 자기네가 갈 곳을 의논이나 해 두었던 것처럼 그저 아까 낮에 해 움직임을 보고 이쪽이 남이고 저쪽이 북이지? 하고 한마디 하였을 뿐인데. 그때 소년의 까만 눈이 유난히 빛나며 물끼를 띄웠었다."[119)

그들이 무언중 살길이라고 동의한 곳은 혈육이 남아 있는 고향 쪽도 아니고 인민군 부대가 있는 쪽도 아닌 정반대의 남행길이다. 이 소설이 지니고 있는 또 하나의 주제인 동시에 목적의식이 내비쳐지고 있는 대목이다.

그들은 물을 발견하지만 소년은 결국 죽어 간다. 죽음을 목전에 두고 떠올린 것은 고향과 눈먼 어머니다.

> "아즈반, 아즈반이 고향에 돌아가시믄 꼭 우리집에 찾아가 봐주시소. 바루 강동읍에서 서쪽으루 한 이십리 떨어진 오류동이란 동넵니다. 게 가서 앞 잘 못 보는 이를 물으믄 곧 알 수 있

---

119) 황순원, 「목숨」, 『곡예사』, 명세당, 1952, 38~39쪽.

을거야요. 그래 만나거든 내가 죽디 않구 잘 있다구 던해 주십
시요……"120)

강 서방은 숨이 넘어가는 소년을 업고 개 짖는 소리가 나는 곳을 향
해 '사람 살려라!'고 부르짖으며 내닫는다.

이 소설에서 강 서방과 소년으로 지칭되듯이 그들은 계급도 없고, 싸
울 총도 처음부터 지급 받지 못한 채, 전선으로 무작정 내몰린 비정규
군이다. 말하자면 육탄전이나 소위 총알받이로 전투에 투입된 소모품
이었다.

작품의 말미에 1951년 4월에 탈고한 것으로 기재되어 있는데 그때
는 이미 남침과 북진을 거듭하면서 남·북한 쌍방이 엄청난 인명 희생
을 치르고 난 뒤 장기적 소모전에 돌입했을 때다. 작가는 이 작품을 통
해 이와 같이 적이든 아군이든 인명살상의 비극을 말하고 있는 것이다.

강 서방은 소년에게 얼마 남지 않은 생쌀을 나누어주기도 하고 쓰러
진 소년을 끝까지 부축해 가기도 한다. 그리고 가는 길에 쓰러져 죽어
가는 또 다른 인민군을 업고 가서 물을 먹이기도 하며, 그 인민군이 끝
내 죽어 버리자 그의 피 묻은 생쌀 주머니를 가로채기도 한다. 강 서방
의 이와 같은 극한상황 속에서의 행동을 두고 '전장과 휴머니즘'이란
거창한 말을 붙일 필요가 없다. 다만 그 자신이 살기 위한 몸부림이요,
죽어 가는 이에 대한 안타까운 심정만 있을 뿐이다.

전장을 배경으로 한 소설이면서 대개의 경우와는 달리 거기에는 이
념도 없고 적과 아군도 없으며 애국심도 없다. 중요한 것은 생명이며
그것을 앗아가는 것에 대한 분노만 있을 뿐이다. '주인공의 마지막 부
르짖음 그것이, 다만 그 한사람의 부르짖음이 아닐 것이라는 느낌이 나

---

120) 앞의 책, 45쪽.

로 하여금 붓을 들게 했다'121)고 한 것처럼 북쪽의 인민군, 또는 남쪽의 나이 어린 학도병이나 장년의 제이국민병만의 비극이 아니라, 전쟁이라는 불가항력적 상황 속에 힘없이 희생된 모든 이의 비극이다.

황순원의 전후소설에서는 전쟁이 비극적인 불행의 심도를 더하는 것은 피해자인 인물들이 모두 순박하고 선량한 성격을 지니고 있기 때문이다. 그들은 전쟁의 근원이 된 이념과 아주 동떨어진 사람들이다. 이념을 이해할 지적수준조차 지니고 있지 못하다. 그들은 느닷없이 찾아온 폭력 앞에 무방비로 노출되어 갖가지 불행을 감당하는 자들일 뿐으로서 일방적인 희생양이다. 전쟁은 소수의 독단에 의해 그들과 무관한 삶을 살아가는 다수의 불행을 초래한다.

이상에서 살펴본 바와 같이 이데올로기의 문제를 다루고 있는 황순원의 전후소설들은 전체적으로 전쟁이라는 갑작스런 재난이 얼마나 인간의 행복을 순식간에 짓밟아 버리고 피를 흘리게 하는지를 보여주고 있다. 그리고 전쟁은 인간을 쉽게 분열시키고, 인간성을 마비시키고 파괴하고 있음을 형상화시키고 있다.

황순원의 작품 속에서 한국전쟁이 제기한 이데올로기의 문제를 어떠한 방식으로 수용하며 굴절시키고 있는가 하는 문제는 크게 두 가지로 대별할 수 있다. 첫째는 이데올로기의 서로 다른 인식으로 말미암아 가족이나 친척, 친구 등 친밀한 관계에 있는 사람들이 분열, 또는 대립의 양상을 보이는 경우이다. 예를 들어 「학」에서 다 같이 농사꾼의 아들인 '성삼'과 '덕재'가 전쟁 이후에 '성삼'은 치안대원이 되고 '덕재'는 농민동맹 부위원장이 되는 것이 바로 그러하다. 둘째는 이데올로기에 의해 야기되는 인간들의 대립상을 다루기보다는 이데올로기에 의

---

121) 황순원, 「책 끝에」, 위의 책, 183쪽.

해 순박한 사람들이 어떻게 희생되어 갔는지를 통해 한국전쟁의 비극성을 조명하는 것이다.

그러므로 휴전 이후 황순원의 전후소설은 좌우 이데올로기에 대한 편향 없이 가능한 한 중도적 태도를 견지하면서 전쟁의 피해상을 객관화하여 보여줌으로써 한국전쟁이 아군과 적군, 가해자와 피해자, 나와 타인, 선과 악의 차이를 무화시킨 동족간의 비극적 전쟁이었음을 깊이 인식케 한다.

나. 정치 이데올로기의 인간소외에 대한 반성

이데올로기는 개인, 계급, 조직 등의 목적 조성에 기여하는 행동 효과를 지닌 관념체계로 정의할 수 있으나 정치적으로 볼 때 이는 한 정권의 진로를 결정하는 근본적인 힘이며 사회가 추구하는 목표와 그 목표에 도달하는 수단의 틀을 형성한다.

이데올로기는 인간의 삶을 풍요롭게 하는 정신적인 규범으로 작용할 때 역사적인 진보성을 획득한다. 그러나 주체의 해방의지를 무력하게 만들어 수동적 존재로 길들이려는 독소를 숙명적으로 내포하고 있기 때문에 이러한 이데올로기는 소위 '도구적 이성'의 억압 논리로 작용한다. 이러한 억압체계는 인간의 외적인 관계만을 규정하는 것이 아니라 인간 내면의 깊은 곳까지 파고들어 정신적인 상흔을 남기고 욕망을 억압하는 제도의 내면화 현상까지 조장한다.

문화대혁명의 어두운 시대가 끝나고 신시기에 들어와서 억눌려 있던 중국인의 목소리가 터져 나오기 시작했다. 이것은 이데올로기적 억압으로 인한 인간적 가치의 상실과 상흔, 그리고 신념체계의 붕괴와 혼란을 극복하기 위한 반항의 외침이다. 신시기 소설은 억압적인 세계를 벗어나려는 반항 정신, 그리고 시대와 민족의 아픔을 감내하고 새로운 사회를 지향하려는 고뇌를 형상화하고 있다. 왕멍(王蒙)의 신시기소설은 이데올로기로 인해 파손된 인간성과 인간 소외의 문제를 정면으로 파헤쳤다. 그는 극단적인 이데올로기 거대담론이 어떻게 인민대중의 정신을 억압했는지를 잘 형상화하였다.

왕멍의 일생은 정치 이데올로기와 떼래야 뗄 수 없는 밀접한 관계이다. 사회주의 중국이 건국 후 왕멍은 혁명적 격정으로 적극적으로 정치 생활에 참여하였다. 그러나 문화대혁명 기간에 정치 이데올로기 때문에 심한 고통과 좌절을 겪은 후 왕멍은 이데올로기의 맹신과 광기에 대해 많이 반성하기 시작했다.

「볼세비키의 경례(布禮)」에서 주인공 중이청(鐘亦成)가 공산당에 대한 절대적 신앙과 우파분자로 규정되어 고문을 당할 때 마주치게 되는 파괴된 인간성 상실의 모습과 극명한 대비를 이루고 있다.

> "말해, 당신은 공산당에 무슨 怨恨이 있지? 당신은 어떻게 잃어버린 天堂을 되찾으려고 했던거지?"
> "당신이 과거에 어떤 反革命的 수작을 부렸는지 말해, 앞으로 어떻게 共産黨을 전복시킬 준비를 했는지 말해!"
> "말해, 당신이 무슨 장부(帳簿)를 갖고 있는지, 당신은 蔣介石이 쳐들어오기를 희망 하는거지, 당신이 어떻게 원한을 갚으려고 하는지, 공산당을 없애려고?"
> … 중략 …
> "채찍이 "철썩" "퍽" 소리를 내고, "으악"하는 비명소리가 들린다.
> "말해, 말해, 말하란 말이야!"

"나는 당을 열렬히 사랑합니다!"

"헛소리! 당신이 어떻게 당을 사랑해? 당신이 어찌 당을 사랑
할 수가 있지? 당신이 어찌 감히 당을 사랑한다고 말할 수 있
지? 당신이 당을 사랑할 자격이나 있어? 당신의 고집이 어디까
지인가 보자구! 진짜 돌대가리구만! 당에 도전을 해! 이게 인정
을 않는군, 죄를 인정하지 않는거야! 끝까지 대들겠다는거지!
당신을 바닥에 뒤집어놓고 짓밟아야겠군……"

중이청(鐘亦成)는 감각을 잃었고, 지각을 잃어버릴 찰나에
그는 그렇게 영원히 선명하고, 생동하고, 신성하며 또한 사라
지지 않는 모든 것을 보았다."122)

상기 인용문에서 나타난 듯이 共産黨에 대하여 절대적인 신앙을 가
지고 있는 중이청(鐘亦成)는 공산당에게서 가혹한 고문을 당했다. 작품
의 이러한 아이러니컬한 설정은 정치적 이데올로기에 대한 작가의 비
판적인 태도를 보여주고 있다. 중이청(鐘亦成)를 고문하는 여러 장면들
을 살펴보면, 이성적 판단은 상실한 채 집단적 광기 속에서 우파분자를
규정하고 몰아붙이는 속에서 어떻게 집단이 보편적이고 이성적인 판
단을 상실하고 인간에 대한 믿음을 상실하는지를 알 수 있다. 중이청
(鐘亦成)를 심문하는 공산당의 태도는 사회주의 이념에 사로잡혀 인간
존중의 정신은 잃어버린 채 다만 폭력을 통해서 비이성적인 결론만을
끌어내고 강요하는 극좌 노선과 이데올로기에 의한 집단적 최면 상태

---

122) "說, 你是怎麼仇恨共産黨的? 你是怎樣夢想奪去你失去的天堂?" "說, 你過去幹過
哪些反革命勾當, 今後準備怎推翻共産黨?" "說, 你保留著哪些變天帳, 你是不是
希望蔣介石打回來, 你好報仇雪恨, 殺共産黨?" …… "颼", 一皮帶, "嗡", 鏈條, "喔
噢", 一聲慘叫. "說, 說, 說!" "我熱愛黨!" "放屁! 你怎么會熱愛 黨? 你怎么可能熱
愛黨? 你怎么敢說你熱愛黨? 你怎么配說你熱愛黨? 你這是頑固到底! 你這是花崗
岩腦袋! 你這是向黨挑戰! 你這是不肯認輸, 不肯服罪! 你這是猖狂反撲! 我們就是
要你打翻在地再踏上……" 鐘亦成失去了知覺, 在快要失去知覺的一刹那, 他看
到了那永遠新鮮, 永遠生動, 永遠神聖而且不遙遠的一切.
王蒙, ≪布禮≫, 人民文學出版社, 2002, 6쪽.

에 있는 것이다. 우리는 여기에서 왕멍이 '사회주의적 인간형'에 대해 어떻게 관찰하고 비판하는지를 볼 수 있다.

중이청(鐘亦成)는 온갖 고초 속에서도 당에 대한 충성심을 잃어버리지 않으려고 노력하지만 그 반대로 정치적 이데올로기가 가져온 인간소외와 불신의 현실상황은 그로 하여금 남을 과도하게 의식하는 습성이 생기게 하였다. 이것은 자신도 모르는 사이에 인간에 대한 신뢰가 점점 파괴되어 가는 것을 나타낸다.

> "20여 년의 대 재난에 그의 체형, 마음가짐, 행동거지가 모두 변했다. 잔혹한 사실은 그의 눈을 확 뜨게 하였고, 육체적인 고통을 두려워하는 것 이외에 어떤 정신적인 죄책감도 이미 모두 없어졌다.
> … 중략 …
> 또한 모두 불안한 어조와, 살아가는 것은 바램보다 강하고 세월은 청춘보다 더 힘이 있다는 것에 익숙해졌다."[123]

중이청(鐘亦成)는 우파분자로 규정되어 신강에서 노동개조를 하던 중 화재현장을 목격하게 되고 화재를 진압하기 위해 생명의 위험을 무릅쓰고 화재를 진압하는데 성공한다. 그러나 당은 그에게 화재를 진압한 공로를 인정해 주기는커녕 오히려 방화범으로 지목하는 등 인간에 대한 신뢰는 완전히 파괴되었던 것이다. 당은 중이청(鐘亦成)가 우파분자라는 선입견을 가지고 그의 모든 것을 판단하려 했던 것이고 이러한 당 간부들의 모습을 통해서 당시의 경직되고 비인간적인 사회적 분위

---

123) "二十多年來的坎坷, 他的體形, 身態, 擧止都變化, 嚴酷的事實打開了他的眼睛, 除去害怕肉體上的折磨以外, 那種精神上負罪的感覺, 已經完全沒有了. …中略…
也都習慣于一種誠惶誠恐的意調, 生活比愿望更强, 歲月比靑春更有力."
王蒙, 《布禮》, 人民文學出版社, 2002, 60쪽.

기를 잘 보여주고 있다.

　　"세 사람이 그의 침대 옆으로 걸어왔다. 새파랗게 창백한 얼굴, 매우 경직된 태도와 날카로운 눈빛, 냉랭한 목소리로 그들은 입을 열었다. 그러나 다친 사람에 대한 문안도 아니고, 화재를 진압한 사람에 대한 고마움도 아니었다. 그들의 화제는 심문 안건의 문제였다.

　　"몇 시에 불빛을 보았지?"

　　"기억이 안 나는데, 아무튼 한밤이었어요."

　　"한밤에 잠이 안 들었소? 당신은 잠도 안자고 뭘 했던거요?"

　　"……잤어요, 바람이 불어서……"

　　"바람이 불었는데 왜 다른 사람들은 안 깨고 당신만 깼지?"

　　"당신은 왜 지도부에 물어보지도 않고 바로 건설대 창고로 간거지? 거기에 얼마나 많은 위험물이 있는 줄 알아, 당신 몰랐어?"

　　"……"

　　"주방문을 부신 목적이 뭐야?"

　　"……"

　　"어제 저녁 6시부터 지금까지, 24시간 동안 어디에 갔었는지, 무슨 말을 했는지, 무슨 짓을 했는지, 증명할 사람은 누구인지, 자세하게 말해보시오. 요리조리 피해갈 궁리는 하지마……"124)

---

124) "三个人走到他的床邊, 臉色是鐵靑的, 肌肉是高度縮着的, 目光是呆板的, 聲音是冷冷的, 他們張口了, 說出來的个是對于受傷者的問候, 不是對于滅火者的感激, 他們開口提的是一个審案式的問題. "你几点鍾看到了火光？" "不記得了, 反正已經過半夜了." "過了半夜你還不睡覺嗎? 不睡覺你又了干了些什么呢?" "……我睡的了, 刮起了風……" "刮起了風怎么別人沒醒你却醒了呢?" "你爲什么不請示領導就往筑路隊的倉庫路呢? 那里有許多要害物資, 你不知道嗎?" "……" "你砸開廚房的門的目的是什么?"……"從昨天晚上六点到現在, 這二十四个小時你都到了什么地方, 說了什么話, 做了什么, 證明人是誰, 你詳細地談一談. 不要回避, 不要躱躱閃閃……" 王蒙, ≪布禮≫, 人民文學出版社, 2002, 59쪽.

중이청(鍾亦成)는 자신을 방화범으로 몰아붙이는 당 간부들의 태도에 의아해 하다가 그들의 의도를 파악하고 억울함에 치를 떨지만 극좌사상에 물들어 있는 당 간부들의 눈에 중이청(鍾亦成)는 우파분자일 뿐이다. 중이청(鍾亦成)는 여기에서 처음으로 당 간부들에 대한 분노를 느끼게 되지만 자신이 할 수 있는 것은 오로지 억울함에 마오쩌둥(毛澤東)를 한번 외치는 것 밖에 아무것도 없었다.

그러나 이러한 상황에도 중이청(鍾亦成)에게 희망을 가져다 준 것은 자신이 그토록 충성을 맹세하고 신념을 저버리지 않는 공산당도 아니고 당 간부도 더욱더 아닌 오히려 노동개조를 위해 같이 지냈던 마을의 인민들이었다. 그들은 화상을 입고 병상에 누워있는 중이청(鍾亦成)에게 여러 가지 농작물을 갖고 왔는데 그것은 단순한 먹거리가 아니라 중이청(鍾亦成)에게 인간에 대한 신뢰를 찾게 해 주었고, 삶의 희망을 갖게 하였다. 왕멍은 여기에서 당 간부를 통하여 피폐된 인간성에 대해 고발하면서 또한 평범한 사람들의 이미지를 통하여 인간성 회복에 대한 바램을 표현하고 있다.

왕멍은 소설 속에서 鍾亦成으로 하여금 인간 소외와 극단적인 인간성 사실, 파괴된 인간 신뢰의 단면을 보여주는 동시에 모든 사람이 외면하는 우파분자 찍힌 자신에게 변치 않는 지지를 보내주는 凌雪과 도로 건설대 마을의 인민들의 진실한 마음을 보여줌으로써 인간에 대한 믿음의 끈을 놓지 않고 있다.

중국 근현대사를 뒤돌아보면 가장 실망스럽게 한 것은 바로 이데올로기의 무상함이다. 가장 합리적이고 논리적이라고 생각했던 이념과 사상체계가 사실은 모래 위에 세운 집이었다. 시대마다 지식인들은 변절의 이데올로기에 추파를 던졌고, 열병처럼 달아오르다가 마침내는 함께 객사해 버리는 경우가 허다했다. 천의 얼굴을 가진 이데올로기의 변신, 그 지조 없는 유혹에 인간들은 불나비처럼 무모하게 투신해 온 것이 이성적 사고를 앞세운 인간운명의 역사다.

왕멍은 자기의 인생경력을 통하여 이데올로기의 무상함을 몸소 체험했지만 사회주의 체제에 몸담고 있기 때문에 자기의 심경을 그대로 토로할 수 없다. 그러므로 왕멍은 이데올로기의 문제를 아이러니라는 수법으로 완곡하게 표현한다. 아이러니는 겉으로 드러난 말과 실제 의도된 숨겨진 의미 사이의 괴리를 의미하게 되며, 문학이나 인생 또는 사회에서 일반적인 기대치와 모순되는 구조 등을 조롱하고 냉소하며 비판하는데 쓰이게 된다. 문학의 다양한 기술 중에서 아이러니는 중요한 위치를 차지한다. 특히 아이러니는 현실인식의 중요한 관점으로 간주할 수 있다. 문학에서 아이러니는 사회의 이중적 관습과 부조리를 밝혀주는 데에 긴요한 장치적 역할을 하고 있다. 공산당과 사회주의에 대해서 절대적인 신앙을 가진 왕멍은 반혁명적 우파분자로 낙인찍힌 것 자체가 당시 정치경향이 얼마나 극좌적인가를 설명해 주며 역사의 아이러니를 그대로 보여준다.

이데올로기는 인간성을 억압시킬 뿐만 아니라 인간성을 다루는 문학까지 훼손시키고 있다. 지배이데올로기의 횡포로 문학은 정치나 윤리나 철학이나 이데올로기의 충실한 노예로 전락한다. 결국 문학이 이데올로기를 닦는 그릇 또는 껍데기 역할밖에 못하고 있다. 고전문학 대부분이 정치적 지배논리에 예속되어 어용문학이나 교훈주의문학이 되었고, 개화기엔 계몽수단으로, 카프시대엔 혁명의 무기로, 일제시대엔 친일문학으로, 해방 이후 북한에는 김일성의 공산체제 유지를 위한 당의 교화수단으로 남한에서는 때로 정권 유지를 위한 안보논리의 대변으로, 또는 과격한 민중 이데올로기의 의식화 수단으로 사용되어 왔다. 이처럼 문학이나 예술은 사상이나 도덕을 효과적으로 교육하기 위한 보조물 혹은 삶의 장식물 정도로 사용하였던 것이다.

문학예술은 사상이나 이념, 또는 도덕적인 윤리나 사회적 현실을 반영하는 도구라든지, 정치적 이데올로기를 구현하는 혁명의 칼이라는 논리에서는 문학의 자율적인 존재가치를 논할 수 없다. 인간의 최고 가치를 도덕이나 정치나 철학에 둔다면 문학예술은 필연적으로 이들의 부속물로 전락할 수밖에 없고, 그렇게 될 경우 예술의 존재가치란 이들 이데올로기를 충실히 수행하는 도구로만 정당화 될 수 있는 것이다.

철학이 이성적 진리를 최고의 목표로 하고 종교는 도덕적 구원을 궁극적인 목표로 한다면 예술은 미학적 형상화를 통하여 감동을 주는 것을 최고의 목표로 하는 것이다. 그럼에도 불구하고 예술이 철학의 목표를 달성하는 도구가 된다든지 정치적 이상을 실현하는 수단이 된다면 이는 예술이 아니라 예술을 가장한 철학이거나 정치일 뿐이다. 말하자면 이리가 양의 가죽을 뒤집어 쓴 격이다.

왕멍의 인생 역정과 문학 궤적을 살펴볼 때 우리는 그 속에서 그의 두 가지 정체성을 접할 수 있다. 하나는 "黨員"이자 "官吏"로서의 정체성이요, 다른 하나는 "作家"로서의 정체성이다. 부연하자면 전자는 "정치적 자아"로서의 정체성이 될 것이고, 후자는 "문학적 자아"로서의 정체성이 될 것이다. 이 두 가지 정체성은 왕멍의 의식 속에서 서로 대척점을 이루고 밀고 당기는 줄다리기를 하면서 그의 인생과 창작활동을 풍부하게 이끌어왔다. 왕멍은 자전적 에세이인『王蒙自述：我的人生哲学』에서 소년시절에 받은 黨員, 幹部에 대한 엄격한 훈련과 교육이 자신에게 깊게 각인되어왔다고 토로했다. 주지하다시피 왕멍이 黨

員이자 官吏로서의 정치적 자의식을 형성하게 만든 그의 "볼세비키 마인드(少共精神)"는 왕멍이 작가로서 문학적 정체성을 수립해 나가는데 있어 아킬레스건이 되어 끊임없는 걸림돌로 작용했다.

> "작가는 생활의 주인이며, 당의 사업의 주인이며, 국가의 주인으로 고도의 책임감을 가지고 창작에 임해야 하며 자신의 작품 및 자신의 언행이 인민, 국가의 안정과 단결, 4개 현대화에 적절히 도움이 되게 하여야 한다."[125]

이 초기의 문학선언은 "少共精神"의 심리기재가 왕멍의 문학적 정체성을 강력하게 제어함을 단적으로 보여준다. 과잉 분출된 막강한 정치적 자의식 앞에서 문학적 정체성은 압도당한 채 오히려 적극적인 순응과 동화의 자세로 타협함을 알 수 있다. 왕멍의 의식 속에 작가는 순수하게 문필 활동에 종사하는 자라기보다는, 역사적, 민족적, 문화적인 사명감을 가지고 인민을 선도하며 계몽하는 黨員이자 지식인으로 존재한다. 즉 왕멍은 자신의 존재가치를 작가로서의 문학적 정체성이 아닌 정치적인 자아, 엘리트적인 자아에서 찾고 있다. 아울러 왕멍은 문학의 목적과 가치를 정치적 이념, 도덕적 가치, 사회 질서 등의 "거대담론"에 부여하고 있다.

그러나 1980년대 후반에 들어서면서 왕멍은 작가로서의 문학적 정체성 찾기에 대한 고민을 진지하게 시도한다. 이 시기 중국 사회는 새로운 문화 환경에 직면한다. 서구와 같은 고도의 후기자본주의 사회로 돌입했다고는 할 수 없지만 개혁개방의 거센 물결 속에서 중국사회도

---

125) "作家是生活的主人, 党的事業的主人, 國家的主人, 要以高度的責任感來寫作, 要使自己的作品? 自己的言行切實有益於人民? 有益於安定團結? 有益於四個現代化?"
　　 王蒙, <一點感想>, ≪王蒙文集≫, 第6卷, 華藝出版社, 1993, 40쪽.

자본주의 시장경제 환경이 조성되기 시작한다. 그리고 이러한 현실 속에서 기존의 주류적인 가치 체계와 담론들은 그 권위와 존재 기반이 와해되기 시작한다. 누구보다도 세상의 변화와 징후에 민감한 작가들은 달라진 사회문화 환경을 냉철하게 인식하며, 새로운 문학적 모색과 대응의 필요성을 절감하게 된다. 더구나 새로운 문화 환경 속에서 성장하며 문학의식이 어느 정도 성숙된 독자들은 기존의 문학적 전통에서 강조하던 이념 지향성, 정치성, 목적성, 계도성 등에 염증을 내고 보다 자유스러운 형식과 참신한 문학을 갈망하게 된다. 이렇듯 1980년대 후반 중국 문단은 변모된 문화 환경에서의 새로운 문학 수립이라는 당면과제가 작가들에게 부여되기 시작하고, 왕멍 또한 이런 문학 내·외적인 현상을 묵과할 수 없게 되었다.

이처럼 1980년대 후반부터 왕멍은 자신을 옥죄던 정치적인 자의식으로부터 탈피하여, 새롭게 작가로서의 문학적 정체성을 인식하고 이를 추구하고자 부단히 노력하게 된다. 그리고 이에 대한 노력의 일환으로 마침내 실험소설들이 세상에 나오게 된다.

이상에서 보는바와 같이 이데올로기는 지배 계급이 국가와 사회를 다스리기 위한 수단으로 인간의 의식적 차원을 통제·조작한다. 즉 계급사회에서는 특정의 계급이 자기의 이익을 추구하기 위해 특정의 이데올로기가 우세하게 되어 상부구조와 하부구조의 상호작용을 통하여 스스로를 정당화시킨다. 마르크스는 이데올로기의 이러한 성질을 '허위의식'으로서의 이데올로기라고 부정하고 이렇게 허위성과 기만성을 가지고 있는 이데올로기의 본질적인 기능은 지배계급의 통치와 지배에 도움이 되는 것이다.

한국전쟁은 그 본질에 있어서 악(惡)의 씨앗만을 뿌린 이데올로기에 의한 동족상잔의 전쟁이기 때문에 황순원의 전후소설들은 좌우 이데올로기에 대해 일정한 거리를 유지하면서 중도적 태도로 전쟁을 객관화하여 보여주고 있다. 황순원의 전후소설에서는 한국전쟁이 제기한 이데올로기의 문제를 두 가지 형태로 드러나고 있다. 하나는 이데올로기로 인하여 가족이나 친척, 친구 등 친밀한 관계에 있는 사람들의 분열, 또는 대립의 양상을 보이는 경우이다. 다른 하나는 이데올로기에 의해 순박한 사람들이 어떻게 희생되어 갔는지를 통해 한국전쟁의 비극성을 조명하는 것이다.

왕멍의 신시기소설은 문화대혁명 기간에 정치 이데올로기 때문에 심한 고통과 좌절을 겪고 이데올로기의 맹신과 광기에 대해 많이 사색하고 반성하는 지식인의 형상을 그려놓았다. 共産黨에 대하여 절대적인 신앙을 가지고 있는 주인공은 공산당에게서 가혹한 고문을 당한 것, 자기가 지어놓은 감옥에 자기 자신을 가두게 된 것, 이러한 아이러니컬한 설정은 정치적 이데올로기에 대한 작가의 비판적인 태도를 여실히 보여주고 있다.

3. 억압된 인간성과 휴머니즘

휴머니즘[126]은 인간다움을 존중하는 정신적 태도, 세계관, 혹은 사상을 지칭하는 말이다. 휴머니즘은 인간과 인간성을 왜곡, 억압하고 속박하는 모든 사상과 제도와 조선과 세력에서 인간을 해방하고 인간성을 옹호·발전시켜서 인간성을 완성하려는 것이다. 그러므로 휴머니즘은 인간 긍정의 사상, 인간 신뢰의 태도, 인간 해방의 노력, 인간 옹호

---

126) 휴머니즘은 인문주의, 인본주의, 인간주의 등으로 여러 용어로 해석될 수 있는 多義的 개념이다.

의 운동, 인간존중의 정신이고 인간존엄의 이념이라고 할 수 있다.

가. 이데올로기를 초월한 인본주의 정신

전쟁의 체험과 전후의식 등 일련의 전쟁 상황과 밀접하게 관련되어 있는 한국의 전후소설은 이데올로기의 배타성에 대한 휴머니즘의 고 양화로서 그 주요성격이 규정된다. 이는 궁극적으로 한국전쟁의 특수 성이 이데올로기가 파생시킨 분극화에서 비롯되었으며 또 이에 의해 서 남북의 갈등이 심화되었다는 사실과 깊이 연관된다. 그래서 전후소 설은 이데올로기의 고발 및 인간성을 옹호하려는 휴머니즘을 증대시 켰다.[127]

황순원의 문학은 인간의 정신적 아름다움과 순수성, 인간의 고귀함 과 존엄성을 존중하는 바탕 위에서 출발했고 이를 흔들림 없이 끝까지 지켰다.[128] 황순원의 문학을 관류하고 있는 공통된 주제의식은 바로 생명존엄사상, 모성의 절대성, 그리고 인간구원으로서의 사랑이라고 파악할 수 있다. 이러한 주제의식이 작가 황순원이 생명주의, 인도주 의, 자유주의, 영원주의를 향해 나아가고 있음을 확인할 수 있게 해 준 다.[129] 한 마디로 황순원의 소설 속에는 인본주의가 일관되게 흐르고 있다는 것이다.

황순원은 한국전쟁을 겪으면서 전란의 상흔과 모순에 맞선 인간애와 인간중심주의 작품을 많이 창작하였다. 단편집『곡예사』(1952.6),「학」 (1956.12),「잃어 버린 사람들」(1958),「너와 나만의 시간」(1964), 중편「내

---

127) 이재선,「전쟁체험과 50년대 소설」,『현대문학』통권 409호(1989.1), 269~270쪽.

128) 김종회,「전란의 시대와 황순원 소설의 인본주의」,『한국현대문학연구』제14 집, 2003.

129) 장현숙,『황순원문학연구』, 시와시학사, 1994, 12쪽.

일」(1956.12), 그리고 장편 「카인의 후예」(1954.12), 「인간접목」(1957.10) 등은 모두 전후에 발표된 작품들이다. 작품을 통해 드러나는 전쟁의 상처들은 장편 「나무들 비탈에 서다」를 기점으로 서서히 극복되며, 이후 발표된 작품에서 황순원은 보다 깊이 있고 폭넓게 인간 실존의 문제에 주목하기 시작한다.

작품 「곡예사」, 「목숨」, 「메리 크리스마스」, 「어둠속에 찍힌 판화」 등 전후소설에서 그는 생존의 위기와 손상된 삶 속에서 감당해야 했던 분노의 감정을 전쟁규탄과 인간존중의 사상에 접맥시키면서 휴머니즘을 고양시키고 있다. 황순원의 '인간 옹호와 구제'의 문학정신은 전후 시기에 그 역량을 최대한 발휘하며 폭넓은 확산을 나타내고 있다. 인간 옹호와 인간성 회복 및 구제는 황순원 전후문학의 본질이자 가장 큰 성과이다.

황순원은 식민지 말기와 해방공간, 그리고 전후 현실 등 한국현대사의 격동기를 배경으로 하면서도 생경한 이념이나 어설픈 사상의 실천보다 의도적으로 인간의 정신적인 측면을 더욱 부각시키고 비판한다. 작가는 어느 때, 어떠한 경우에도 지켜야 하는 것이 인간의 존엄성임을 작품들을 통해서 지속적으로 보여주는데 황순원 문학의 미덕은 바로 이 같은 점에 있다고 하겠다.

단편소설 「鶴」은 전쟁이 아무리 파괴적인 힘을 발휘한다 해도 근원적 삶의 원형은 변질시킬 수 없다는 작가의 신념130)을 장 반영한 작품이다. 호송 도중 두 사람에게 드리운 비극의 허울이 점차 벗겨져 나가고 결국 그들은 동심으로 돌아가 어린 시절 즐겨하던 학사냥을 통해 갈등에서 화해로 극복되는 모습을 보여주었다. 이렇게 미움을 넘어서서 포승을 푼다는 것은 이념의 속박된 상황으로부터 인간애 차원으로의

---

130) 최예열, 「현국진후소실에 나타난 현실인식 연구」, 대전대학교 박사논문, 1999, 128쪽.

회복을 뜻한다. 이 작품은 평화스러운 삶의 진행을 해친 이념과 전쟁, 그 분열 및 파괴상의 폐해를 강하게 비판하면서 이를 극복하고자 하는 염원이 '동심으로의 회귀'라는 치유방법을 제시한 것이다. 이처럼「학」에서는 동족상잔이라는 민족적 비극 속에서도 순수한 우정을 통하여 이념을 초월하여 인간애를 서정적으로 승화시키고 있다.

「학」에서 이데올로기의 갈등상황을 우정과 생명사랑의 정신, 즉 휴머니즘으로 극복하려는 작가의 현실 극복의지가 단편「盲啞院에서」(1953.6),「筆墨장수」(1955.4) 등을 통하여 지속적으로 보여주고 있다. 「盲啞院에서」와「筆墨장수」는 전쟁의 상처와 현실의 고통을 따뜻한 인간애 혹은 모성의식으로 극복하고 있는 작품으로, 전쟁이 야기한 어두운 현실 속에서나마 절망하지 않고 극복해 나아가고자 하는 작가의 식이 반영되어 있다고 본다. 그리고 장편「나무들 비탈에 서다」는 전생의 상처가 전쟁 상황과 전후현실에 지속적으로 나타나고 있음을 뚜렷이 증언하고 있다. 그렇게 엄청난 무게를 지닌 한 시대의 문제를 해결하려는 역사의식은 인간의 순수한 본질에서, 다시 말하면 휴머니즘적 인간의식에서 방법을 구한다.

단편「모든 榮光은」(1958.5)은 전쟁 상황 하에서 이념의 갈등이 빚어낸 삶의 아픔과 상처를 생명존중사상과 사랑으로써 치유하고 있는 작품이다. 황순원의 작품 중에서 드물게 작가의 인품과 생활을 직접적으로 들여다 볼 수 있는 이 작품은 작중화자인 '나'와 사내와의 사이에서 빚어지는 감정의 대립과 끌림 그리고 친숙의 단계를 거치면서 휴머니티를 보여주고 있다.

사내는 한국전쟁의 참상 속에서 빚어진 밀고와 보복의 아픔으로 고통스러워하는 인물이다. 그는 같은 학교에서 근무했던 동료의 밀고로 인민군 치하의 내무서원에게 잡혀 유치장에 갇히고 만다. 산욕열로 앓던 아내와 갓난아이가 돌보아주는 이 없이 죽어 있었다는 말을 이웃사람에게서 전해 듣고 그는 분노한다. 그 다음에 그를 밀고한 동료를 찾아 나선다. 그리고 1.4후퇴 당시 남하하기 위해 부둣가로 나가는 길에서 그를 밀고한 동료의 뒤통수를 발견하고 파출소 순경한테 달려가 "그 자의 뒤통수를 똑바루" 가리킨다. 그 동료가 사회주의 사상에 공명을 했는지 일시적 보신책이었는지는 모르나, 분명 사내는 그 동료로 인하여 아내와 자식을 잃는 피해를 입은 것이다. 그래서 사내는 이 일에 대해 조금도 양심의 가책을 느끼지 않고 오히려 응당 해야 할 일을 했다고 생각한다. 그런데 휴전협정 후 인천으로 돌아와 학교에서 일을 보고 있을 때 1.4후퇴 때 밀고한 동료의 부인이 찾아온다. 남편이 1.4후퇴 때 집을 나간 채 영 돌아오지 않는다고 말한다. 이 말을 듣고 사내는 약간 놀란다. 그는 그 동료가 풀려났거나 기껏해야 지금 감옥살이를 하고 있을 줄로만 알았던 것이다. 그것이 1.4후퇴 때 그가 즉결 처분을 받았음에 틀림없다는 생각이 들지만 "내가 맛 본 쓰라림을 너희들두 맛봐야 한다."고 생각한다. 사내는 그 여자에게 "그런 일을 학교에서 알 리가 없다"고 해버리면서 여전히 냉소적 태도를 보인다.

그런데 사내가 동료에 대해 가지고 있던 미움의 감정은 동료 아들의 뒤통수가 동료의 뒤통수와 똑 같이 닮아 있음을 보면서 사그러지고 만다. 이러한 심리의 변화는 바로 사내의 내면 속에 내재해 있는 생명존중사상에서 기인함을 발견할 수 있다. 곧 사내애의 뒤통수를 통해 그의 휴머니티가 회복되는 것이다. 이 작품 속에서 순진무구한 아이의 모습은 미움과 증오로 얽혀있는 어른들의 내면세계를 화해시키는 동인이 되고 있다.

사내는 배다리시장으로 달려가 동료부인에게 남편 이야기를 해 준다. 그리고 "눈 앞에 쓰러진 세 사람의 무게보다두 더 큰 것이 제 가슴에 와 실리는 것"을 느끼며 그들을 데리고 서울로 올라와 생활을 한다. 그것은 자신의 행위에 대한 자책과 함께 그들을 부양해야만 한다는 책임의식을 느꼈기 때문이다. 그런데 자책을 통해 스스로를 괴롭히려는 그의 자학행위가 세월이 지날수록 엷어지면서 이제 와선 또 다른 뜻에서 헤어져 살 수가 없게 되었다고 작중화자인 '나'에게 고백하며 사내는 괴로워한다. 즉 사내에게 있어서 그들은 더 이상 자기 자신을 자학하기 위한 대상이 아니라 사랑의 대상으로 자리 잡게 된 것이다.

사내의 갈등과 고통을 보며 작가의 분신이라 할 수 있는 작중화자인 '나'는 "노형, 나같으면 결혼을 해버리구 말겠수"라고 말한다. 그리하여 함박눈이 내리는 날, 작중화자인 '나'는 사내를 격려해 그의 집까지 바래다준다.

이 작품에서 '눈(snow)'의 이미지는 이데올로기의 갈등을 해소하고 사랑을 완성시켜주는 배경적 역할을 담당한다. '눈'의 이미지는 화평과 정화(淨化)의 축복을 표상하며 지상위의 모든 더러움과 악과 미움과 이데올로기의 갈등을 덮어버리고 사랑의 세계로 순환시키는 화해의 이미지로 표상된다. 이 작품은 이념의 갈등과 전쟁의 아픔을 사랑으로써 초극해 내고 있는 사내의 모습을 통하여 휴머니즘의 승리를 보여주고 있다. 모든 영광이 술에게, 눈에게, 착한 사내에게 돌아가기를 축복하는 작가의식 또는 이념의 갈등을 극복하고 사랑으로써 전쟁의 상처와 아픔을 치유하려 한데에 놓여 있음을 살펴볼 수 있다.

특히 이 작품은 전쟁의 상처와 아픔, 그리고 이데올로기의 갈등을 화해와 사랑으로 포용하고 있다는 점에서, 또 미적 형상화에 성공하고 있다는 점에서 황순원의 대표적 작품이라 볼 수 있으며, 소설사에서도 중요하게 언급되어져야 할 작품이라고 본다.

단편 「가랑비」(1961.3)도 순진무구한 어린 아이들을 통하여 어른들

의 휴머니티는 회복되는 것이다. 이처럼 한국전쟁으로 인한 이념의 대
립과 갈등을 우정과 사랑과 생명존엄사상과 인간애로써 극복하고자
하는 작가의 지향성은 단편 「鶴」(1953), 「모든 榮光은」(1956), 그리고
「가랑비」(1961) 등을 통하여 지속적으로 보여주고 있다.

황순원의 장편소설에서는 인간성이나 인간존재에 대하여 집중적으
로 觀照하였다. 장편소설 「카인의 後裔」는 해방 후 북한의 토지개혁을
배경으로 인간성이 변모되는 과정을 다루고 있는 작품이다. 동시에 자
유와 생명과 사랑을 통한 인본주의를 추구한 작품이다. 이 소설에서 작
가의 궁극적인 관심은 토지개혁이라는 사회 역사적 사건보다는 이 과
정에서 드러나는 인간성의 문제에 관심의 초점이 놓여 있다고 할 수 있
다. 작가가 이 소설의 제목을 「카인의 後裔」라고 붙인 것은 그의 인간
성 탐구에 대한 관심의 정도를 보여주는 예라 할 수 있다. 소설의 제목
에 나타난 ‘카인’은 구약성서에 나오는 인물로서 질투심 때문에 동생
을 살해한 인물이다. 그가 굳이 이러한 인물을 제목에 빌려 쓴 것은 의
도하는 바가 있기 때문일 것이다. 이 작품은 사회주의적 토지개혁의 과
정에서 벌어지는 공동체적 인간관계의 파괴 양상을 다루고 있는데 작
가는 그 양상을 ‘카인’이 동생 ‘아벨’을 살해하는 것과 같은 인간성 파
괴의 모습으로 바라보았다. 따라서 제목에 사용된 ‘카인’은 형제까지
도 살해할 수 있는 인간성의 타락양상을 상징하는 것이며 이는 작가가
특정한 역사적 사건보다는 보편적 인간성의 문제에 더 관심을 가지고
있었음을 말해준다. 황순원은 이 소설을 통해 특정한 역사적 사건이나
사회 체제의 변화를 그려내기보다는 궁극적으로 인간관계의 문제나
인간성의 문제를 추구하였으며 더 나아가 현실의 이해(利害) 관계에도
불구하고 굴절되지 않는 인간상을 제시하여 인간 구원의 가능성과 방

법을 모색하고 있다.

장편소설 「人間接木」(1955)은 황순원이 한국전쟁을 겪은 후에 쓴 작품으로 전쟁고아들의 폐허화된 삶을 보여주고 당시의 암담하고 절망적이고 피폐했던 사회상을 드러내고 있다. 그러한 현실의 책임이 청소년 스스로에게 있는 것이 아니라 그 시대적, 사회적 일체의 상황에서 비롯된 것임을 강력하게 시사해 주고 있으며 인간 사랑을 통한 구원의 가능성을 제시했다. 즉, 한국전쟁이라는 민족적 비극을 겪은 참상과 극복 과정을 문제 삼고 있는 작품으로써 작가의 폭넓은 관점과 휴머니즘 정신이 돋보인다.

한국전쟁 때 포탄으로 팔에 부상을 입고 제대한 의무 장교 최종호는 은사의 소개로 고아원인 갱생소년원에 근무하게 되었다. 원장 한 씨를 비롯한 홍집사(경리), 목사 등은 오히려 고아들을 학대하고 치부만 일삼는다. 대부분이 전쟁고아인 아이들을 최종호는 인간적인 애정으로 선도하려고 온갖 정성을 다한다. 그러나 바깥 거리의 왕초는 어른들을 매수하여 친족으로 가장시켜 고아들을 하나 둘씩 빼내고, 원장 한씨는 미군 사령부 시찰을 계기로 원조를 더 받기 위해 경찰과 밀약하여 거리의 아이들을 강제로 붙잡아 수용시킨다. 이런 일에 최종호는 더욱 울분을 느끼고 고아들의 마음도 동요한다. 고아 중의 김백석 이라는 아이는 종로 3가 매음굴에 있는 누이를 알게 되고 최종호는 그들을 만나게 해주며, 앓고 있는 누이를 입원시키나 곧 자살하고 만다. 그런 뒤범벅 속에 마침 최종호가 출타한 사이에 왕초의 유인에 걸려든 아이들이 탈출하려고 하다가 최종호의 설득과 권유로 중지된다. 이런 일이 반복되던 중 마침내 짱구대가리라는 원아가 왕초에게 칼질을 당해 죽는다. 이에 최종호는 의욕을 잃었으며, 고아원의 아이들은 다만 '눈 같이 하얀 날개(천사의 날개)'보다 더 흰 것을 꿈꾸며 끝난다.

  이 소설은 전쟁 후의 고아들의 이야기를 다루는 무거운 내용을 황순원 특유의 낙관주의로 풀어내고 있다.

> "애들이 다 흩어진 뒤에도 종호는 잠시 그 자리에 서 있었다. 잊지 못할 따뜻한 감촉이 목줄기를 짜릿하게 하는 것이었다. 지금 이 애들은 때가 낀 거울과 마찬가지인 것이다. 닦기만 하면 안쪽은 성한 거울일 것이다."

  싸움터에서 오른팔을 잃고 캄캄한 절망 속에 빠졌다가 새로운 희망을 안고 소년원을 찾아온 「人間接木」의 주인공 종호는 거기에 잡초처럼 모여 있는 전쟁고아들의 모습을 보면서 이상과 같은 생각을 한다. 비록 겉보기는 잡초일지 몰라도 알맹이는 실상 맑은 거울과 같다는 것이다. 그들의 마음속에는 천사가 자리 잡고 있다는 것이다. 닦아주기만 하면 그들의 마음은 언제나 유리알처럼 맑을 수 있다는 것이다. 소설 속 인물 종호의 이러한 자세에서 우리는 다름 아닌 작가 자신의 인간에 대한 자세의 반영을 볼 수 있다.

  장편소설 「人間接木」은 전쟁에 대한 작가의 뜨거운 분노를 바탕에 깔고 여기에서 한 걸음 더 나아가 인간 회복에의 가능성을 충분히 확보하였을 뿐만 아니라 미래에 대한 현실적 대안의 모색을 함께 마련하고 있는 셈이다. 「人間接木」에서는 전후의 일반적인 정서인 허무와 불안에 침윤되지 않고 건강한 삶에의 지향을 지켜낸 작가의식이 발로된다.

  전후시기에 많은 작가들은 인간성의 파탄과 공동체적 삶의 붕괴를 경험하게 되면서 이를 문학작품으로 재현할 수 있게 되었다. 황순원의 전후소설들은 전쟁의 혼란과 상처를 극복하기 위한 노력과 정신을 보여주고 있기 때문에 다른 전후소설들과 여러 공통점을 갖고 있지만 또한 그 소설들과는 차별되는 상이성도 발견된다. 이는 전후의 정신적 황폐함과 상실감, 소외 등을 타개하기 위한 치열한 주제의식으로 나타나고 있다. 그의 전후소설에서 드러나는 주제의식은 한국전쟁의 아픔과 상흔을 인간 문제나 인간의 존재 양식 등과 결합함으로써 인간성의 왜곡과 상처를 치유하고자 하는 강력한 정신적 작용으로 드러난다.

나. 인간성 억압을 극복한 사회주의 휴머니즘

1970년대 후반에서 1980년대 초까지 중국 사상계·문예계의 가장 중심적인 테마 중의 하나는 인간과 휴머니즘이었다. 新時期 소설은 문화대혁명에 의해 철저하게 도외시되었던 인간의 생명에 대한 무조건적인 존중과 인간의 개체성에 대한 인정이라는 문제를 중심적인 과제로 삼았다. 왜냐하면 10억 인구의 인간성을 거의 벼랑 끝으로까지 몰고 갔던 공포의 역사, 이념과 현실의 극단적 괴리라는 수수께끼는 이성적 사유로서는 풀리지 않는 문제이기 때문이다. 뿐만 아니라 신시기에 들어서 중국문단에서 인간성에 관한 논쟁도 벌어진 적이 있었다.

1978년 중국공산당 11기 3중전회(三中全會)에서 덩샤오핑(鄧小平)은 '역사적인 노선전환'과 함께 '사상해방' 운동을 선언한다. 이에 1979년부터 휴머니즘과 소외에 관한 글들이 속속 발표되기 시작된다. 초기 논의에서는 주로 휴머니즘과 마르크스주의와의 관계가 쟁점으로 부각된다. 이 시기 휴머니즘 논의에서 비교적 주목의 대상이 되는 사람은 왕루어쉐이(王若水)와 저우양(周揚)이다. 왕루어쉐이는 1980~1983년에 「인간은 마르크스주의의 출발점이다(人是馬克思主義的出發點)」, 「소외문제를 논함(談談異化問題)」, 「문예와 인간소외의 문제(文藝與人的異化)」, 「휴머니즘을 위한 변호(爲人道主義辯護)」 등 휴머니즘에 관한 일련의 글들을 계속해서 발표하면서 휴머니즘 논의에서 주도적인 역할을 담당한다. 저우양은「마르크스주의의 몇 가지 이론 문제에 관한 탐구(關與馬克思主義的幾個理論問題 的探討)」131)에서 '인간은 사회주의 물질문명과 정신문명건설의 목적'이며 '마르크스주의는 휴머니즘을 포함하고 있고 그것이 곧 마르크스주의 휴머니즘이다' 라는 견해를 피력한다.

그러나 1983년 8월 중국공산당 주최로 전국규모의 '사상전선에서의 문제에 관한 좌담회'가 개최되고 여기에서 '이론계와 문예계에서 나타난 자산계급 자유화경향'이 지적, 비판되었다. 이어 1983년 10월에 중국공산당은 12기 2중전회(2中全會)를 열어서 '정신오염 반대(反對精神汚染)'결정을 내리고 덩샤오핑은 이 회의에서 '마르크스주의의 이탈 경향에 대해 경고'하면서 휴머니즘론에 이념적 혐의를 거는「강화(講話)」를 발표한다. 덩샤오핑은 이 강화에서 휴머니즘론과 소외론을 말하는 이들의 관심이 '자본주의를 비판하는데 있지 않고 사회주의를 비판하는데 있다'고 지적한다. 휴미니즘론에 대한 중국공산당과 덩샤오핑의 비판 이후 각종 신문지상에는 휴머니즘을 비판하는 글들이 앞 다투어 게재된다. 이처럼 비판이 대세를 이룬 상황 속에서 1984년 1월에 후챠오무(胡喬木)는 중국중앙당교(黨校)에서 발표한「휴머니즘과 소외 문제에 관하여(關於人道主義和異化問題)」를 통하여 1980년대 초기 휴머니즘 논의는 그 막을 내리게 된다.

왕루이쉐이와 후챠오무의 입장의 차이는 '마르크스주의 휴머니즘'과 '사회주의 휴머니즘'이라는 용어 및 그 개념 규정에서 나타난다. 왕은 주로 마르크스주의 휴머니즘이라는 용어를 사용하는데 이것은 역사적인 휴머니즘과의 계승관계를 나타내 주는 '휴머니즘'과 그것과의

---

131)『人民日報』, 1983.3.

본질적 차이를 나타내 주는 '마르크스주의'의 결합을 의미하는 것이다. 다시 말하면 지금까지 역사적으로 보존되어온 보편적 가치로서의 휴머니즘과 이데올로기적 정체성을 분명하게 나타내 주는 마르크스주의 양자의 결합인 것이다. 그러나 후챠오무는 마르크스주의 휴머니즘이라는 용어가 개념상의 혼란을 야기하기 쉽다고 지적하면서 마르크스주의 휴머니즘을 대신해시 사회주의 휴머니즘의 명칭을 사용할 것을 제안한다. 그리고 이 사회주의 휴머니즘 안에는 왕루어쉐이의 마르크스주의 휴머니즘 속에 내포되어 있던 체제 비판적 성격은 배제된다.

그리고 사회주의 사회에도 인간 소외가 존재하는가, 사회주의 사회의 부정적인 현상을 '소외'로 해석하는 것이 타당한가 하는 문제에 관해서도 왕루어쉐이와 후챠오무는 서로 다른 입장을 드러낸다. 중국의 논의에서 '소외'는 '이화(異化)'로 번역되었는데, 이것은 이질화나 낯설게 됨의 의미를 담고 있다. 후챠오무는 마르크스가 사용한 소외 개념은 특정한 역사적 시기의 특정한 현상－자본주의 사회에서의 현상을 설명하기 위해서만 사용한 것이고 소외를 결코 보편적이고 영구적인 법칙으로 볼 수 없다고 주장한다. 만약 소외의 개념으로 사회주의의 사회관계를 분석하고, 사회주의의 부정적인 현상들을 모조리 소외의 공식 속으로 귀납시킨다면 그것은 사회주의 제도 자체에 대해 파괴적인 영향을 가져올 것이라고 경고한다.

왕루어쉐이는 사회주의 사회에서도 소외가 존재한다고 주장하면서 중국의 역사적 경험 속에서 나타난 소외의 구체적인 양상을 사상적·정치적·경제적 소외로 개괄한다. 사상적 소외란 개인숭배와 교조주의로 표현된 소외로, 토양과 산물, 어머니와 자식의 비유 속에서 토양이요 어머니라 할 인민에 대해, 산물이요 자식이라 할 당과 수령이 지배적이 힘이 되어 '봉건적인 충(忠)'을 강요하는 전도된 관계를 일컫는다. 정치적인 소외도 근본적으로 사상적 소외와 유사하다. 사회의 공복 (公僕)이어야 마땅한 국가기관이 사회의 주인, 인민의 나리로 변질되어 권력을 독점하고, 당이 인민을 이탈하고 노동계급과 대립되는, 노동계 급을 배타하는 힘이 되어 버린 상황이 왕루어쉐이가 지적하는 정치적 소외이다. 경제적 소외란 당이 경제법칙을 무시하고 경제정책을 수립 해서 결과적으로 인민의 생활에 해를 끼친 것을 말한다.

신시기문학은 진정한 人性을 구현하고 있는 인물의 창조와 그러한 인물의 삶, 그리고 그러한 것들을 억압하고 있는 이데올로기에 대하여 문학적으로 형상화하였다. 예를 들어 상흔소설과 반사소설이 보여주 고자 했던 아픈 상처와 반성의 대상은 상처받은 人性이자 인간성을 억 압하는 것들을 폭로하는 것이며, 그를 통한 진정한 人性의 구현을 목적 으로 하고 있다.

1976년 '사인방(四人邦)'이 물러나고 1978년 12월에 3중전회(三中 全會)에서 문화대혁명의 종결이 정치적으로 처리되었고, 1977년 劉心 武의 단편소설 「담임선생(班主任)」과 1978년 루신화(盧新華)의 「상흔 (傷痕)」의 발표로부터 진정한 신시기 문학이 시작되었다. 신시기문학 은 인간의 삶과 그 삶의 구성 주체인 인간에 대해서 본격적으로 다루기 시작했다.

　"문화대혁명 이전 17년 동안 우리는 휴머니즘과 人性 문제에
　대한 연구 그리고 문예작품에 관한 평가가 평탄한 길을 걸어오
　지는 않았다. 이것은 당시의 국제정세 변화와 관계를 가지고
　있다. 그 때 인성 및 휴머니즘은 비판의 대상이었으며, 과학적
　인 연구와 토론의 대상으로 삼지 못했다. 오랜 기간 동안 우리

는 줄곧 휴머니즘을 수정주의로 간주하고 비판했으며, 휴머니
즘과 마르크스주의는 서로 용납할 수 없는 것으로 여겼다. 이
러한 비판은 일면적인 것이었으며, 심지어는 잘못된 것도 있었
다.”132)

신시기에 제창되고 있는 인간상은 과거에 비판한 부르조아적 인간
성과 구별하기 위하여 ‘사회주의 휴머니즘’이라는 새로운 용어를 만들
어서 사용한다. 그 의미는 문화대혁명에 대한 철저한 부정일뿐만 아니
라 사회주의 건설을 위한 적극적 요소로서 인간을 회복시키자는데 있
다.133) 이는 신시기문학의 두드러진 특징 중의 하나이며, 소외된 인간
의 능동성을 회복시키고 사회발전을 위해 ‘인간적 요소’들을 적극적으
로 추동시켜내는 문학의 역할을 강조한 것이다.

新時期소설은 문화대혁명에서 인간성이 억압된 상황을 고발하면서
사회주의 휴머니즘을 적극적으로 회복시켰다. 왕멍(王蒙)의 소설 「볼
세비키의 경례(布禮)」와 「나비(蝴蝶)」에서는 文化大革命 때 인간의 존
재와 인간성을 억압한 정치 이데올로기에 대해서 많은 사색과 반성을

---

132) “在‘文化大革命’前的十七年, 我們對人道主義與人性問題的研究, 以及對有關文
藝作品的評價, 曾經走過一些彎路. 這和當時的國際形勢的變化有關。那個時候,
人性、人道主義, 往往作爲批判的物件, 而不能作爲科學研究和討論的物件, 在一
個很長的時間內, 我們一直把人道主義一槪當做修正主義批判, 認爲人道主義與
馬克思主義絶對不相容, 這種批判有很大片面性, 有些甚至是錯誤的.”
周揚, <關於馬克思主義的幾個理論問題的探討>, ≪人民日報≫1983年3月16日.

133) 왕루어쉐어(王岳水)는 신시기의 사회주의 휴머니즘이 갖는 의미를
1) 문화대혁명의 비인간성을 배격하고 인간의 자유와 인격의 존엄을 강조한다.
2) 인간의 가치를 봉건적 등급제도나 인간을 도구화 시키는 모든 관념을 배격
한다.
3) 인간의 가치를 부정하는 관료주의와 개인주의를 부정하고 인간을 목적으로
대한다.
4) 사회주의 건설에서의 인간적 요소를 중시하며 노동인민의 주인 정신과 창조
성을 발양시켜 인간의 전면적 발전을 꾀한다 라고 정리하고 있다.
王岳水, <爲人道主義辯護>, ≪文滙報≫ 1983년 1월 17일.

하였다. 그 결과로 작가는 극좌적인 사회주의 이데올로기에 대해서 환멸을 느끼면서 이데올로기에 의해 업악된 인간성을 적나라하게 묘사하였다.

소설『볼세비키의 경례(布禮)』에서 주인공 鍾亦成은 革命과 共産黨, 共産主義를 자신의 최고 이상을 간주한 인물이었다.

> "그러나 나는 黨을 신뢰한다! 우리의 위대하고 영광스러우며 정확한 黨이여! 黨은 얼마나 많은 사람들의 눈물을 닦아주고, 어떻게 앞날을 개척해 주었던거! 黨이 없었다면 나는 죽음의 문턱에서 몸부림치는 가련한 벌레에 불과할 뿐이었다. 그러나 黨은 나를 땅위에 우뚝선 共産黨員, 革命幹部로 만들어 주었다."134)

이처럼 주인공 중이청(鐘亦成)는 共産主義 신앙을 품고 철저히 볼세비키화 된 인물이다. 그러다가 1957년에 그가 兒童畵報에 발표한「겨울 밀의 독백(冬小麥自述)」라는 짤막한 동시(童詩)를 반당·반사회주의(反黨·反社會主義)적인 詩라고 비판 받았다. '右派分子'로 규정된 그는 가혹한 심문을 받으면서도 공산당(共産黨)에 대한 신념은 흔들리지 않았다.

자기의 공산주의 理想과 信念이 현실 앞에서 좌절되자 그는 상처 받은 자아와 현실 상황을 극복하고자 끊임없이 노력하였지만 그럴수록 더욱 절망적인 상태로 빠지게 되었다. 그리하여 그는 점차 이데올로기의 허무를 느끼면서 자기와 현실을 반성하기 시작했다.

---

134) "但是, 我相信黨! 我們的偉大的, 光榮的, 正確的黨! 黨, 擦幹了多少人的眼淚, 開辟了怎樣的前程! 沒有黨, 我不遇是一個在死亡線上掙扎的可憐蟲, 是黨把我造就成了頂天立地的共産黨員, 革命幹部……"
王蒙, ≪布禮≫, 人民文學出版社, 2002, 28쪽.

"진정한 共産黨員이든지, 아니면 黨 내에 있는 資産階級이든
지, 비판을 하든지, 아니면 비판을 받든디, 8.18이든지, 아니면
4.5이든지를 막론하고, 모두 헛소리이고, 헛수고이며, 한 차례
헛 된……"135)

"그렇다면 도대체 무엇이 진실한 것입니까? 도대체 무엇이
당신을 이끌고 있는 겁니까? 무엇이 당신을 죽지 않고 살아가
게 하는 겁니까?
"사랑, 젊음, 자유, 내 자신에게 속한 것 이외에 나는 아무것
도 믿지 않습니다."136)

자기가 굳게 믿었던 신앙과 이데올로기를 부정하고 정신적 위기에
봉착해 있는 중이청(鐘亦成)는 극도의 허무감에 사로 집히게 되고 정신
분열 상태에 빠지게 되었다. 결국 오랜 동안의 비판투쟁에서 자기가 스
스로 우파분자이자, 적이고 범죄자이며, 늑대이자 악귀라고 고백한다.
늘 자기에 대한 비판이 가해질 때마다 그는 마치 旁觀者처럼 한편에 서
서 냉혹하게 자아비판을 한다.

"나는 불순분자이다! 나는 적이다!
나는 반역자이다! 나는 범죄자이다! 나는 악질이다! 나는 무
자비한 자이다!
나는 악귀이다! 나는 黃世仁의 형제이고, 모 仁智의 사촌이
며, 트루먼, 트리스, 蔣介石, 陳立夫의 별동대이다. 아니, 나는

---

135) "也不論是眞正的共産黨員還是黨內資産階級, 不論是整人還是挨整的, 不論八·
一八還是四·五全是胡扯, 全是瞎掰, 全是一場空……"
王蒙, ≪布禮≫, 人民文學出版社, 2002, 40쪽.

136) "那么, 究竟還有什么眞實的東西呢?究竟是什么東西牽動你, 使你不顧意死而顧
意活下去呢？" "愛情, 靑春, 自由, 除了屬于我自己的, 我什么都不相信."
王蒙, ≪布禮≫, 人民文學出版社, 2002, 27쪽.

사실 美帝와 蔣介石의 첩자도 할 수 없는 악질적인 역할을 하
였다. 내가 모든 걸 도맡았다.
　나는 총살당해야 하고 맞아 죽어야 하며 죽어서도 개똥이나
입속에 달라붙은 가래, 결핵균이 될 것이다.”137)

　이 작품은 중이청(鐘亦成)라는 지식인을 통하여 인간이 특수한 정치
환경에서 비인간적인 박해를 당할 때 어떻게 자아 부정 내지 자아 상
실, 다시 말해 자아 일탈을 가져오는가를 적나라하게 그리고 있다. 그
리고 이 작품에서 주인공 중이청(鐘亦成)를 숙청시켰던 魏氏 자신도 숙
청당했다. 이것은 文化大革命이라는 정치 이데올로기의 억압에 의해서
모든 사람은 피해자이면서 가해자라는 인간의 비극을 말해 준다.

　그리고 왕멍(王蒙)은 중편소설 「나비(蝴蝶)」에서 莊子의 꿈이라는
철학적 코드를 이용하여 주인공 張思遠의 30년 간 순탄치 않은 불우한
인생역정을 그려냄으로써, 자아 정체성을 찾아가고자 한다.
　만약 꿈 속에서 나비가 되지 않았다면, 죄수가 되어서, 세상과 두절
되어, 어떤 해석도 듣지 못하고, 심지어는 심판도 없고, 살아갈 방법도
없고, 살 수 없는 방법도 없고, 죽을 권리도 없었을 것이다. 자세히 한번
보니, 감옥은 결국 자신이 재임 시 지어놓은 것이고, 자기가 시찰했던
것이었다. 계급의 적을 가둬놓기 위해 만들어 놓은 것인데…… 그는 또
무엇을 생각할 것인가? 바로 이런 철과 같이 사람을 숨막히게 하는 꿈
도 깨었다. 138)

---

137) “我是‘分子’!我是敵人!我是叛徒!我是罪犯!我是丑類!我是豺狼!我是惡鬼!我是黃
　　世仁的兄弟·穆仁智的老表,　我是杜魯門·杜勒斯·蔣介石和陳立夫的別動隊.
　　不, 我實際上起著美蔣特務所起不了的惡劣作用. 我是中國的小納吉. 我應該槍
　　斃, 應該亂棍打死, 死了也是不齒於人類的狗屎, 成了一口粘痰, 一撮結核菌……”
　　王蒙, ＜布禮＞, ≪王蒙文集≫ 第3卷, 華藝出版社, 1993, 24~25쪽.
138) “如果夢中不是化爲蝴蝶, 而是化爲罪囚, 與世隔絶, 聽不到任何解釋, 甚至連審訊

주인공 張思遠이 자기가 지어놓은 감옥에 가두게 된 것은 그 시대 현
실에 대한 아이러니이다. 소설에서 왕멍은 사람이 죽을 권리조차 없는
非人적인 사회 현실을 적나라하게 폭로하였다.

> "그 날, 중요한 회의 도중에 그(張思遠)는 海雲의 전화를 받
> 았다. 어린 아이가 열이 높아서 매우 위험하다고 말했다. "나
> 지금 바빠!"라고 말한 후, 그는 전화를 끊었다. 그는 마치 海雲
> 의 울음소리를 듣는 것처럼 마음이 좀 떨렸고, 약간의 자책도
> 있었다. '회의가 끝난 다음에 집에 한번 가 보아야겠다'라고 그
> 는 혼잣말을 했다. …… 그날 회의는 새벽 1시 40분에 끝났다.
> …… 어린 아이, 그와 海雲의 첫 아이는 죽어버렸다."139)

共産黨과 社會主義 革命을 위하여 자신의 아이까지도 희생시키는 張
思遠의 이런 행동을 통하여, 작가는 階級鬪爭과 이데올로기가 얼마나
비인간적이고 파괴적인가를 적나라하게 그리고 있다.

> "청천벽력 같이, 1957년 反右派鬪爭 중에 海雲이 끌려 나왔
> 다. "나는 정말로 네가 이 정도까지 타락할 줄은 몰랐는데, 네
> 가 어떻게 그런 反黨적인 소설에 갈채를 보낼 수 있었지? 네가
> 누구지? 나는 누구고? 너 잊어 버렸니?" 그는 뒷짐을 지고 천천
> 히 왔다갔다하면서, 확고한 입장을 가지고 조금도 인정에 기울

都沒有, 沒有辦法生活, 又沒有辦法不活, 連死的權利都沒有. 再仔細一看, 監獄竟
是自己在任時監造的, 是自己視察過的, 用來關階級敵人的. …… 他又將想些什
麼呢?就是這樣的鐵一樣的令人窒息的夢也醒了."
王蒙, ≪蝴蝶≫, 人民文學出版社, 2002, 96쪽.

139) "那天, 在一個重要的會議上, 他接到了海雲的電話, 說是孩子發高燒, 很危險。
"我正忙啊！"他說, 電話掛上了, 他似乎聽見了海雲的哭泣, 他的心動了一下, 他
有點責備自己. '散了會我要回去一下.' 他對自己說…… 那一天開完會是深夜一
點四十分……孩子, 他和海雲的第一個孩子已經死了."
王蒙,≪蝴蝶≫, 人民文學出版社, 2002, 156~157쪽.

이지 않다."140)

"이 때 갑자기 한 소년이 올라왔다. 그가 눈을 들어 한번 슬쩍
보니, 맙소사, 冬冬이었다! 휙, 손을 휘둘러서 맨 처음에 그의
왼쪽 귀를 때렸는데, 이것은 정말 이를 갈면서 내리치는 모진
일격이었다. 혼미한 의식 중에, 그는 그를 때린 소년이－그가
바로 冬冬이다. 틀림없다! 마치 울부짖는 소리가 나는 듯 했다.
階級報復이다! 단지 階級鬪爭의 관점만이 이 모든 것을 설명할
수가 있다."141)

주인공 張思遠이 숙청되어 비판 받을 때 자기의 아들인 冬冬이 그를
때리는 장면이다. 이데올로기가 부자를 서로 반목시키고 심지어 아들
로 하여금 자기의 친 아버지를 때리게 한 것이다.

문화대혁명의 極左적인 이데올로기와 敎條主義로 인해 모든 분야에
서의 인간성이 파괴된 시기였다. 인간의 존엄성이 정치이념에 종속되
거나 희생되는 사회였다. 부모와 자식 간의 천륜마저도 이데올로기의
잣대 앞에서 부정·비판되어지는 인간사회의 가장 큰 불행이자 비극
이다.

신시기가 "대단히 포괄적이고 오랫동안 지속된 '문화혁명'이라는 중
대한 '좌파적' 오류"142)에 대한 비판에서 시작되었음은 주지의 사실이

---

140) "晴天霹靂. 在1957年的反右鬪爭中海雲被揪出來了. 我是在沒想到你會墮落到這
　　一步，你怎麼竟然去爲那些反黨小說喝彩?你是什麼人?我是什麼人?你忘記了嗎?
　　他背著手, 踱米踱去, 立場堅定, 鐵面無私."
　　王蒙, ≪蝴蝶≫, 人民文學出版社, 2002, 161쪽.

141) "就在這時候, 忽然沖上來一個少年, 他正好撩起眼皮偸看了一眼, 天呀, 冬冬!噢
　　地掄起了巴掌, 第一下打在他的左耳朵上, 這眞是咬牙切齒的狠狠的一擊……昏
　　迷中, 他聽到了那個打他的少年－他就是冬冬, 沒錯!好像哭出了聲, 階級報復!只
　　有用階級鬪爭的觀點才能說明這一切."
　　王蒙, ≪蝴蝶≫, 人民文學出版社, 2002, 161쪽.

142) 「건국 이래 당의 약간의 역사문제에 관한 결의(關與建國以來黨的若干歷史問題

다. 또 그 비판의 근거가 '문화혁명'이 초래한 인간성 상실에 있었음도
주지의 사실이다. 문화대혁명은 위에서부터 아래까지 중국사회 전체
의 모든 전통적이고 혁명적인 신념, 원칙, 표준 등을 모조리 파괴시켰
으며, 사람들은 사상, 심리 및 생활의 각 방면에서 더할 나위없는 고통
과 손상을 당하였다. 그러므로 인간의 가치, 인간의 존엄, 人性의 회복,
人道主義는 新時期의 강력한 목소리이었고, 이것은 문학에서 가장 두
드러지게 표현되었다.[143] '신시기 문학작품의 의미는 공전의 열기로
人性·人情과 人道主義를 소리쳐 부르고 인간의 존엄과 가치를 외치
는 데에 있다.'[144]

　　그러나 1983년 말부터 중국에서 이러한 문학의 人道主義 사조[145]를
사회주의 제도에 대한 중대한 침해라고 규정하여[146] '思想汚染 제거'
(淸除精神汚染)운동이 벌어졌다. 이어서 1986년 1월에 "四項基本原則
(사회주의 노선, 무산계급 독재, 공산당의 영도, 마르크스·레닌·모
택동 사상)"을 고수하고, 資産階級의 自由化를 반대한다는 '反 自由化'
운동을 일으켰다. 이런 운동의 영향으로 왕멍의 「볼세비키의 경례(布
禮)」,「들풀의 마음(悠悠寸草心)」과 「몰려드는 유세객들(說客盈門)」 등
신시기 소설 작품들이 비판을 받게 되었다.[147] 결국 그 동안 인간의 존
엄 및 가치에 입각한 인도주의적 문학작품들이 홀연히 침잠해 버렸다.

的決議)」, ≪北京日報≫, 1981年 7月 6日.

143) 李澤厚, ≪中國現代思潮史論≫, 安徽文藝出版社, 1994, 201쪽.

144) 劉再復, <大陸新時期文學的基本動向>, ≪中國論壇≫, 1988.5, 26쪽.

145) 신시기 들어 인간에 대한 새로운 인식은 毛澤東사상이 담고 있는 계급적 인간
　　이해의 한계를 지적하고 인간의 '자연 본성'까지도 포함하는 인류의 보편적 人
　　性을 회복하려는 것이다.

146) <建設精神文明, 反對精神汚染>, ≪人民日報≫1983年 11月 16日.

147) 심미자, 「中國 新時期文學의 변천」, 1990, 29~30쪽.

이상에서 보는바와 같이 황순원 전후소설의 공통된 주제의식은 바로 인간 긍정의 사상, 인간존중의 정신, 인간 시뢰의 태도, 인간 옹호의 이념과 인간 구원의 노력이라고 파악할 수 있다. 그의 소설에서는 이데올로기의 갈등상황을 우정과 생명사랑의 정신, 즉 휴머니즘으로 극복하려는 작가의 현실 극복의지가 지속적으로 보여주고 있다.

중국 新時期소설은 문화대혁명에 의해 철저하게 도외시되었던 인간의 생명에 대한 무조건적인 존중과 인간의 개체성에 대한 인정이라는 문제를 중심적인 과제로 삼았다. 인간의 가치, 인간의 존엄, 人性의 회복, 人道主義는 新時期의 강력한 목소리이었다. 왕멍의 新時期소설은 문화대혁명에서 인간성이 억압된 상황을 고발하면서 사회주의 휴머니즘을 적극적으로 회복시켰다.

4. 인간 내면세계에 대한 관조 및 탐구

한국전쟁과 문화대혁명이라는 특이한 역사적 상황 속에서 한·중 양 국민들이 당한 정신적 시련과 상처를 다루기 위해서는 리얼리즘적 수법으로는 미묘하게 얽혀있는 인간 정신의 섬세함을 표현하는데 한계가 있었다. 그러므로 인간의 내면적 감각에 의해서 세계를 바라보고 포착하는 모더니즘은 한국전쟁 및 중국 문화대혁명이 지난 후의 시대적 배경과 사람들의 정신 상태와 맞아 떨어져서 1930년대를 이어서 한·중 양국에 다시 한번 등장했다.

모더니즘은 근대를 기반으로 해서 배태된 예술이기는 하지만 한편으로는 매개에 의해서가 아니라 직접성으로 사물의 보편성을 파악할 수 있다는 인식론을 근간으로 하는 예술이기도 한다.[148] 모더니즘 소

---

148) 최혜실, 『한국 모더니즘 소설연구』, 民知社, 1992, 26쪽.

설의 대표적 표현수법인 '의식의 흐름'[149]은 작중인물의 심리적, 정신
적 실재를 드러내기 위하여 언어표현 이전 단계의 의식 상태를 탐구하
는 것으로서 '의식을 빙산의 형태로 본다면, 밖으로 드러나는 부분의
빙산이 아니라, 물속에 잠겨있는 부분에 더 많은 관심을 쏟는다'.[150]

'의식의 흐름' 소설은 인간의 내적 실존이 외부에 나타나듯 조직적
이고 논리적인 것이 아니라, 비논리적이고 비연속적인 파편들로 뒤섞
여 있다는 믿음에 기초하고 있다. 모더니스트 작가들은 근본적으로 외
부세계의 사건묘사를 통해 재현해 낸 현실이 과연 참다운 본질인가에
대해 의문을 품는다. 전통적인 가치관과 절대적 진리에 대해 회의를 품
는 그들은 모든 가치와 진리가 '나'에게서 출발한다고 믿으며, 따라서
인간의 내면세계와 심리활동을 묘사함으로써 인물, 나아가 세계를 보
다 정확하게, 그리고 사실적으로 그려낼 수 있다고 믿는다.

'의식의 흐름'은 전통소설의 심리묘사나 심리분석과 다르다. 전통적
인 심리묘사나 심리분석은 작자가 인물의 심리를 加工하여 整理한 다
음에 정상적인 언어규칙과 형식에 맞게 표현한다. 그러나 의식의 흐름
은 의식 流動의 원시적인 상태를 그대로 나열한 것이다. 그리고 작가는
제3자의 신분이나 어조로 외부세계를 서술하는 것이 아니라 그것을 작
중 인물의 의식의 흐름에 직접 편입해서 표출한다.

'의식의 흐름' 소설에서는 직접 내적독백과 간접 내적독백이 가장
중요한 기법으로 사용되고 있는데, 직접 내적독백은 '서술자가 간섭이
나 설명을 배제한 채 언어로 표현되기 이전 단계의 비논리적 무의식의

---

149) '의식의 흐름(stream of consciousness)'이라는 용어는 미국의 심리학자 윌리엄 제
　　임스(William James)의 저서 ≪심리학의 원리(principle of psychology, N.Y. Henry
　　Holt, 1890)≫에서 처음으로 사용되었다. 그는 이 용어를 '인간의 의식은 끊이
　　지 않고 흘러간다'는 의미로 사용하고 있다.
150) 로버트 험프리 저, 이우건, 유기용 공역, ≪현대소설과 의식의 흐름≫, 12~15쪽.

세계를 인물 스스로 이성의 통제 없이 비논리적 구문과 1인칭 현재동사를 써서 직접 표출해 내는 경우'이며, 간접 내적독백은 '전지적 서술자가 3인칭 대명사와 과거 동사를 써서 인물 속에 아직 발언되지 않은 채 남아있는 무의식 상태를 마치 인물의 의식에서 비롯된 것처럼 인물의 언어와 스타일을 빌어서 독자에게 전달하는 경우'이다.[151]

황순원의 전후소설과 왕멍(王蒙)의 신시기소설은 '의식의 흐름' 기법을 활용하여 한국전쟁이나 문화대혁명이 한·중 양국 국민에게 가한 정신적 상처를 효과적으로 표현해 낼 수 있었다.

가. 황순원 전후소설의 '내적독백'

황순원의 문학세계는 인간의 내면성이 짙은 휴머니즘의 문학이라고 할 수 있다. 황순원의 전후소설에서는 인물의 '내적 독백'을 통한 인물의 내면의식 서술, 상황의 긴박한 조성, 과거 사실의 현실감 있는 전달의 효과를 부여해 준다. 이러한 특징은 사물의 투철한 인식에 근거하여 그 가치를 직접적으로 표현하려는 의도에서 일어나는 것이다[152]. 대표적으로 인물들의 의식을 규정하는 전쟁이 어떤 것인가를 비유적으로 형상화한 작품의 허두 부분을 살펴보면, 마치 두꺼운 유리 속을 간신히 걸음을 옮기는 것 같이 나타나 있다.

> "이선 마치 두꺼운 유릿속을 뚫고 간신히 걸음을 옮기는 것 같은 느낌이로군. 문득 동호는 생각했다. 산밑이 가까워지자 낮 기운 여름 햇볕 빈틈없이 내리부어지고 있었다. 시야는 어디까지나 투명했다. 그 속에 초가집 일여덟 채가 무거운 지붕

---

151) 앞의 책, 20쪽.
152) 조상건,『한국전후문학연구』, 성균관대학교출판부, 108~111쪽.

을 감당하기 힘든 것처럼 납작하게 엎드려 있었다. 전혀 전화
를 안 입어 보이는데 사람은 고사하고 생물이라곤 무엇 하나
살고 있지 않는 성싶게 주위가 너무 고요했다. 이 고요하고 거
침새없이 투명한 공간이 왜 이다지도 숨막히게 앞을 막아서는
것일까. 정말 이 두껍디두꺼운 유릿속을 뚫고 간신히 걸음을
옮기고 있는 느낌인데, 다시한번 동호는 생각했다. 부리를 앞
으로 향한 총을 꽈 옆구리에 끼고 한 발자국씩 조심조심 걸음
을 내어디딜 때마다 그 거창한 유리는 꼭 동호 자신의 순간순
간 짓는 몸 자세만큼씩이나 겨우 자리를 내어줄 뿐, 한결같이
몸에 밀착된 위치에서 앞을 막아서는 것이었다. 절로 동호는
숨이 가빠지고 이마에서 땀이 흘렀다.
　2미터쯤 간격을 두고 역시 총대를 옆구리에 낀 채 앞을 주시
하며 걸음을 옮기고 있던 현태가 이리로 고개를 돌리는 것이
느껴졌다. 무슨 농말이라도 한 마디 건네려는지 모른다. 그러
나 동호는 모른채 했다. 잠시나마 한눈을 팔었다가는 자기가
가까스로 헤치고 나가는 이 밀도 짙은 유리가 그대로 아주 굳
어버려 영옴쭉달싹 못하게 될 것만 같았다." 153)

아무런 설명을 가하지 않고 감각적인 이미지를 통해서 전쟁에 참여
한 동호의 의식세계를 '내적독백'의 형식으로 묘사한 장면이다. 이러
한 비유적 형상은 전쟁이라는 역사적 사실을 직접적으로 묘사하기 보
다는 개인의 의식을 통해 역사를 투영하는 작가의 태도가 반영된 것이
다. 즉 전쟁의 파괴력이 외상으로 나타나는 것이 아니라 정신적으로 어
떻게 굴절되어 나타나는가에 초점을 두려는 의도를 보여준다.

여기서 '투명한 유리벽'은 전쟁 상황을 상징하는 장치로 모든 인물
들의 의식을 규제하는 기능을 한다. 투명한 유리 속에서는 어떠한 행동
의 자유도 불가능하며, 긴장, 초조, 압박감으로 고통을 받아야만 한다.

---

153) 황순원, 『황순원전집』 7권, 문학과지성사, 1993, 189쪽.

그것은 스스로 깨뜨려 밖으로 갈수 없을 만큼 그들의 행동을 제약하는 것이다. 서두에서 보여지는 전쟁에 대한 심리적 압박은 이후 그들 삶의 전체를 규제하고 있다. 여기서 암시된 전쟁의 고통과 피해의식이 「나무들 비탈에 서다」의 초점이 된다. 그리하여 전쟁에 참가한 세 사람의 정신적 상처와 그것을 치유해 가는 과정이 이 작품의 주요한 흐름이 되고 있다.

우선 전쟁의 파괴력을 감당하지 못하고 스스로 무너져가는 대표적인 인물이 동호이다. 동호의 의식세계를 지배하는 것은 전쟁에 참가하기 전 '장숙'과 나누었던 순수한 사랑이다. 동호의 순수성은 일상적인 인간관계가 유지될 수 없는 전쟁터에서 그를 소극적이고 예외적인 인간으로 만드는 기능을 하게 된다. 다급한 전투상황에서도 마치 딴 세상에 와 있는 것처럼 여기고 일시적인 정신적 위안을 위해 위안소나 창가를 찾는 현태나 윤구와는 행동을 달리하면서 자기 혼자만의 세계에 잠기기를 즐기는 것이 그가 전쟁터에서 보여주는 행동양식이다. 이렇게 예외적이고 소극적인 동호는 우연적인 계기로 인해서 그 세계를 벗어나고 있다. 그 계기는 전쟁미망인과의 관계이다. 비록 전쟁미망인과의 관계를 강간당한 것처럼 취급하면서 혐오감을 느끼지만 자신도 모르는 사이에 또 다른 세계에 직면하게 되는 것이다. 자신을 지켜주던 순수한 세계를 스스로 허물어뜨리면서 동호는 자신에 대한 배반감과 가책을 억제하지 못하면서도 '누구를 사랑한다든가 미워한다라는 하는 구질구질한 인간속성에서 깨끗이 벗어난 세계'를 접하게 된다. 그러나 새롭게 발견한 세계를 동호는 감당하지 못한다. 자기와 관계를 가진 전쟁미망인이 다른 남자와 동침하는 것을 보고 충동적인 살인을 하게 되며 자신도 자살을 한다. 동호의 자살은 순수의 파멸을 의미하는 동시에 전쟁의 파괴력을 간접적으로 드러내 주고 있다. 자신의 삶을 지배하던 순수함의 정체를 확인하자마자 스스로 무너져가는 동호의 파멸은 자의에서가 아니라 전쟁이라는 상황으로 말미암아 자신도 모르는 사이에 정신적인 파괴를 당한 결과이기 때문이다.

> "흔히 이런 수가 있는 것이다. 도랑같은 것을 건너다가 어떻게 잘못하여 한발을 물에 빠뜨리는 수가 있다. 이런 때의 불쾌감이란 이만저만한 것이 아니다. 도랑의 물이 더러운 흙탕물이거나 구정물인 경우에는 더하다. 게다가 신발이 새 것이고보면 정말 화가 치밀어 못견딜 지경이다. 왜 좀 더 멀리서 밟아가지고 무사히 뛰어 건너지를 못했을까. 이렇게 되면 마침내, 에라 모르겠다 하고 홧김에 성한발마저 도랑물 속에 넣고 마구 질벅거리고 싶어지는 수가 있다. 그 바로 직전의 심정 같은 것."[154]

동호를 지배했던 세계가 무너지면서 나타나는 동호의 내면심리를 상징적으로 묘사한 부분이다. 이후 동호의 행동과 파멸의 과정을 암시해 주고 있다. 자신을 제어하던 순수한 결정체를 손상시키면서 방황하게 되고 마침내 자살로 이어지는 과정을 일목요연하게 보여준다. 동호와 같은 정신적인 방황은 전쟁에 참여한 모든 사람들에게 거의 유사한 방식으로 나타난다. 전쟁이 가져다 준 정신적인 상처는 육체적인 죽음 이상의 무게를 지니는 것이다. 가령 전쟁으로 부모를 잃은 선우상사가 살상을 통해서 앙갚음하지만 그것으로 말미암아 정신분열 증세를 보이는 경우에도 전쟁은 죽음 이상의 정신적 상처로 각인되는 것이다. 선우상사의 정신적 상처는 전후현실에서도 극복되지 못하고 정신병원에 수감되는 비참함을 지닌다.

전쟁에 참가한 사람들이 겪어야 하는 육체적, 정신적 손상은 모두 전쟁의 피해이다. 하지만 그 피해자들이 또 다른 전쟁의 가해자들이 될

---

154) 황순원, 『황순원전집』 7권, 문학과지성사, 1993, 253쪽.

수 있는 것이다. 이는 전쟁의 상처가 전쟁 상황에서만 국한되는 것이 아니라 오히려 그 공간을 벗어난 상태에서 그 정도가 보다 더 심각하다는 판단에서 기인한다, 작가는 이러한 측면을 현태를 통해서 드러낸다. 전쟁터에서 소 영웅주의적 행동을 보이는 현태는 전쟁의 참혹한 상황이나 타락한 세계에 대한 분노보다는 벌어진 현상을 그대로 수용하면서 견뎌내는 인물이다. 그러나 제대 후, 전쟁에서 수색대로 참가했다가 무고한 양민을 살해한 죄책감에서 벗어나지 못하고 자포자기의 생활을 한다. 그는 전후사회가 자유를 자율적으로 처리하지 못하는 자유의 과잉상태로 인식하면서 이전의 전쟁 상황에 막연한 향수를 느끼는 정신분열 증세를 보인다. 그도 전쟁으로 빚어진 정신적 상처를 극복하지 못하고 스스로 무너져 가는 것이다.

나. 왕멍의 신시기 '意識流' 소설

신시기(新時期)가 되어 서구의 문예사조가 일시에 도입되면서 중국 문예계에 큰 충격을 주었다. 많은 문예사조 중에서 중국문단이 가장 먼저 수용한 것이 모더니즘이었다.

중국의 현대문학은 '현실주의 발전의 역사'라고 평가할 수 있을 정도로 현실주의의 영향력은 지대하였다. 현실주의의 득세는 그 외의 다양한 문학방법을 일면적으로 경시하거나 비판의 대상으로 전락하게 만들었다. 사회주의 중국에서 퇴폐적 자본주의 문학 혹은 부르조아 사상의 반영으로 여겨진 모더니즘은 정착할 가능성이 극히 제한적이었다. 그러나 현실주의가 주류를 이루고 있는 현대 중국문학사에는 현대주의는 신시기(新時期)라는 특정시기에 새로운 창조력과 가능성을 가지고 인간의 다양한 생활과 상상력을 반영하는 문학창작방법으로 등장했다.

중국에서 최초로 시도된 현대주의는 시에서는 상징주의이고 소설에
서는 '의식류(意識流, 의식의 흐름, stream of consciousness)'였다. '意識
流' 소설은 일종의 심리소설로, 인간의 내면에 잠재하고 있는 의식세계
를 추구하는 문학이다. '의식의 흐름' 창작수법은 과거 중국 문단의 창
작 기법과는 완전히 반대되는 것이다. 과거의 현실주의적인 문학작품
은 반드시 집단주의적이고 객관적이어야 하며 혁명영웅인물이 확실하
게 결말을 매듭지어 대단원을 이루어야 했다. 따라서 의식류 소설의 출
현은 중국 문단으로서는 일종의 파천황(破天荒)이었다. 이러한 창작수
법을 최초로 실험한 작가는 바로 왕멍(王蒙)이다.

왕멍은 중국 당대 작가 중 그 누구보다도 예술 형식에 대한 다양한
탐색과 대담한 실험정신으로 유명한 작가이다. 문화대혁명이 종결되
고 사상해방운동이 전개됨에 따라 문예계에서도 많은 변동이 발생하
게 된다. 그 동안 정치의 구속을 많이 받아 창작에 제한이 많았던 과거
에 비하면, 新時期에는 이제야 창작의 자유로운 봇물이 터진 셈이라고
할 수 있을 것이다. 이 때 작가들이 먼저 그 붓의 끝을 인간에게로 돌리
고 인간의 내면세계로 돌린 것은 당연한 일이었을 것이다. 왕멍도 인간
의 심리세계에 대해 부단히 탐색하고 또 그것을 표현하기 위해 많은 노
력을 기울였다.

> "근 30년간의 문학 생애 중, 왕멍(王蒙)은 始終 심령의 오묘
> 함을 탐색하는 것을 자기창작의 중심으로 삼았다."[155]

왕멍 자신도 "작가는 생활을 탐색하고 인간의 정신세계를 탐색해야

---

155) 張學正, <探索通向心靈的道路-評王蒙的小說近作>, ≪中國現當代文學硏究≫
　　81.4.

한다. 문학 특히 소설은 인간의 정신 활동에 대한 추종과 기록이다
",156) "사람들의 정신세계와 심리 활동을 묘사하는 것은 문학의 한 사
명이다"157)라고 이야기한다.

왕멍은 10년의 문화대혁명의 경험에 모더니즘 소설 창작기법을 운
용하여 소설의 내용과 형식, 즉 사상과 표현기법에 있어서 독특한 성취
를 이루었는데 이는 그 자신이 경험한 복잡한 현실과 인간감정의 입체
성을 표현하기 위한 필연적인 의식 탐구로 '의식의 흐름' 수법을 선택
하였다. 왕멍은 '의식의 흐름' 수법으로 문화대혁명이라는 역경을 겪
은 중국인들의 사상과 감정을 묘사하였으며 '의식의 흐름'에 따라 인
간의 심리를 직접적이고 세밀하게 그려낼 수 있다.

문화대혁명 종결 직후인 1979년 왕멍(王蒙)은『當代』제3기에 발표
한 중편소설「볼세비키의 경례(布禮)」부터 시작하여 계속해서「나비
(蝴蝶)」,「봄의 소리(春之聲)」,「밤의 눈(夜的眼)」,「연 꼬리(風箏飄帶)」,
「바다의 꿈(海的夢)」등 6편의 중·단편소설을 쓰면서 '의식의 흐름'을 포
함한 모더니즘 수법에 대해 집중적으로 실험을 하였다.

제임스 조이스의「율리시즈」가 1904년 6월 16일 하루 동안 주요 인
물들에게 일어난 사건과 그들의 의식세계를 그려냈다면, 왕멍의「봄의
소리」는 설을 맞아 고향으로 가는 열차를 타고 있는 몇 시간 동안 인물
이 감각하는 외부상황의 변화에 따른 의식세계를 그려내며, 그의「나
비」는 노동개조를 하였던 곳을 다녀오는 여정 동안 회상하는 지난날의
경험과 인물의 의식세계를 주로 그려낸다.

왕멍은「볼세비키의 경례(布禮)」에서 처음으로 '의식의 흐름(意識
流)' 기법을 주요한 수법으로 채택하였는데 이것은 문화대혁명의 비극

---

156) 王蒙, <小說創作>, ≪王蒙文集≫ 第7卷, 華藝出版社, 1993, 123쪽.

157) 王蒙, <漫談短篇小說的創作>, ≪王蒙文集≫ 第7卷, 華藝出版社, 1993, 76쪽.

을 정면으로 지적하고 이 대 재난을 반성하는 데 있어서 인간의 내면을
중점적으로 조명하면서 '문혁' 동안에 인간이 겪어야만 했던 정신적인
고통과 시련을 다루어 이 비극적 사건이 인민들에게 얼마나 큰 엄청난
충격을 가져다 주었는지를 보여주고 싶었던 작가의 바램에서 기인한
다. 1966년부터 1976년까지 10년간의 극좌 사회주의자에 의한 대재난
(大災難)으로 말미암아 약 300만 명의 당원이 숙청되었고, 경제는 피폐
해지고 혼란과 부정부패가 만연하였다. 문화대혁명 당시의 사건들은
인민들에게 엄청난 정신적인 시련과 상처를 가져다주었고, 문화대혁
명이 종결되자 문학계에서는 이 기간에 당했던 인민들의 아픔과 상처
를 문학 작품으로 투영해 내고, 나아가서 문화대혁명이라는 역사적, 비
극적 사건을 비판하고 반성하고자 하였다. 왕멍은 바로 이러한 인민들
의 상처와 시련을 작품 속에 나타내는데 주안점을 두었다.

이렇게 인민들이 당했던 정신적인 시련은 시간적으로는 30년이라는
긴 세월을 거쳐, 공간적으로는 중국 전체를 배경으로 행해진 것으로 이
를 제대로 표현할 수 있는 다른 표현 방법이 필요했던 것이다. 왕멍은
여기에서 순차적인 시간의 흐름에 따른 서술방식을 포기하고 주인공
의 감정의 움직임에 따라 이야기를 옮겨가는 방법을 채택하였다. 30년
의 긴 시간을 시간 순서로 배치할 경우의 단조로움과 무미함을 고려하
였던 것이다. 또한 문제는 사건들을 나열하는 방식이 아니라, 역사의
비극으로 인해 받았던 정신적 상처를 되돌아보고 이를 통해 과거를 반
성해야 하기 때문에 주인공의 심리활동에 따라서 이야기를 배치하고
인물의 내면 속에서 그들의 생각과 느낌을 보여주는 구성 방식을 택하
였다.

이러한 인민들의 말 못할 상처와 아픔을 형상화하는 방법으로 서구
의 '의식류' 기법을 차용함으로써 왕멍은 기존의 시간에 따른 이야기

전개 방식을 벗어나 인간의 '의식의 흐름'을 동원함으로써 소설의 광범위한 시·공간 속에 벌어지는 에피소드를 한정된 편폭에서 무리 없이 전개할 수 있었고, 주인공의 내면 심리에 깊게 파고들어 정신적 갈등과 고뇌를 자세히 표현할 수 있게 되었으며, 문화대혁명 종결 후 새로운 미래에 대한 희망을 등장인물의 내면을 통해 표출할 수 있었다.

다음으로 왕멍이 「볼세비키의 경례(布禮)」에서 사용한 '의식의 흐름' 기법을 살펴보자. 「볼세비키의 경례(布禮)」에서는 왕몽이 직접적인 내적독백, 간접적인 내적독백 및 자유연상 등 다양한 '의식의 흐름' 수법을 사용했다.

우선 서술자가 아무런 간섭과 설명을 가하지 않고 작중인물로 하여금 스스로의 심리와 내면을 직접적으로 표출하게 하는 직접적인 내적독백이다.

「볼세비키의 경례(布禮)」에서 '右派'로 낙인찍힌 후 날벼락과 같은 충격을 받은 주인공 중이청(鐘亦成)의 내적 혼란과 정신 상태를 직접적인 내적독백으로 보여주는 것이다.

> "하늘이 까맣고 땅이 노랗다! 나는 불순분자이다! 나는 적이다!
> 나는 반역자이다! 나는 범죄자이다! 나는 악질이다! 나는 무자비한 자이다!
> 나는 악귀이다! 나는 黃世仁의 형제이고, 모 仁智의 사촌이며, 트루먼, 트리스, 蔣介石, 陳立夫의 별동대이다. 아니, 나는 사실 美帝와 蔣介石의 첩자도 할 수 없는 악질적인 역할을 하였다. 내가 모든 걸 도맡았다.
> 나는 총살당해야 하고 맞아 죽어야 하며 죽어서도 개똥이나 입속에 달라붙은 가래, 결핵균이 될 것이다."158)

이 부분은 주인공 중이청(鐘亦成)이 우파로 낙인찍히자 정신적인 충격을 받고 되뇌는 독백이다. 중이청(鐘亦成)는 黨으로부터 비판 받고 자신을 비하한다. 그러나 이것은 이러한 상황에 대해 도무지 이해할 수 없고 수긍할 수 없음의 역설적인 표현인 것이다. 즉 중이청(鐘亦成)의 내적 혼란이 최고조에 달해 있음을 보여주는 것이다. 여기서 서술자는 완전히 자취를 감추어버린다. 서술자의 간섭과 설명이 배제된 채 표출되고 있다는 점과 등장인물의 내면에 잠재되어 있는 갈등과 혼란스러움이 표출된다는 점에서 험프리가 정의한 직접 내적독백과 상관성을 찾아볼 수 있다. 이 기법은 최고조에 다다른 정신적 불안감을 표현해내는 수단으로서 아주 효과적이다.

그리고 서술자의 설명과 서술을 통하여 작중인물의 의식으로부터 나온 것처럼 전달하는 간접 내적독백 수법은 왕몽의 소설에서는 많이 사용되고 있다.

「볼세비키의 경례(布禮)」에서 홍위병(紅衛兵)에게 고문을 당해 정신이 혼미한 상태에 있는 주인공 중이청(鐘亦成)의 머리 속에 떠오르는 생각과 의식상태를 간접 내적독백의 수법으로 잘 묘사하였다.

> "또 한 차례의 통증과 현기증. 왜 이렇게 화끈거리는 걸까, 설마 그들이 불을 붙여서, 그를 불구덩이 속으로 던져버리려는 것인가? 설마 그의 몸에 기름을 붙고 불을 붙으려는 것일까? 그들의 그런 열정, 그토록 풍부한 헌신성, 그토록 혁명을 신봉하

---

158) "天昏昏, 地黃黃!我是‘分子’!我是敵人!我是叛徒!我是罪犯!我是丑類!我是豺狼!我是惡鬼!我是黃世仁的兄弟·穆仁智的老表, 我是杜魯門·杜勒斯·蔣介石和陳立夫的別動隊. 不, 我實際上起著美蔣特務所起不了的惡劣作用. 我是中國的小納吉. 我應該槍斃, 應該亂棍打死, 死了也是不齒於人類的狗屎, 成了一口粘痰, 一撮結核菌……"
王蒙, <布禮>, ≪王蒙文集≫ 第3卷, 華藝出版社, 1993, 24~25쪽.

는 호령, 그들은 본래 많은 일들을 해낼 수 있을 것이지!"159)

이 부분에서 서술자가 등장인물의 어투를 빌어 독백을 전달하는 것이다. 왕멍의 다른 의식의 흐름 소설 「나비(蝴蝶)」에서도 간접 내적독백이 빈번하게 이루어짐으로서 인물의 내면심리의 역동적인 변화와 극심한 심리적 고통을 보여주는 기능을 했다.

"그는 흰 꽃이 짓눌려 있는 것을 본 것 같았다. 그는 짓눌려지는 아픔을 느꼈다. 그는 짓눌려지는 순간 하얀 꽃이 내뱉은 탄식을 들었다. 아, 海雲, 당신은 이렇게 짓눌려 버렸지 않았는가! 그대는 사랑 때문에, 미움 때문에, 행복 때문에, 그리고 실망 때문에 늘 으깨져 떨어지, 언제나 아이처럼 순진하고 가냘프던 몸집이여! 그런데 나는 여전히 차에 앉아 있구려!"160)

또한 왕멍(王蒙)의 '의식의 흐름' 소설에서는 자유연상이라는 수법도 많이 사용했다. 자유연상은 '의식의 흐름' 소설에서 의식의 흐름을 통제하는 주된 원리로서 작용하며, '의식의 흐름'을 작중인물의 직접 내적독백과 간접 내적독백에 연결되도록 해 주는 장치이다. 자유연상은 의식의 유동성에 기반하고 있으면서 동시에 이 유동성을 가장 잘 표현해 낼 수 있는 기법이다. 주변세계와의 접촉을 통해 얻어지는 감각이 인간의 의식 깊숙한 곳에 숨겨져 있는 기억들을 불러일으키고(연상시

---

159) "又是一陣疼痛和暈眩爲什么這樣灼熱呢? 難道他們点起了一把火, 把他投到火焰里? 難道在他身上澆上了汽油, 要点燃他的身体?他們那樣熱情, 那樣富有獻身精神, 那樣相信革命的号令, 他們本來可以做多少事情！"
　　王蒙, <布禮>, ≪王蒙文集≫ 第3卷, 華藝出版社, 1993, 12쪽.

160) "他似乎看見了白花被碾壓的痛楚.　他聽到了那被碾壓的一刹那的白花的歎息. 啊?海雲, 你不就是這樣被壓碎的嗎?你那因爲愛, 因爲恨, 因爲幸福和因爲失望常常顫抖的・始終像兒童一樣純眞的・纖小的身軀啊!而我仍然坐在車上呢."
　　王蒙, <蝴蝶>, ≪王蒙文集≫, 第3卷, 華藝出版社, 1993, 71~72쪽.

키고) 이 기억은 상상력의 발동을 통해 또 다른 기억들 혹은 심리 작용을 불러일으킨다. 왕몽의 의식의 흐름 소설 중 이 자유연상의 원리를 가장 잘 활용되고 있는 작품은 「봄의 소리(春之聲)」이다. 이 작품은 설을 맞아 20여 년 만에 고향 방문 길에 나선 岳之峰의 추억과 회상 등 자유연상과 내적독백을 결합하는 방식으로 주인공의 의식의 움직임 과정을 세세히 포착하고 있다.

> "꽝 소리가 나자, 어두운 밤이 되었다. 희끄무레한 네모진 달빛이 맞은편 벽에 나타나 있었다. 岳之峰의 마음은 잠시 움츠러들었다가 다시 풀어졌다. 열차의 몸체가 가볍게 떨리고 있었다. 사람들이 가볍게 흔들거리고 있었다. 얼마나 달콤했던 어린 시절의 요람이던가! 여름이면 옷을 커다란 버드나무 아래 내던진 채, 엉덩이를 내놓은 꼬마 녀석들이 고향의 시원한 시냇물 속으로 뛰어들어 십여 미터 자맥질을 하노라면 어느 녀석이 어디에서 고개를 내미는지, 그가 황망 중에 삼킨 물속에 얼마나 많은 올챙이가 섞여 있는지 누가 알겠는가? 눈을 감은 채 반짝이는 햇빛 속에 나무 그림자의 일렁임 위에 곤히 잠들어 있노라면, 또한 이렇게 가볍게 흔들거리지 않았던가? 잃어버린 그리고 사라지지 않은 어린 시절과 고향은 나를 나무랄까? 나를 환영할까? 어머니의 무덤과 무덤으로 향해 가고 있는 아버지!"161)

---

161) "吮地一聲, 黑夜就到來了. 一個黃昏的·方方的大月亮出現在對面牆上. 嶽之峰的心緊縮了一下, 又舒張開了. 車身在輕輕地顫抖. 人們在輕輕地搖擺. 多麼恬蜜的童年的搖籃啊!夏天的時候, 吧衣服放在大柳樹下, 脫光了屁股的小夥伴們一起跳進故鄉的淸涼的小河裏, 一個猛子棻出十幾米, 誰知道誰在哪里露出頭來呢?誰知道被他慌亂中吞下的一口水中, 包含了多少條蛤蟆蝌蚪呢?閉上眼睛, 熟睡在閃耀著陽光和樹影的漣漪之上,　不也是這樣輕輕地·輕輕地搖晃著的嗎?失卻了的和沒有失去的童年和故鄉,　責備我嗎?歡迎我嗎?母親的墳墓和正在走向墳墓的父親！"
王蒙, <春之聲>, ≪王蒙文集≫, 華藝出版社, 1993, 第4卷, 288쪽.

위의 예문은 「봄의 소리(春之聲)」의 첫 문단으로 왕멍의 작품 가운데 자유연상이라는 '의식의 흐름' 기법을 가장 자유자재로 운용하고 있는 부분이다. 자유연상을 작동시키는 것은 유사성(similarity)과 인접(neighborhood)의 원리이다. '기차의 흔들림'을 통해서 주인공은 어린 시절의 '요람'을 연상하고, '요람'에서 '어린 시절 고향에서의 몰 놀이'를 연상하고, 다시 '고향의 부모'를 연상한다. 이 가운데에서 '기차의 흔들림'이 '요람'을 연상시키는 것이 유사성의 원리에 의한 것이라면, '요람'이 '어린 시절의 물놀이'를 연상시키고 '어린 시절의 고향'이 '고향의 부모'를 연상시키는 것은 인접의 원리에 의한 것이라 할 수 있다. 왁자지껄 시끄러운 열차의 소음 속에서 岳之峰은 자유연상을 통하여 어린 시절부터 현재에 이르기까지 수십년의 시공간을 자유로이 넘나들고 있다. 이 작품은 의식의 흐름 기법이 가장 자유자재로 운용하고 있는 작품이라고 한다.

「볼세비키의 경례(布禮)」에도 자유연상을 활용한 장면이 많이 있다. 소설에서 鍾亦成이 詩를 발표하고 문예계에서는 그의 시를 반혁명적인 시라고 비판하는 글을 발표한다. 이 글로 인해 당은 鍾亦成의 행동사상을 의심하기 시작하고 결국 우파분자로 규정된다. 다음은 자유연상 수법으로 넓게는 당시 중국사회의 분위기를, 좁게는 P성의 매서운 한파를 묘사했다.

> "이게 어찌된 일인가? 갑자기 한 순간에 얼어버렸다. 화초, 하늘, 공기, 신문과 웃음소리와 모든 사람의 얼굴이 갑자기 한 순간에 굳어졌다. 세상이 한 순간에 우주의 온도로 떨어졌다 — 절대 0도인가? 하늘은 짙푸른 철판과 같고, 화초는 난잡한 돌과 같으며, 공기는 액체화된 후 단단한 얼음덩어리가 된 것 같았

다. 신문은 살기가 등등하고, 웃음소리는 갑자기 사라졌으며,
얼굴에는 한 가득 냉기가 흘렀다. 마음은, 혈색을 잃었고, 단단
히 굳어버렸다."162)

왕멍은 중국 문화대혁명 10년간, 사회주의 중국의 이상과 가치의 몰
락과 피폐가 낳은 자아와 세계의 단절, 그로 말미암은 쉽게 표출할 수
없는 절망과 분노를 파편화된 의식의 흐름을 통해 그려내고자 하였던
것이다. 왕멍은 전통 현실주의 소설의 시·공간적인 구조에서 벗어나,
시공의 질서가 타파된 복합적이고 방사선적인 구조를 사용하였다. 표
현기법 면에서는 전통 현실주의 기법 위에 자유연상, 내적 독백 등 의
식의 흐름의 기법을 결합하여 인간의 내면심리를 표현하고 있음을 알
수 있다. 따라서 그의 신시기 소설은 전통 현실주의와 모더니즘을 성공
적으로 결합한 '의식의 흐름' 소설임을 알 수 있다.

중국 신시기에 왕멍을 비롯한 작가들이 시도한 서구 모더니즘의 도
입과 수용은 중국문학의 발전에 중요한 의미를 가지고 있다. 첫째 작가
들이 인간의 내면세계에 눈을 돌리게 됨으로써 당대문학이 인간의 영
혼을 탐색하는 새로운 영역을 개척하게 되었다. 둘째, 맹목적인 도입이
아니라 우리에게 필요한 것을 선택적으로 받아들이는 분위기를 만들
었다. 셋째, 새로운 소설이 탄생함으로써 소설 예술이 갈수록 '百花齊
放'하게 되고, 이를 통해 신시기 소설이 문체, 풍격 면에서 한층 다양화
되어 소설 창작에 있어서 多元적인 미학 형태의 작품들이 공존하는 새
로운 국면이 형성되었다.163) 왕멍의 의식의 흐름 기법의 수용은 1980

---

162) "這是怎麼回事? 忽然, 一下子就凍結了, 花草, 天空, 空氣, 報紙, 笑聲和每一個人
的臉孔, 突然一下子都硬了起來。世界一下子降到了太空溫度——絕對零度了
嗎?天空像靑色的鐵板, 花草像雜亂的石頭, 空氣液化以後結成了堅硬的冰塊, 報
紙殺氣騰騰, 笑聲陡地消失, 臉孔上全是冷氣. 心, 失去血色, 硬邦邦的了." 王蒙,
<布禮>, ≪王蒙文集≫, 華藝出版社, 1993, 第3卷, 1쪽.

년대 초 중국 문단에 모더니즘에 대한 논의를 이끌어내면서 문단의 분위기를 일신함과 동시에, 문예이론 비평의 새로운 지평을 열었다고 할 수 있다.

그럼에도 불구하고 왕멍의 소설은 여전히 리얼리즘적 창작방법을 통해 현실의 재현을 중시하고 있다. 특히「볼세비키의 경례(布禮)」,「나비(胡蝶)」등 작품에서 1인칭의 비교적 긴 내적독백과 곳곳에서의 서술된 독백을 보면, 이는 인물의 복잡한 내면의식을 그려내기보다는 자신의 주제 의식을 선명하게 보여주기 위한 소설적인 장치인 것이다. 이러한 서사태도는 왕멍 자신의 언술에서도 엿볼 수 있는데 "내가 쓴 것은 분명 어느 서구의 의식의 흐름 기법이 표현하는 그러한 몽롱하고 신비로우며 고독하고 절망적이며, 심지어 비열한 獸性의 맛을 지닌 純內向적인 잠재의식과 완전히 다르다"는 그의 말 역시 '의식의 흐름'에 대한 나름의 이해방식을 엿볼 수 있다.

이처럼 왕멍은 기본적으로 현실주의 정신에 입각한 작가로서, 그가 서양의 의식의 흐름 기법을 도입해 전통 현실주의 소설에서 벗어난 작품을 창작할 때에도 그의 작품들이 시종 관철하고 있는 바탕사상은 현실주의 정신이라는 것을 알 수 있다.

이상에서 보는 바와 같이 황순원의 전후소설과 왕멍(王蒙)의 신시기 소설은 '의식의 흐름' 기법을 활용하여 한국전쟁이나 문화대혁명이 한·중 양국 국민에게 가한 정신적 상처를 효과적으로 표현해 낼 수 있었다. 황순원의 전후소설에서는 인물의 의식세계를 '내적 독백'의 형식으로, 전쟁이라는 역사적 사실을 직접적으로 묘사하기보다는 개인의 의식을 통해 역사를 투영하는 작가의 태도가 반영된 것이다. 그리고 전

---

163) 金漢 等, ≪新編中國當代文學發展史≫, 杭州大學出版社, 1993, 577쪽.

쟁의 파괴력이 외상으로만 나타나는 것이 아니라 정신적으로도 굴절되어 나타난다는 것을 잘 보여준다. 왕멍은 직접적인 내적독백, 간접적인 내적독백 및 자유연상 등 다양한 '의식의 흐름' 수법을 총동원하여 문화대혁명이라는 역경을 겪은 중국인들의 정신적인 고통과 시련, 그리고 쉽게 표출할 수 없는 절망과 분노를 파편화된 의식의 흐름을 통해 직접적이고 세밀하게 그려냈다.

황순원 전후소설의 내적독백은 전쟁, 인간소외 등 비인간화 경향 속에서 고립되고 파편화되어가는 인간의 내면을 고발하는 표현방식이다. 대신, 왕멍의 '의식류'소설은 문화대혁명이라는 극좌적 상황 속에서 자기 정체성 등에 대해서 고민하고 갈등하는 인물들의 내면을 그려냈다. 이들의 내면적 고민과 갈등은, 당시 시대적 상황에 대해 이해하고 있는 이들에게 있어서 난해하거나 비합리적인 것이 아니고 충분히 수긍하고 동감할 수 있는 것이었다. 즉 왕멍은 주로 이성의 활동 영역 안에서 펼쳐지는 의식의 흐름을 표현하였던 것이다. 작가는 인물과 일정한 거리를 유지한 채 전지적 내적독백 기법으로 인물의 내면의식을 표출했다.

5. 추상적 관념과 부조리 현실의 具現

메타포(metaphor, 은유)로 쓰어지지 않은 문학이 존재하지 않을 것이라고 해도 과언이 아니다. 전후소설과 신시기소설은 모두 메타포의 원리 속에서 한국전쟁이나 문화대혁명 직후의 상황을 포착할 수 있었다. 이 메타포적 정신은 특히 황순원과 왕멍의 작품에서 두드러지게 나타나고 구체화 되어있다. 그들은 간단하게 파악하거나 표현하기 어려운 사고를 비유적인 형식을 통하여 드러나고, 기존체제와 세계의 부조리를 부정하면서 부조리 자체를 부조리한 언어로 형상화하였다. 왜냐하면 정상적인 언어형식으로는 왜곡된 상황을 표현할 수 없기 때문이다.

가. 추상적인 관념의 상징적 형상화

황순원의 전후소설에서는 추상적인 관념을 상징이라는 미적 장치를 사용하여 형상화하였다. 그는 관념을 표현하는데 있어 직접적으로 표출하지 않고 대상과 관념의 관계 속에 넣어두는 상징적 표현으로 처리한다. 작가는 소설에서 상징기법을 사용함으로써 간결하면서도 탄력성 넘치는 문체의 구사, 절제성을 확보할 수 있었으며 압축·생략을 통해 의미와 주제를 의도적으로 숨겨놓음으로써 독자의 관심 끌기, 독자의 다양한 해석을 가능케 하였다.

상징이란 말로 설명하기 힘든 추상적인 사물, 개념 따위를 구체적인 사물로 나타내는 것이다. 흔히 상징은 사물을 전달하는 매개적 작용을 하는 것을 통틀어 이르는 말로 쓰인다. 상징은 그것을 매개로 하여 다른 것을 알게 하는 작용을 가진 것으로서, 인간에게만 부여된 고도의 정신작용이라고 할 수 있다. 문학에서의 상징은 유추적으로 가시의 세계, 곧 물질세계가 연상의 힘에 의하여 불가시의 세계, 곧 정신세계와 일치하게 되는 표현의 양식이다.[164] 고도의 예술성을 창조할 수 있는 창조적 상징은 소설에서 특이한 효과를 발휘할 수 있다. 시에 비해 산만해지기 쉽고 애매해지기 쉬운 작품의 핵심을 선명히 감각적으로 감지하게 하여 작품의 효과를 최대한으로 고양시킬 수 있다.

조남현은 황순원의 소설이 '상징성의 묘미'를 십분 발휘하고 있다는 점을 논하고 있다.[165] 시인 출신의 황순원은 시에서 많이 사용했던 상

---

164) 이승훈, 『시론』, 고려원, 1990, 200쪽.

징의 수법을 소설 창작에 적용시켜 다양하고 풍부한 상징적 이미지를 만들어서 작품 속에 내포되어 있는 주제의식을 감각적으로 형상화하여, 작가의 의도를 효과적으로 드러내고 있다. 즉 황순원의 소설에는 상징이 주제를 전달하는 중요한 도구로 등장한다.

황순원 소설의 제목은 거의 모두가 그러하듯이 어떤 사물을 빌려서 작품의 주제를 암시하는 특징, 즉 상징적 의미를 가지고 있다. 단편소설 「별」에서의 '별'은 손닿을 수 없는 먼 곳에 있는 어머니의 사랑을 상징한다면 단편 「소나기」에서는 갑자기 세차게 쏟아지다가 언제 그랬냐는 듯 갑자기 그치는 소나기의 이미지를 통하여 소년과 소녀의 짧지만 강렬한 사랑을 상징한다. 장편소설 「나무들 바탈에 서다」(1960.5)도 그 제목부터 전쟁의 피해의식에 방황하는 젊은이들의 모습을 비유적으로 드러내고 있다. 작가는 굳건한 대지에 뿌리를 내려 비옥하고 풍요로우며 안정된 삶을 누려야 할 젊은이들(나무들)이 전쟁으로 인하여 황폐한 비탈에 설 수밖에 없었던 비극의 양상을 포착하고 형상화하고 있다. 이 작품에 등장하는 동호, 현태, 선우상사, 윤구 등은 전쟁으로 인해 상처받은 피해자이면서도 가해자로 변모할 수밖에 없었을 때 그들은 '비탈'에 선 나무들일 수밖에 없었다.

단편소설 「학」은 강한 상징성을 지닌 작품이다. 작품에서 성삼이와 덕재의 이미지를 통해 남북 이데올로기의 대립을 상징화하고 있다. 성삼이는 국군으로 남한의 이데올로기를 상징하는 인물이고, 덕재는 농민동맹 부위원장을 지낸 북한의 이데올로기를 상징하는 인물이다. 성삼이와 덕재의 대립은 성삼이가 덕재를 포승줄로 묶고 호송하는 과정

---

165) 조남현, 「순박한 삶의 파괴와 회복」, 『학/잃어버린 사람들』, 문학과 지성사, 1991, 273쪽.

에 나타난다. 작품의 절정 부분에 나타난 '鶴'은 세속에 물들지 않은 평화의 상징으로서 상실된 우정을 회복시켜 주는 매개체로 자리 잡고 있으며 이념적 갈등이 빚은 인간성의 파괴와 상실을 사랑의 힘으로 회복하고자 하는 데 주제 의식을 두고 있다.

장편소설 「人間接木」은 한국전쟁이 빚어낸 부정적 현실과 갈등의 양상을 젊은이들의 정신적 내면세계를 통하여 포착하면서 전쟁의 폭력성을 본격적으로 고발한 황순원의 대표작품이라 볼 수 있다. 작품에서의 '나무'는 한국전쟁 당시 고아가 된 불행한 아이들에 대한 은유이다. 여기서 접목이란 이 전쟁고아들이 비뚤어지지 않고 올바로 자라게 하는 것을 말한다. 그것은 종호의 사랑에 의해 가능한 것이 된다. 말하자면 종호는, 불행에 처한 아이들이라는 '묘목'을 보다 훌륭한 터전이라고 할 수 있는 튼실한 환경의 '나무'에 접목하는 역할을 담당하고 있는 것이다.

장편 「나무들 비탈에 서다」는 전쟁의 참담함 속에서 상처 받을 수밖에 없었던 젊은이들의 사랑과 실존적 허무의식과 자의식이 빚어내는 파멸의 양상을 문제 삼은 작품이다. 작품에서 '비탈에 선 나무'는 인간성과 생명을 표상한다. 그리고 '나무'의 수직적 특성을 고려할 때 구원을 상징하는 십자가로 표상되기도 한다. 따라서 이 작품은 인간을 표상하는 '나무'의 이미지를 중심으로 하여 구원을 상징하는 '십자가'의 이미지를 중첩시키면서 인간과 구원의 문제를 동시에 형상화하고 있다.

또한 '비탈에 선 나무'는 인간의 정신적 위기를 의미한다. 이러한 위기 속에서도 희망을 찾아보려고 안간힘을 쓰는 정신적 의지를 동시에 의미한다. 마치 비탈에선 나무가 뿌리의 힘으로 온 몸을 지탱하듯이,

이들 젊은이들도 뭔가 조그마한 희망이라도 잡아보려고 가까스로 몸을 지탱하고 있는 것이다. 이렇게 볼 때 이 나무는 전후 젊은이의 정신적 위기와 삶에 대한 의지라는 이중적 의미를 지니는 것으로 이해할 수 있다.

「나무들 비탈에 서다」에서 전쟁은 '비탈'과 '유리'의 이미지로 표상되고 있다. '유리'는 전쟁의 긴박감과 불안감 그리고 죽음의식을 표상한다. 인간이 절박한 순간에 놓일 때 자신도 느끼지 못하는 불안감과 앞이 꽉 막힌 듯한 한계상황을 인식한다는 것인데, 이런 불안과 한계상황의 의식이 소설 전체의 분위기와 인물들의 행위를 지배하는 역할을 한다. 투과와 반사의 기능을 동시에 가지고 있는 '유리'의 상징은 등장인물들의 심리상태를 드러내는 소설적 표현장치일 뿐만 아니라, 미래에 다가올 비극적 상황을 암시하는 서사적 장치[166]가 되기도 한다. 투명해서 벗어날 수 있을 것 같으면서도 벗어날 수 없는 상황, 깨어지면 거기에 비롯되는 치명적 피해, 그리고 언제 깨어질지 모르는 위기감, 그런 것들이 전쟁과 전후의 불안한 상황을 암시하면서 인물의 운명을 시대의 한계상황 속에 가두어 두는 역할을 하고 있다.

> "이건 마치 두꺼운 유릿속을 뚫고 간신히 걸음을 옮기는 것 같은 느낌이로군. 문득 동호는 생각했다. 산 밑이 가까워지자 낮 기운 여름 햇볕 빈틈없이 내리부어지고 있었다. 시야는 어디까지나 투명했다. 그 속에 초가집 일여덟 채가 무거운 지붕을 감당하기 힘든 것처럼 납작하게 엎드려 있었다. 전혀 전화를 안 입어 보이는데 사람은 고사하고 생물이라곤 무엇 하나 살고 있지 않은 성싶게 주위가 너무 고요했다. 이 고요하고 거침새없이 투명한 공간이 왜 이다지도 숨막히게 앞을 막아서는 것일까. 정말 이 두깝디두꺼운 유릿속을 뚫고 간신히 걸음을

---

166) 정희모, 『1950년대 한국문학과 서사성』, 깊은샘, 1998, 244쪽.

옮기고 있는 느낌인데, 다시한번 동호는 생각했다. 부리를 앞으로 향한 총을 꽈 옆구리에 끼고 한 발자국씩 조심조심 걸음을 내어디딜 때마다 그 거창한 유리는 꼭 동호 자신의 순간순간 짓는 몸 자세만큼씩이나 겨우 자리를 내어줄 뿐, 한결같이 몸에 밀착된 위치에서 앞을 막아서는 것이었다. 절로 동호는 숨이 가빠지고 이마에서 땀이 흘렀다.

2미터쯤 간격을 두고 역시 총대를 옆구리에 낀 채 앞을 주시하며 걸음을 옮기고 있던 현태가 이리로 고개를 돌리는 것이 느껴졌다. 무슨 농말이라도 한 마디 건네려는지 모른다. 그러나 동호는 모른채 했다. 잠시나마 한눈을 팔았다가는 자기가 가까스로 헤치고 나가는 이 밀도 짙은 유리가 그대로 아주 굳어버려 영 옴쭉달싹 못하게 될 것만 같았다."167)

위의 인용문은 동호의 내면의식과 긴박한 심리상태를 '유리' 상징을 통해 표현한 것이다. 여기서는 '유리' 상징의 공포는 작품 전체를 지배하는 분위기다. 소설 서두에 동호, 현태, 윤구가 한적하고 적막한 마을을 향해 수색해 들어가면서 모두 이런 '유리' 이미지의 공포를 느끼는데, 소설에서는 이를 네 번이나 반복해서 묘사하고 있다. '유리' 상징에 대한 이런 반복적 표현은 전투 상황 자체가 주는 긴박감을 효과적으로 나타내는 역할을 하고 있지만, 소설 서두부터 전체 소설의 분위기와 서사구조의 내용을 상징적으로 드러내는 역할을 한다. 예를 들어 '고요하고 투명한 공간에서 어떤 색다른 압박감'과 '한없이 두꺼운 유리 속을 헤치고 지나가는 듯한' 느낌을 받는 다는 표현은 전투상황의 긴박감을 표현하는 동시에 소설이 지닌 전체적인 심리적 분위기를 보여주고, 전쟁 상처로 인해 파멸로 향해 가는 서사구조를 암시하는 효과를 지니는

---

167) 황순원,『황순원전집』7권, 문학과지성사, 189쪽.

것이다. 즉 '유리' 상징은 등장인물들의 '극한적 한계상황 의식'을 드러내면서, 작품의 비극성을 암시하는 기능을 한다. 동호는 수색 도중 자신이 엄청나게 두꺼운 유리 속에 갇혀 있는 것처럼 느낀 의식은 유리의 한쪽 귀퉁이가 깨져 들어오기 시작하면 '무수한 날이 선 유리조각이 모조리 내 몸에 들어박힐'것이라는 공포를 유발한다. 결국 그 공포는 동호가 깨진 술병의 '유리' 파편으로 동맥을 끊고 자살하는 결과로 나타난다. 이러한 '유리' 상징은 전쟁의 극한적 한계상황 속에서, 인간의 순수성이 파괴되어 가는 과정 자체에 대한 하나의 은유라고 할 수 있다.

작품의 1부 뿐만 아니라 2부에서도 '유리' 상징적 의미는 현태가 송도에서 숙을 범하고 난 이후 다방에서 숙과 만나는 장면에서 구체적으로 드러난다. 그는 숙을 보면서 끊임없이 전투의 투명한 영상, 그리고 유리처럼 숨 막히게 앞을 가로막던 전쟁 당시를 회상한다. 그리고 자신이 죽였던 무고한 여인을 떠올린다. 현태는 여전히 과거로부터 벗어나지 못한다는 점을 바로 이 '유리' 이미지의 상징을 통해 보여주고 있다. 즉 현태가 전후현실에서 겪은 아픔은 전적으로 전쟁에 의한 상처이다. 그의 이런 상처는 회상을 통해 '유리' 상징의 이미지로 표현되고 있다.

물론 2부에서는 현태에 의해 '과수나무 전정(剪定)'이라는 또 다른 상징이 제시된다. 이는 전후 현실 속에서 나태와 방탕한 생활 만 지속하는 자신이 스스로 전정되어야 할 존재라는 것을 암시한 부분이기도 하다. 하지만 현태의 나태와 방황이 전쟁에 대한 피해의식에서 기인된 것임을 볼 때 '과수나무 전정'의 상징 역시 '유리' 상징이 지닌 전쟁 상처의 의미에서 결코 벗어나는 것이 아니다. 과수나무가 자라기 위해서는 필요 없는 가지와 잎을 잘라 주어야 한다는 '과수나무 전정'의 상징이 현태의 외적 행동에 대한 표상이었다면, '유리' 이미지의 상징은 이런 외적 행동을 가능하게 한 내적 위식의 표상이 되는 것이다.

나. 부조리한 현실에 대한 은유적 표현

은유는 두 대상 간의 공통성을 유추하여 간접적으로 표현하는 방법으로 직유와는 달리 표면적인 유사성의 발견이 아니라 의미상 또는 내면적 정서 등에서 일부의 유사성을 인정하고 아예 본래의 의미를 비유적 의미로 바꾸어 버리는 수사법이다. 은유는 아리스토텔레스가 최초로 전이(transference)의 개념으로 파악한 이래 가장 중요한 문학적 요소로 인정되어 왔다.

은유에는 두 가지 요소가 있는데, 하나는 심상이고 또 하나는 관념이다. 심상은 마음속에 떠오르는 구체적인 형상으로 물리적인 세계를 의미하고 관념은 심상의 또 다른 의미를 나타내는 것으로 인간의 의미 세계를 의미한다. 이 둘은 서로 공존하며 이 둘의 결합에 의해 은유의 효과가 나타난다. 이러한 은유에 사용되는 언어는 이중성을 품고 있어서 해석이 필요하고 직접적으로 나타내는 것을 뛰어넘어 숨겨진 의미를 찾아내야 하는 이중 언어이다.[168]

특히 인간이 특정한 현실의 의미를 파악할 수 없을 때, 혹은 그 현실의 전개에서 귀결되는 결과를 수락할 수 없을 때, 그는 은유법을 사용한다.[169] 왕멍(王蒙)이 은유법으로 기울게 된 발생론적 배경에는 현실에 내한 직극적 발언이 제한되고 합리저 사유가 벽에 부딪치게 된 문화대혁명 직후의 시대 상황이 존재하고 있다. 이러한 상황 속에서 왕멍은

---

168) 정기철,『상징, 은유 그리고 이야기』, 문예출판사, 2002, 41~42쪽.

169) F. Jameson, 여홍상·김영희 역,『변증법적 문학이론의 전개』, 창작과 비평사, 1984, 333쪽.

외적 폭력에 대한 굴복을 회피하는 미적 자율성의 태도를 선택함으로써 자신의 문학을 구상했던 것이다. 이러한 구상은 소설의 은유적 표현으로 실현된다.

문화대혁명이 종식되지만 그 잔재는 여전히 작가들의 자유로운 창작을 속박하고 있다. 작가들은 아직 문화대혁명에 대한 공포 속에서 벗어나지 못한 상태에서 은유법을 통하여 자기의 의도를 완곡하게 표현하는 경우가 있다. 왕멍은 소설 「지주(蜘蛛)」, 「단단한 묽은 죽(堅硬的稀粥)」, 「연꼬리(风筝飘带)」, 「봄의 소리(春之声)」 등에서 은유적 표현을 최대한으로 활용하여 현실의 부조리를 드러내고 있다.

소설 「지주(蜘蛛)」에서는 지주가 주인공 祝英哲과 동일체와 같은 존재이다. 추하고 더러운 지주를 통하여 주인공의 비열한 영혼을 상징한다. 지주는 주인공 운명의 중요한 시기마다 충고나 계시를 해 주는 행동이 지주가 주인공 영혼의 주재자라는 것을 암시하고 있다. 작품에서 지주는 사악한 인생과 그 영혼을 상징한다.

소설 「단단한 묽은 죽(堅硬的稀粥)」170)은 겉으로 보면 한 가정의 아침식사 문제, 그리고 이로 인하여 발생한 일련의 에피소드를 묘사한 것인데 실질적으로 중국의 정치개혁 문제를 은유적 표현으로 다루고 있다. 아직까지 공산당의 독재체제와 정치개혁의 문제는 중국에서 자유롭게 표현할 수 없기 때문이다.

왕멍이 은유적 표현을 즐겨 쓰는 이유는 은유법이 의미의 이중성과 모호성을 가지고 있기 때문일 것이다. 작가는 창작 과정에서 자기의 관점을 숨기고 현실 속의 현상과 인물을 객관적으로 묘사만 하면 된다.

---

170) 1989년 왕멍이 중국 문화부장직을 해임된 이유는 그가 천안문사태 때 계엄부대를 위문하지 않았기 때문이라고(각주 77) 참조) 하지만, 사실은 이 단편소설 「단단한 묽은 죽(堅硬的稀粥)」 때문이었다. 이 작품은 할아버지를 중심으로 대가족을 이룬 가족 구성원의 취사와 식사문제를 다룬 것인데, 암시적으로 풍자적 수법으로 鄧小平이 영도하는 중국 현실을 비판하고 있다.

그러나 이렇게 객관적으로 묘사된 현상과 인물은 강한 상징성을 가지고 있어 이를 통하여 독자에게 多重적인 의미를 전달하려고 한다. 「단단한 묽은 죽(堅硬的稀粥)」은 중국 정치개혁에 대한 풍자로 이해될 수도 있고 개혁개방 충격 하의 세태 民心, 그리고 개혁개방의 어려움에 대한 객관적 묘사라고 풀이될 수도 있다.

중편소설 「雜色」[171]은 왕멍의 신시기소설 중에서 은유법을 최대한으로 활용한 중편소설이다. 소설의 줄거리는 너무나 단조롭고 건조무미하다. 음악가를 꿈꾸다 新疆에 쫓겨온 曹千里는 늙고 보잘 곳 없는 雜色 말을 타고 어느 牧場 마을로 통계를 내기 위해 떠나는데, 가는 도중에 그가 보고 듣고 느끼고 생각하는 것을 소설의 주요 내용으로 서술하고 있다. 심지어 작가 자신도 이 소설에 나타나서 독자들에게 다음과 같이 충고한다. "이 소설이 너무 재미없죠. 그리하여 작자로서 인내심을 가지고 여기까지 읽어주는 독자에게 심심한 경의를 표하는 바입니다. 앞으로 계속 읽어도 무슨 재미거리나 웃음거리, 또는 뜻밖에 결미를 기대하지 마세요. 그는 이 말을 타고 가고 또 가고…… 이것뿐이다." 어떤 독자는 작가가 농담으로 일부러 이렇게 말한 줄 알았는데 끝까지 읽어보니 거짓말이 아니다.

사실 이 건조무미한 소설의 플롯에 풍부한 내용이 은유적 수법으로 내포되어 있다. 소설에서 묘사된 하루 동안 변덕스러운 날씨(햇빛 밝고 화창하다가 갑자기 폭풍우 — 또 활짝 개인 날씨)는 중국 건국 이후 변덕스러운 정치풍파(반우파 투쟁, 문화대혁명 등)을 암시하고 있다. 주인공 曹千里가 타고 있는 늙고 온몸이 상혼투성이의 雜色 말은 고난의 중국을 은유적 이미지로 형상화하고 있는가 하면, 늙은 잡색 말과 一體되어있는 주인공의 운명도 은유적으로 드러나고 있다. 그리고 작품 행

---

171) 1981년 3월 종합문예지 ≪收穫≫에 발표된 2만 9천 자의 중편소설이다.

간에 나타난 '개 짖는 소리 속에서 駱駝隊는 그냥 앞으로 간다', 갑자기 나타나서 사람들을 놀랍게 한 '뱀' 등은 정치투쟁 속에서 심술궂은 소인들의 이미지로 이해될 수 있다. 그러므로 왕멍의 소설 「雜色」속에는 격동적인 중국 사회 역사적 배경과 풍부한 사회·심리적 의미가 은유적 수법으로 내포되어 있다. 이렇게 의미심장한 작품은 결코 단조롭고 무미하다고 할 수 없다.

> "우박은 족히 2분간 내렸다. 曹千里는 특이하고 평범하지 않은 시대를 경험한 것처럼 느껴졌다. 마치 장엄한 시련 같기도 하고 가벼운 희롱 같기도 하였다. 하느님이 미쳐 발광하는 것 같기도 하고, 또 건들건들거리는 것 같기도 하였다. 무료해서 부질없이 괴롭힌 것 같기도 하고 거드름을 피우고 허장성세 하여 사람을 놀래는 것 같기도 하였다. 웃을 수도 울 수도 없고, 만감이 교차하니, 참 얻기도 어려운 것이고, 또한 장관이었다.
> ……
> 이 시대는 끝이 났다. 사람들로 하여금 안심할 수 있게 해 주는 오랫동안 기다린 단비가 착실하게 내렸다."172)

상기 인용 부분에서는 주인공 曹千里가 겪어온 시대상을 우박이라는 이미지를 통하여 은유적으로 표현했다. 소설 「雜色」도 왕멍이 문화대혁명 직후 1980년에 미국 아이오와(Iowa)에 머물렀을 때 창작한 중편소설로서 은유적 표현수법을 많이 활용된 작품이다. 작가는 은유법으로 그 시대와 역사에 대한 자기의 이해 및 깨달음을 완곡하게 토로했

---

172) "冰雹下了足足兩分鐘, 曹千里只覺得是在經歷一個特異的·不平凡的時代, 既像是莊嚴的試煉, 又像是輕鬆的挑逗; 既像是老天爺的瘋狂, 又像是吊兒郎當; 既像是由於無聊而窮折騰, 又像是擺架子·裝腔作勢以嚇人, 哭笑不得, 五味俱全, 畢竟難得而且壯觀.
…… 這個時代結束了, 是叫人放心, 等待已久的正正經經的雨."
王蒙, <雜色>, ≪王蒙文集≫, 華藝出版社, 1993, 第3卷, 166쪽.

다. 겉으로 보면 작품이 아주 건조무미한 일상을 묘사했지만 그 이면에
는 역사와 인생에 대한 작가의 비판적 사유가 스며들어있다. 즉 구체적
이며 감성적인 심상을 통하여 복잡하고 논리적인 관념을 간접적으로
형상화한 것이다. 은유적 표현 수법과 '의식의 흐름' 기법은 왕멍이 가
장 즐겨 사용한 창작기법이며 왕멍 소설의 가장 큰 예술적 특징이라고
할 수 있다.

이상에서 보는바와 같이 황순원의 전후소설과 왕멍의 신시기소설은
직접적인 서술보다는 간접적인 표현수법을 많이 채용하고 있다. 황순
원의 전후소설에서는 추상적인 관념을 상징이라는 미적 장치를 사용
함으로써 간결하면서도 탄력성 넘치는 문체를 구사하고 있을 뿐만 아
니라 압축과 생략을 통해 의미와 주제를 의도적으로 숨겨놓음(암시함)
으로써 독자의 관심 끌기, 독자의 다양한 해석을 가능케 하였다. 왕멍
의 경우, 문화대혁명이 종식되지만 그 잔재는 여전히 작가의 자유로운
창작을 속박하고 있었다. 문화대혁명이 끝난 신시기에도 왕멍의 작품
이 여러 차례 비판을 받았을 뿐만 아니라 1989년 왕멍이 중국 문화부
장관직에서 해임된 것도 「단단한 묽은 죽(堅硬的稀粥)」이라는 소설 때
문이라고 한다. 솔직하고 자유로운 소설 창작으로 인하여 두 번이나 비
판 받은 왕멍은 자기의 소설에서 은유법을 활용하여 자기의 의도를 완
곡하게 표현하고 현실의 부조리를 드러낼 수밖에 없었다.

Ⅳ. 결론

'6.25 동란'이라 불리는 한국전쟁과 '10년 동란(10年動亂)'이라 불리는 중국의 문화대혁명은 두 나라 역사상 최대의 비극이며 양국 문학사에 지대한 영향을 끼쳤다.

한국 전후소설과 중국 문화대혁명 직후 발생한 신시기(新時期)소설의 대표적인 작가 황순원과 왕멍은 모두 동란의 생체험자로서 동란(動亂)이란 극한 상황에서 실망하지 않고 인간 주체성의 회복이라는 인본주의에 입각하여 양국 문학사에 길이 빛나는 우수한 작품들을 창작하였다.

황순원은 전후의 극한 상황에서 사람들의 방황과 고독, 빈곤과 황폐한 삶, 허무의식 등 전후의 삶을 사실적으로 보여주는 동시에 전쟁의 혼란과 상처를 극복하기 위한 노력과 정신을 「人間接木」,「나무들 비탈에 서다」 등 많은 소설 작품을 통하여 보여주었다.

왕멍은 중국 문화대혁명의 "반우파(反右派)"투쟁에 휩쓸려 멀리 신강(新疆)위구르 지역에 유배되기도 했다. 문화대혁명이 끝난 다음인 1978년에 복권되어 본격적인 창작에 들어갔으며 중국 문화부장·중국

작가협회 부주석 겸 당서기 등 고위 관직도 두루 거쳤다. 소설「볼세비키의 경례(布禮)」,「밤의 눈(夜的眼)」,「나비(蝴蝶)」,「봄의 소리(春之聲)」,「연 꼬리[風箏飄帶]」등 대표작을 통하여 사회주의 이념에 충실하면서도 삶의 부조리를 파헤치는 작품 세계를 선보인다.

황순원의 전후소설(1950~1960년대)과 왕멍의 신시기 소설(1970~1980년대)은 같은 시기의 문학이 아니지만 그 발생 배경의 유사성 및 양국문화의 동질성 때문에, 작품의 주제의식 및 창작기법 측면에서 비슷한 점들이 많다.

우선 작품의 주제의식을 비교해 보면 첫째, 황순원과 왕멍의 작품은 모두 낭만주의적 경향을 많이 가지고 있지만 그 내포에 있어서 뚜렷한 차이를 보이고 있다. 낭만주의의 특질은 퇴폐주의와 이상주의로 본다면 한국에서는 전자를 더 많이 수용한 반면에 중국에서는 후자를 주로 받아들였다. 황순원 전후문학의 낭만성은 현실의 불모성과 속악함을 거부하면서 이에 대립하는 이상세계를 동경하고 그 안에서의 화해로운 삶을 추구하는 것이다. 그러므로 황순원 소설의 특질은 '아름다운 서정과 사랑'이라고 규정하며 그의 소설은 낭만주의적 서정의 세계를 잘 그려놓았다고 평가된다.

왕멍은 14살의 어린 나이에 공산당과 인연을 맺게 된 후부터 가슴속에 혁명의 꿈과 이상은 깊이 뿌리내려 왔다. 문화대혁명 기간에 공산당의 극좌적인 정치 풍파에 휘말려 들면서 黨籍을 취소당하고 모진 고통을 겪지만 사회주의, 공산주의에 대한 신념은 버리지 않았다. 왕멍의 신시기 소설은 강한 공산주의 신념을 가지고 전반적으로 혁명적 낙관성과 투쟁성으로 밑받침되는 혁명적 낭만주의로 치닫고 있다.

둘째, 황순원의 전후소설과 왕멍의 신시기소설은 모두 어느 정도 탈

이데올로기 또는 이데올로기 비판적인 경향을 가지고 있다. 이데올로기는 지배 계급이 국가와 사회를 다스리기 위한 수단으로 인간의 의식적 차원을 통제·조작한 이념이다. 한국전쟁은 바로 좌우이데올로기 대립의 산물이다. 황순원의 전후소설은 좌우 이데올로기에 대해 일정한 거리를 유지하면서 중도적인 태도로 전쟁의 피해상을 객관화하여 보여줌으로써 한국전쟁이 아군과 적군, 가해자와 피해자, 나와 타인, 선과 악의 차이를 무화시킨 동족간의 비극적 전쟁이었음을 깊이 인식케 한다.

중국의 문화대혁명은 일종의 극좌적인 이데올로기 억압 논리로서 전체 중국인들에게 심한 정신적 고통과 좌절을 가져왔다. 왕멍의 신시기소설은 정치 이데올로기가 인간성에 대한 파괴력을 형상화함으로써 이데올로기에 대한 반성 및 비판적 태도를 나타내고 있다. 특히 왕멍의 신시기소설에서는 공산당에 대하여 절대적인 신앙을 가지고 있는 주인공은 공산당에게서 가혹한 고문을 당했다. 작품의 이러한 아이러니컬한 설정은 정치적 이데올로기에 대한 작가의 반성적인 태도를 잘 보여주고 있다.

셋째, 황순원의 전후소설과 왕멍의 신시기소설은 모두 인본주의 경향을 나타내고 있다. 인본주의는 인간다움을 존중하는 정신적 태도, 세계관, 혹은 사상으로서 인간과 인간성을 왜곡, 억압하고 속박하는 모든 사상과 제도와 조건과 세력에서 인간을 해방하고 인간성을 발전·완성시키려는 것이다. 황순원의 전후소설은 전란의 상흔과 암흑한 현실에 맞선 '인간 옹호와 구제'의 문학정신으로 인본주의를 최대한 고양시키고 있다. 인간옹호와 인간성 회복 및 구제는 황순원 전후문학의 본질이자 가장 큰 성과이다. 왕멍의 新時期소설은 문화대혁명에서 인간성이 억압된 상황을 고발하면서 사회주의 휴머니즘을 적극적으로 회복시켰다.

창작기법 측면에서 황순원의 전후소설과 왕멍의 신시기소설은 정도
의 차이가 있지만 모두 '의식의 흐름'이라는 모더니즘 창작수법을 활
용하여 인간의 내면세계를 잘 구현했다. 구체적으로는 황순원의 전후
소설은 '내적독백'이라는 수법을 통하여 전쟁, 인간 소외 등 비인간화
경향 속에서 고립되고 파편화 되어가는 인간의 내면을 적나라하게 표
현했다. 왕멍은 직·간접적인 내적독백 및 자유연상 등 다양한 '의식의
흐름' 수법을 총동원하여 주인공의 내면 심리에 깊게 파고들어 정신적
갈등과 고뇌를 자세히 표현할 수 있게 된다.

그리고 시인 출신의 황순원은 시에서 많이 사용했던 상징이라는 미
적 장치를 소설에 도입함으로써 추상적인 관념을 형상화하였다. 왕멍
의 경우에 문화대혁명이 종식되지만 그 잔재는 여전히 작가의 자유로
운 창작을 속박하고 있다. 특히 사회주의 체제에 몸담고 있는 사람으로
써 왕멍은 은유법을 활용하여 자기의 의도를 완곡하게 표현하고 현실
의 부조리를 드러낼 수밖에 없다.

그러므로 한국 전후소설과 중국 신시기소설은 큰 사회적 혼란을 겪
고 나서 인간성의 회복을 그려내는 문학, 극한 상황에서 느낀 실존의
문제, 인간 내면의 자아에 대한 탐구 등을 집중적으로 다룬 문학으로써
유사한 점이 많이 있다. 인본주의 사상과 상징적인 표현수법은 황순원
전후소설의 가장 큰 특징이라면 강한 공산주의 신념과 '의식의 흐름'
수법의 보편적 활용은 왕멍 신시기소설의 특징이라고 할 수 있다.

우리는 황순원의 전후소설과 왕멍 신시기소설의 비교연구를 통하여
한·중 현대문학의 공동성을 다시 한번 확인하면서 양국 문학의 특질

도 어느 정도 파악할 수 있게 되었다. 이런 공동성과 특질을 더욱 고양시키는 것은 앞으로 우리의 과제이자 임무라고 생각한다.

❙ 참고문헌 ❙

<기본자료>
황순원, 『황순원 문학전집』(전7권), 삼중당, 1973.
황순원, 『황순원전집』(전12권), 문학과지성사, 1981~1993.
황순원, 『말과 삶과 자유』, 문학과지성사, 1985.

王蒙, ≪王蒙文集≫(1~10卷), 華藝出版社, 1993.
王蒙, ≪王蒙文集≫, 人民文学出版社, 2003.
王蒙, ≪布禮≫, 人民文學出版社, 2002.
王蒙, ≪蝴蝶≫, 人民文學出版社, 2002.
王蒙, ≪王蒙自述：我的人生哲学≫, 人民文學出版社, 2003.
王蒙, ≪王蒙自傳≫ 1~3部, 花城出版社, 2006.
王蒙 저, 임국웅 옮김, 『나는 학생이다』, 들녘, 2004.
王蒙 저, 이욱연·유경철 옮김, 『나비』, 문학과지성사, 2004.
王蒙 저, 전형준 옮김, 『변신인형』, 문학과지성사, 2004.

<단행본>
－한글－
구인환 외, 『한국현대장편소설 연구』, 삼지원, 1990.
권영민, 『한국현대문학사 1945~1990』, 민음사, 1989.
______, 『한국현대문학사』, 민음사, 1993.
김윤식, 『한국현대문학사』, 일지사, 1979.
김현·김윤식, 『한국문학사』, 민음사, 1982.
김윤식·김현, 「황순원 혹은 낭만주의자의 현실인식」, 『한국문학사』, 민음사, 1984.

김재홍,『한국전쟁과 현대시의 응전력』, 평민사, 1978.

______,『한국 현대문학의 비극론』, 시와시학사, 1993.

______,『현대시와 삶의 진실』, 문학수첩, 2002.

김재홍·김종회,『현대문학의 이해』, 시학, 2004.

김종회,『황순원』, 새미, 1998.

______,『위기의 시대와 문학』, 세계사, 1996.

______,『문학과 전환기의 시대정신』, 민음사, 1997.

______,『문학의 숲과 나무』, 민음사, 2002.

______,『한민족문화권의 문학』, 국학자료원, 2003.

______,『문화통합의 시대와 문학』, 문학수첩, 2004.

______,『문학비평용어사전 상·하』, 국학자료원, 2006.

______,『한국문학 명비평』, 문학의 숲, 2009.

김양수 편역,『중국 신시기문학 입문』, 토마토, 1995.

김윤정,『황순원 문학연구』, 새미, 2003.

김한 저, 김정호 옮김,『중국 현대 소설사』, 문학과 지성사, 1996.

김시준,『중국 당대문학 사조사 연구』, 서울대학교 출판부, 2001.

______,『중국당대문학사』, 소명출판, 2005.

金春明, 席宣,『문화대혁명사』, 나무와 숲, 2000.

김천혜,『소설구조의 이론』, 문학과 지성사, 1990.

리온에델,『현대심리소설연구』, 형설출판사, 1990.

L. 자네티 지음, 김진해 옮김,『영화의 이해』, 현암사, 1987.

마르크스·엥겔스, 박재희 옮김,『독일 이데올로기』, 청년사, 1988.

박주택,『반성과 성찰: 박주택 문학평론집』, 하늘연못, 2004.

백　철,『新文藝思潮史』,『백철문학전집』4, 신구문화사, 1968.

서재원, 『김동리와 황순원 소설의 낭만성과 역사성』, 도서출판 월인, 2005.

신승하, 『중국당대사』, 고려원, 1993.

신경득, 『한국 전후소설 연구』, 일지사, 1983.

신영덕, 『전쟁과 소설』, 역락, 2007.

심혜영, 『인간, 삶, 진리』, 소명출판, 2009.

안미영, 『전전세대의 전후의식』, 역락, 2008.

오생근, 『황순원 연구』, 문학과 지성사, 1985.

유학영, 『1950년대 한국전쟁·전후소설 연구』, 북폴리오, 2004.

윤윤진 등, 『韓國文學史』, 上海交通大學出版社, 2008.

이기백, 『한국사신론』, 일조각.

이봉일, 『이데올로기의 유령을 넘어서』, 월인, 2002.

이태동, 『한국문학의 현대적 해석15 − 황순원』, 서강대학교 출판부, 1997.

이승훈, 『시론』, 고려원, 1990.

장현숙, 『황순원문학연구』, 시와시학사, 1994.

전형준, 『현대 중국문학의 이해』, 문학과 지성사, 1996.

정희모, 『1950년대 한국문학과 서사성』, 깊은샘, 1998.

정기철, 『상징, 은유 그리고 이야기』, 문예출판사, 2002.

조남현, 『한국현대소설의 해부』, 민음사, 1983.

조연형, 『한국현대작가연구』, 새문사, 1981.

조상건, 『한국전후문학연구』, 성균관대학교출판부.

존 킹 페어뱅크 저, 중국사연구회 번역, 『신중국사』, 까치글방, 1994.

중국사연구회 편저, 『중국혁명의 전개과정』, 지식산업사, 1990.

중국현대문학학회 엮음, 『중국현대문학의 이해』, 현암사, 1997.

천이두, 『한국현대소설론』, 형설출판사, 1983.

최혜실,『한국 모더니즘 소설 연구』, 民知社, 1992.

______,『한국근대문학사』1-2, 경희대 출판사, 2005.

陳思和, 한국외대 중국현대문학연구회 역,『20세기 중국문학의 이해』, 청년사, 1995.

陳思和, 노정은 박난영 역,『중국당대문학사』, 문학동네, 2008.

邱　嵐, 중국어문연구회 역,『중국당대문학사』, 고려원, 1994.

金春明, 이정남 역,『문화대혁명사』, 나무와 숲, 2000.

小島晉治, 朴元 역,『중국근현대사』, 지식산업사, 1988.

藤井省三, 김양수 역,『100년간의 중국문학』, 토마토, 1995.

溫儒敏, 김수영 옮김,『현대중국의 현실주의 문학사』, 문학과지성사, 1990.

로버트 험프리, 이건우, 류기용 역,『현대소설과 '의식의 흐름'』, 영설출판사, 1984.

제임스 조이스 저, 김종건 역,『율리스즈』, 범우사, 1988.

위르겐 슈람케, 원당희·박병희 역,『현대소설의 이론』, 문예출판사, 1995.

F. Jameson, 여홍상·김영희 역,『변증법적 문학이론의 전개』, 창작과비평사, 1984.

Stanzel.F.K, 김정신 역,『소설의 이론』, 문학과 비평사, 1990.

Mcgann, Jerome J.『The Romantic Ideology』, The University of Chicago Press,1983.

－中文－

曾鎭南,≪王蒙論≫, 北京社會科學出版社, 1987.

李　揚,≪走近王蒙≫, 中國海洋大學出版社, 2003.

曹文軒, ≪中國八十年代文學現象研究≫, 北京大學出版社, 1988.

李澤厚, ≪中國現代思潮史論≫, 安徽文藝出版社, 1994.

李慈健, ≪當代中國文藝思想史≫, 河南大學出版社, 1999.

張　鍾, ≪當代中國文學概觀≫, 北京大學出版社, 1986.

索紹武, ≪比較文學論要≫, 民族出版社, 2004.

金　漢, ≪中國當代文學發展史≫, 上海文藝出版社, 2002.

金漢, 風雲青　主編, ≪新編中國當代文學發展史≫, 杭州大學出版社,
　　　1993.

陳曉明, ≪現代性與中國當代文學轉型≫, 云南人民出版社, 2003.

吳中杰, ≪中國現代文藝思潮史≫, 復旦大學出版社, 1996.

≪中国現代文学史参考資料≫ 第三卷(1949~1958), 高等教育出版社,
　　　1959.

丁根元 劉一玲, ≪王蒙小說語言研究≫, 大連出版社, 1989.

丁玉柱, ≪王蒙的生活和文學道路≫, 黑龍江教育出版社, 1994.

李林展, ≪中國現代主義文學史論≫, 中國書籍出版社, 2004.

郭宝亮, ≪王蒙小說文體研究≫, 北京大學出版社, 2006.

金允植　等　共著, 金香, 張春植　譯, ≪韓國現代文學史≫, 民族出版社,
　　　2000.

趙東一　等著, 周彪, 劉鑽擴　譯, ≪韓國文學論綱≫, 北京大學出版社,
　　　2003.

<논문 및 평론>
구인환, 「전후 한국문학의 지형도」, 『전후문학 연구』, 삼지원, 1995.
＿＿＿, 「황순원 소설의 극적 양상」, 『선청어문』, 서울대학교사범대

학 국어교육과, 1991.

권영민,「황순원의 문체, 그 소설적 미학」,「말과 삶의 자유」, 문학과지성사, 1985.

김병익,「순수문학과 그 역사성」,『황순원연구』, 문학과지성사, 1992.

김종회,「삶과 죽음의 존재양식」,『경희대학교 대학원 고황논집』제2집(1987).

______,「인본주의 문학, 작가정신의 사표 원로작가 황순원」,『한국논단』, 1997.

______,「문학의 순수성과 왕결성, 또는 문학적 삶의 큰 모범」,『황순원』, 새미, 1998.

______,「전란의 시대와 황순원 소설의 인본주의」,『한국현대문학연구』제14집, 2003.

김 현,「소박의 수락」,『황순원문학전집』6, 삼중당, 1973.

염무웅,「8.15직후의 한국문학」,『창작과 비평』(1975, 가을호).

오생근,「전반적 검토」,『황순원연구』(1985).

우림걸,「동란의 시대와 문학의 대응」,『한중인문학연구』, 2003.6

유종호,「겨레의 기억」,『황순원전집』2, 문학과지성사, 1981.

이보영,「황순원의 세계」,『현대문학』, 1970.2~3.

이태동,「실존적 현실과 미학적 현현」,『현대문학』(1980.11).

이재선,「전쟁체험과 50년대 소설」,『현대문학』통권 409호(1989.1).

임우경,「<유토피아 언어>로 <유토피아 언어> 조롱하기 ― 왕몽의 작품세계」,『현대문학』, 1999.12.

신동욱,「황순원 소설에 있어서 한국적 삶의 인식 연구」,『동양학』제16집(1986).

신미자,「中國 '新時期' 문학의 변천」, 1990.

조남현,「우리 소설의 넓이와 깊이」,『문학정신』(1989).

______,「순박한 삶의 파괴와 회복」,『학/잃어버린 사람들』, 문학과 지성사, 1991.

조동일,「비교문학의 방향전환 서설」,『한국문학과 세계문학』, 지식산업사, 1992.

장현숙,「황순원, 민족현실과 이상과의 괴리」,『경원전문대학논문집』 제13집(1991).

______,「전쟁의 상흔과 인간 긍정의 철학」,『경원전문대학 논문집』 제16집(1993).

천이두,「황순원의 문학」,『신한국문학선집』14, 어문각, 1970.

______,「시와 산문」,『한국대표문학선집』제6권, 삼중당, 1970.

李英子,「왕멍(王蒙) 소설과 사회주의의 가능성」,『중국현대문학』10호, 1996.

周　揚, <關於馬克思主義的幾個理論問題的探討>, ≪人民日報≫1983年 3月 16日.

王岳水, <爲人道主義辯護>, ≪文滙報≫ 1983년 1월 17일.

劉准, 朱容, <爲了塑造更豊富美麗的靈魂-評王蒙近作的新探索>, ≪中國現當代文學硏究≫, 1981.

張學正, <探索通向心靈的道路-評王蒙的小說近作>, ≪中國現當代文學硏究≫ 1981.4.

劉再復, <大陸新時期文學的基本動向>, ≪中國論壇≫, 1988.5.

丁鳳熙, <論黃順元小說的生態美學>, ≪山東師大外國語學院學報≫ 2002年 第1期.

牛林杰, <韓國的戰後小說>, ≪山東師大外國語學院學報≫ 1999年 創刊號 (總第1期).

祝　　欣, ＜跨越時空,多維視野下的研究－1979年至今王蒙小說研究綜
　　　　術＞,≪安徽文學≫ 2008.4.

方順景, ＜創造新的藝術世界＞,≪文藝報≫ 1980.8.7.

陸貴山, ＜談王蒙小說創作的創新＞,≪北京師範學院學報≫ 1980年 第
　　　　4期.

徐炳昌, ＜王蒙小說語言新變提要＞,≪揚州大學學報≫ 1989年 第2期.

陳孝英, ＜論王蒙小說的幽默風格＞,≪文學評論≫, 1983.

＜학위논문＞

김종회,「황순원 소설의 작중인물 연구」, 경희대학교 석사논문, 1985.

김미정,「황순원의 작가정신과 인간탐구」, 부산대학교 석사논문, 1988.

김윤정,「황순원 소설연구」, 한양대학교 박사논문, 1996.

박진애,「황순원 장편소설에 등장하는 인물형연구」, 홍익대학교 교육
　　　　대학원 석사논문, 2002.

배선미,「황순원 장편소설 연구－전쟁에 의한 피해양상 및 극복의지를
　　　　중심으로」, 숙명여자대학교 교육대학원 석사논문, 1990.

백숭철,「황순원소설의 악인연구」, 세종대학교 석사논문, 1982.

서경희,「황순원소설의 연구－작중인물의 성격을 중심으로」, 전북대
　　　　학교, 교육대학원 석사논문, 1986.

안미현,「황순원 장편소설 연구」, 연세대학교 교육대학원 석사논문, 1992.

양선규,「황순원 소설의 분석심리학적 연구」, 경북대 박사논문, 1992.

박양호,「황순원 문학 연구」, 전북대 박사논문, 1994.

장형숙,「황순원 작품 연구」, 경희대 대학원 석사논문, 1982.

＿＿＿＿,「황순원 소설연구」, 경희대학교 박사논문, 1994.

임관수,「황순원 작품에 대한 자기실현문제」, 충남대학교 석사논문, 1984.

임진영,「황순원 소설의 변모양상 연구」, 연세대학교 박사논문, 1998.

이봉일, 「전후소설과 이테올르기의 상관성 연구」, 경희대학교 박사논문, 2000.

최예열, 「한국전후소설에 나타난 현실인식 연구」, 대전대학교 박사논문, 1999.

최정심, 「황순원 장편소설의 인물연구」, 경원대학교, 석사논문, 2000.

황효일, 「황순원 소설연구」, 국민대학교 박사논문, 1996.

田彩延, 「王蒙小說硏究」, 충남대 석사논문, 1991.

張薰化, 「왕멍(王蒙)의 생애와 예술세계」, 성신여대 석사논문, 1991.

金鐘賢, 「中國 當代文學 現實主義 理論 硏究」, 성균관대 박사논문, 1992.

金孝秧, 「王蒙의 ≪活動變人形≫ 硏究」, 성균관대 석사논문, 1995.

朴正元, 「王蒙 反思小說 硏究」, 한국외대 석사논문, 1997.

劉京哲, 「王蒙 小說 硏究－중·단편소설을 중심으로」, 서울대 석사논문, 1998.

김정란, 「王蒙 心理小說 特性硏究」, 전남대 석사논문, 1999.

김은주, 「≪活動變人形≫의 人物形象 硏究」, 동국대 석사논문, 2003.

박혜은, 「中國 新時期 小說의 리얼리즘 硏究」, 조선대학교 선사논문, 2003.

최윤영, 「王蒙 ≪布禮≫硏究」, 동국대 석사논문, 2004.

李賢榮, 「王蒙小說에 나타난 '意識流'技法 分析」, 전북대학교 석사논문, 2006.

양나영, 「王蒙의 ≪活動變人形≫ 연구」, 원광대학교 석사논문 , 2007.

임윤옥, 「王蒙의 ≪活動變人形≫ 연구」, 경희대학교 석사논문, 2009.

金銀熙, 「黃順元與沈從文小說的抒情性要素比較硏究」, 中央民族大學 碩士論文, 2007.

| 저자소개

이호(李浩)

중국 산동성 출생
한국 경희대학교 문학박사
중국 산동사범대학교 한국어과 부교수
「황순원소설의 상징성 연구」, 「한중번역에서 4字格의 활용 연구」 등
논문과 『비즈니스 한국어』, 『비즈니스 글쓰기』 등 저서가 있음.

이메일: leeho66@hanmail.net

韓國 戰後小說과 中國 新時期小說의 比較硏究

| 초판 1쇄 인쇄일 | 2011년 2월 7일 |
| 초판 1쇄 발행일 | 2011년 2월 8일 |

지은이	李 浩
펴낸이	정구형
총괄	박지연
편집·디자인	이솔잎 김현경 나영미
마케팅	정찬용
관리	한미애 김민주
인쇄처	월드문화사
펴낸곳	**국학자료원**

등록일 2006 11 02 제2007-12호
서울시 강동구 성내동 447-11 현영빌딩 2층
Tel 442-4623 Fax 442-4625
www.kookhak.co.kr
kookhak2001@hanmail.net

| ISBN | 978-89-279-0113-6 *93800 |
| 가격 | 14,000원 |

* 저자와의 협의하에 인지는 생략합니다.
  잘못된 책은 구입하신 곳에서 교환하여 드립니다.